Keep Me
Garde-Moi

L'Enlèvement t. 2

Anna Zaires

♠ Mozaika Publications ♠

Publié par Mozaika Publications, imprimé par Mozaika LLC.
www.mozaikallc.com

Couverture : Najla Qamber Designs
www.najlaqamberdesigns.com

Sous la direction de Valérie Dubar
Traduction : Julie Simonet

e-ISBN: 978-1-63142-073-3
ISBN: 978-1-63142-069-6

PREMIERE PARTIE : L'ARRIVEE

CHAPITRE UN

❖ JULIAN ❖

Il y a des jours où l'envie de nuire, de tuer est la plus forte. Des jours où le vernis de la civilisation menace de craquer à la moindre provocation pour révéler le monstre qui est dessous.

Mais aujourd'hui n'est pas un de ces jours.

Aujourd'hui, elle est avec moi.

Nous sommes dans la voiture qui nous emmène à l'aéroport. Elle est blottie contre moi, ses bras fins autour de moi, et la tête enfouie dans le creux de mon épaule.

En l'étreignant d'une main, de l'autre je caresse ses cheveux noirs et je savoure leur texture soyeuse. Ils sont longs maintenant et lui descendent jusqu'à la taille, sa taille si fine. Elle ne s'est pas coupé les cheveux depuis presque deux ans.

Depuis son premier enlèvement.

En respirant, je sens son parfum, léger et fleuri, délicieusement féminin. Il s'y mêle une odeur de shampoing et sa propre odeur, et il me donne l'eau à la bouche. J'ai envie de la déshabiller entièrement et de suivre ce parfum partout sur son corps, d'explorer chaque rondeur et chaque creux.

Ma verge tressaute et je me souviens que je viens juste de la baiser. Mais peu importe. J'ai sans cesse envie d'elle. Ce désir obsédant me gênait, mais maintenant j'y suis habitué. J'ai accepté ma propre folie.

Elle semble calme, satisfaite même. J'en suis content. J'aime la sentir blottie contre moi, elle est la douceur et la confiance même. Elle connait ma véritable nature, et pourtant elle est en sécurité avec moi. Je le lui ai appris.

J'ai réussi à me faire aimer d'elle.

Après deux ou trois minutes, elle se met à bouger tout en restant entre mes bras, elle relève la tête et me regarde.

— Où allons-nous ? demande-t-elle en clignant des yeux, ses longs cils battant comme un éventail. Elle a des yeux à tomber par terre, des yeux doux, sombres, qui me font penser à un lit défait et à son corps nu.

Mais il faut que je me concentre. Rien n'altère ma concentration comme ses yeux.

— Nous allons chez moi, en Colombie, ai-je dit en guise de réponse. Là où j'ai grandi.

Cela fait des années que je n'y suis pas retourné. Pas depuis l'assassinat de mes parents. Mais le domaine de mon père est une véritable forteresse et c'est exactement ce dont nous avons besoin en ce moment. Ces dernières semaines, j'y ai ajouté de nouvelles mesures de sécurité pour la rendre pratiquement imprenable. J'ai fait en sorte que personne ne puisse plus m'enlever Nora.

— Seras-tu avec moi ? J'entends une note d'espoir dans sa voix et je hoche la tête en souriant.

— Oui, mon chat, je serai là. Maintenant que je l'ai retrouvée, le besoin impérieux de la garder près de moi est le plus fort. Autrefois, elle était à l'abri dans l'île, mais plus maintenant. Maintenant qu'ils connaissent son existence et qu'ils savent qu'elle est mon talon d'Achille. Il faut qu'elle soit avec moi, que je la protège.

Elle passe sa langue sur ses lèvres et mes yeux suivent son geste. Je voudrais empoigner ses cheveux et lui mettre la tête entre mes jambes, mais je résiste à mon envie. On aura le temps plus tard, quand nous serons plus en sécurité, et dans un endroit plus intime.

— Vas-tu encore envoyer un million de dollars à mes parents ? Elle me regarde de ses grands yeux candides, mais j'entends une subtile nuance de défi dans sa voix. Elle me met à l'épreuve, elle met à l'épreuve les limites de cette nouvelle étape dans notre relation.

Je lui fais un grand sourire et je tends la main pour lui remettre une boucle de cheveux derrière l'oreille.

— Tu voudrais que je le fasse, mon chat ?

Elle me regarde sans broncher.

— Pas vraiment, dit-elle doucement. J'aimerais bien mieux les appeler à la place.

Je soutiens son regard.

— Entendu. Tu pourras les appeler quand nous serons arrivés là-bas.

Elle écarquille les yeux et je m'aperçois que je viens de la surprendre. Elle s'attendait à ce que je la maintienne de nouveau en captivité, coupée du monde extérieur. Ce qu'elle ne réalise pas, c'est que ce n'est plus nécessaire.

J'ai atteint le but que je m'étais fixé.

Elle m'appartient complètement.

— D'accord, dit-elle lentement, je les appellerai.

Elle me regarde comme si elle n'arrivait pas à me comprendre, comme si j'étais une sorte d'animal exotique qu'elle voit pour la première fois. C'est souvent qu'elle me regarde comme ça, avec un mélange de méfiance et de fascination. Je l'attire, je l'attire depuis le début, mais d'une certaine manière elle continue à avoir peur de moi.

Le prédateur que je suis aime ça. Sa peur et sa réticence ajoutent un certain piment à toute notre histoire. Il n'en est que plus doux de la posséder, de la sentir blottie entre mes bras toutes les nuits.

— Parle-moi de ce que tu as fait chez toi, ai-je murmuré en l'aidant à se mettre plus à son aise sur mon épaule. En rejetant de la main ses cheveux en arrière je baisse les yeux vers son visage tourné vers moi. Qu'est-ce que tu as fait pendant tout ce temps ?

Ses lèvres douces dessinent un sourire, elle se moque d'elle-même.

— Tu veux dire, qu'ai-je fait, à part souffrir de ton absence ?

Une douce chaleur se répand dans ma poitrine. Mais je ne veux pas l'admettre. Je ne veux pas y attacher d'importance. Je veux qu'elle m'aime parce qu'une perversité compulsive me force à la posséder entièrement et non pas parce que je ressens quelque chose pour elle en retour.

— Oui, à part ça, ai-je dit à voix basse en pensant à toutes les manières de la baiser quand je serai seul avec elle.

— Eh bien, j'ai vu certains de mes amis, commence-t-elle, et je l'écoute me résumer ce qu'elle a fait pendant les quatre derniers mois. J'en sais déjà l'essentiel parce que Lucas a pris l'initiative de faire discrètement surveiller Nora pendant que j'étais dans le coma. Dès que j'ai repris connaissance, il m'a fait un rapport détaillé sur tout ce qui s'était passé, y compris les activités quotidiennes de Nora.

J'ai une dette envers lui à cause de ça, et aussi parce qu'il m'a sauvé la vie. Depuis quelques années, Lucas Kent est devenu un membre précieux de mon organisation. Il n'y en a pas beaucoup qui auraient eu le cran d'intervenir comme il l'a fait. Même sans savoir toute la vérité sur Nora, il a eu l'intelligence de supposer qu'elle comptait pour moi et de prendre les mesures nécessaires pour assurer sa sécurité.

Mais il ne l'a pas empêchée de faire ce qu'elle voulait.

— Alors l'as-tu vu ? ai-je demandé avec nonchalance en levant la main pour jouer avec le lobe de son oreille. Je veux parler de Jake.

Elle reste dans mes bras, mais je la sens se pétrifier et raidir chaque muscle de son corps.

— Je l'ai croisé rapidement après un dîner avec Leah, mon amie, dit-elle calmement en levant les yeux vers moi. Nous avons pris un café ensemble, tous les trois, et c'est la seule fois que je l'ai vu.

Je soutiens son regard un instant puis je hoche la tête avec satisfaction. Elle ne m'a pas menti. Le rapport de Lucas en parlait. Et quand je l'ai lu, j'ai eu envie d'étrangler ce garçon de mes propres mains.

D'ailleurs, je risque encore de le faire si jamais il reprend contact avec Nora.

En pensant à un autre homme, une rage incandescente m'envahit. Selon le rapport, elle n'est sortie avec personne pendant notre séparation, sauf une fois.

— Et l'avocat ? ai-je dit d'une voix douce, faisant de mon mieux pour contrôler la rage qui bouillonne en moi. Vous vous êtes bien amusés, tous les deux ?

Elle pâlit sous son hâle.

— Je n'ai rien fait avec lui, dit-elle, et j'entends son appréhension dans sa voix. Cette nuit-là ? Je suis sortie avec lui parce que tu me manquais, parce que j'en avais assez d'être seule, mais il ne s'est rien passé. J'ai bu deux ou trois verres, mais je n'ai quand même pas pu m'y résoudre.

— Ah bon ? La colère me quitte presque entièrement. Je la connais suffisamment bien pour savoir quand elle ment, et en ce moment elle dit la vérité. Mais je me promets d'en savoir davantage. Si jamais l'avocat a mis la main sur elle, il le paiera.

Elle me regarde, et je sens qu'elle commence à se détendre. Personne ne devine aussi bien mon humeur qu'elle. C'est comme si nous étions exactement sur la même longueur d'onde. Avec elle, c'est comme ça depuis le début. Contrairement à la plupart des femmes, elle sait vraiment qui je suis.

— Non, dit-elle en faisant la grimace. Je n'ai pas pu le laisser me toucher. Je suis foutue maintenant, impossible d'être avec un homme normal.

Je lève les sourcils, amusé malgré moi. Elle n'est plus cette jeune fille effrayée que j'avais amenée dans l'île. Chemin faisant, les griffes de mon petit chat ont poussé et elle a commencé à apprendre à s'en servir.

— C'est bien. Je lui chatouille la joue puis je penche la tête pour sentir son doux parfum. Personne n'a le droit de te toucher, bébé, personne sauf moi.

Elle ne réagit pas, mais continue à me regarder. Elle n'a pas besoin de dire quoi que soit. Nous nous comprenons parfaitement. Je sais que je tuerai quiconque la touchera, et elle le sait aussi.

C'est étrange, mais je n'ai encore jamais été aussi possessif avec une femme. C'est nouveau pour moi.

Avant de rencontrer Nora, toutes les femmes étaient interchangeables pour moi, elles n'étaient que des êtres doux et mignons qui traversaient ma vie. Elles venaient de leur plein gré, elles voulaient être baisées, elles voulaient souffrir, et je leur donnais ce plaisir en satisfaisant mes propres besoins en même temps.

J'ai baisé une femme pour la première fois quand j'avais quatorze ans, peu après la mort de Maria. C'était une des putains de mon père ; il me l'avait envoyée après que je me suis débarrassé de deux des hommes qui avaient assassiné Maria en les châtrant dans leur propre maison. Il me semble que mon père espérait me détourner de ma quête de vengeance grâce à l'attrait du sexe.

Inutile de dire que son plan a échoué.

Elle était venue dans ma chambre vêtue d'une robe noire moulante, parfaitement fardée, sa bouche charnue et sensuelle mise en valeur par un rouge à lèvres rouge brillant. Quand elle a commencé à se déshabiller devant moi, j'ai réagi comme n'importe quel adolescent, un désir immédiat et violent m'a pris. Mais à ce moment-là, je n'étais pas n'importe quel adolescent. J'étais un tueur ; je l'étais depuis l'âge de huit ans.

Cette nuit-là, j'ai été brutal en prenant cette putain, en partie parce que j'étais trop inexpérimenté pour me contrôler, et en partie parce que je voulais la faire souffrir, faire souffrir mon père, faire souffrir le monde entier. Mes frustrations ont laissé leurs marques dans sa chair, avec des bleus et des morsures, et elle est revenue en redemander la nuit suivante, cette fois sans que mon père le sache. On a baisé comme ça pendant un mois, elle venait en cachette dans ma chambre chaque fois qu'elle le pouvait, et elle m'apprenait ce qui lui faisait plaisir… en prétendant que ça faisait plaisir à beaucoup d'autres femmes. Elle ne voulait pas que je sois doux et tendre au lit, elle voulait souffrir et subir ma force. Elle voulait quelqu'un qui lui donne l'impression d'être en vie.

Et je me suis aperçu que ça me plaisait aussi. Je l'entendais hurler et me supplier quand je la faisais souffrir et quand je la faisais jouir. La violence que j'avais dans la peau avait trouvé un nouveau champ d'action, et j'y avais recours dès que l'occasion s'en présentait.

Mais évidemment, ça ne me suffisait pas. La rage qui m'animait si profondément ne pouvait s'apaiser aussi facilement. La mort de Maria avait changé quelque chose chez moi. Elle était la seule source de pureté et de beauté dans ma vie et elle avait disparu. Bien mieux que l'apprentissage que m'avait donné mon père, sa mort réussit à tuer le peu qu'il me restait de conscience morale. Je n'étais plus un garçon qui suit malgré lui les traces de son père. J'étais un prédateur qui avait soif de sang et de vengeance. Sans tenir compte des ordres de mon père qui voulait que je laisse tomber, j'ai pourchassé les assassins de Maria l'un après l'autre et je les ai fait payer, en savourant leurs cris de douleur, leurs appels à la pitié et leurs implorations à en finir.

Après il y eut des représailles et des contre-représailles. Des morts. Les hommes de mon père. Les hommes de ses rivaux. La violence continua de monter jusqu'à ce que mon père décide d'apaiser ses associés en m'excluant de ses affaires. Il m'envoya à l'étranger, en Europe et en Asie… et là j'ai trouvé des douzaines d'autres femmes comme celle qui m'avait initié au sexe. De belles femmes consentantes dont les goûts rejoignaient les miens. Je satisfaisais leurs fantasmes pervers et elles me donnaient un plaisir momentané, un arrangement qui convenait parfaitement à mon style de vie, surtout quand je suis revenu diriger l'organisation de mon père.

Et il y a dix-neuf mois, pendant un voyage d'affaires à Chicago, je l'ai enfin trouvée.

Nora.

La réincarnation de Maria.

La jeune fille que j'ai l'intention de garder pour toujours.

CHAPITRE DEUX

❖ NORA ❖

Assise ici entre les bras de Julian, je retrouve la sensation d'excitation mêlée à l'appréhension. Notre séparation n'a rien changé chez lui. Il est toujours celui qui a failli tuer Jake et qui n'a pas hésité à enlever la fille qu'il voulait.

Et celui qui a presque perdu la vie en venant à ma rescousse.

Maintenant que je sais ce qui lui est arrivé, je vois les marques que lui a laissées son épreuve. Il est plus mince qu'avant, sa peau bronzée est plus tendue sur ses pommettes saillantes. Il a une cicatrice rose irrégulière à l'oreille droite et ses cheveux noirs sont presque ras. À la gauche de son crâne, ses cheveux poussent de manière un peu irrégulière, comme s'ils cachaient une autre cicatrice à cet endroit.

Malgré ces minuscules imperfections, il est toujours le plus bel homme que je connaisse. Je ne peux détourner les yeux de lui.

Il est vivant. Julian est vivant et je suis de nouveau avec lui.

Mais ça ne parait toujours pas réel. Jusqu'à ce matin, je le croyais mort. J'étais persuadée qu'il avait trouvé la mort dans l'explosion. Pendant quatre longs mois épouvantables, je me suis obligée à être forte, à continuer à vivre et à essayer d'oublier celui qui est assis à côté de moi en ce moment.

Celui qui a volé ma liberté.

Celui que j'aime.

Levant la main gauche je suis doucement le dessin de ses lèvres de l'index. Il a la bouche la plus extraordinaire que je connaisse, une bouche faite pour le péché. Sous mon doigt, ses belles lèvres s'ouvrent et il m'attrape avec ses dents blanches coupantes, me mordille légèrement, puis me suce.

Je tremble d'excitation en sentant sa langue chaude et humide m'humecter le doigt. Mes muscles intimes se contractent et je sens ma culotte se mouiller. Mon Dieu, impossible de lui résister. Il lui suffit de me regarder, de me toucher, et je le désire. Mon sexe est un peu enflé et douloureux après la manière dont il m'a baisée tout à l'heure, mais mon corps a de nouveau envie de lui.

Julian est vivant et il m'emmène de nouveau avec lui.

Tout en commençant à réaliser ce qui se passe je sors mon doigt de sa bouche, tout à coup un frisson me parcourt et refroidit mon désir. Impossible de revenir en arrière et de changer d'avis. Julian contrôle ma vie, et cette fois c'est moi qui me suis précipitée dans le piège et qui me suis mise à sa merci.

Évidemment je me souviens que ça n'aurait servi à rien de résister. Je me souviens de la seringue qui était dans la poche de Julian et je sais que de toute façon le résultat aurait été le même. Consciente ou pas, je serais avec lui maintenant. C'est idiot, mais ça me réconforte et je repose la tête sur l'épaule de Julian en me laissant aller et en me détendant entre ses bras.

Il est inutile de lutter contre son destin, je commence à l'accepter.

* * *

Comme il y a de la circulation, le trajet pour se rendre à l'aéroport prend un peu plus d'une heure. Mais je suis surprise de m'apercevoir que nous n'allons pas à O'Hare, l'aéroport de Chicago. À la place, nous arrivons sur une petite piste d'atterrissage où un assez gros appareil nous attend. Sur sa queue, je lis l'inscription « G650 ».

— Il est à toi ? ai-je demandé à Julian quand il m'ouvre la portière de la voiture.

— Oui ! Mais il ne me regarde pas et n'en dit pas davantage. Il inspecte les alentours du regard comme s'il y cherchait un traquenard. Contrairement à autrefois, il est sur le qui-vive, et pour la première fois je comprends que pour lui aussi l'île était un sanctuaire, un endroit où il pouvait se détendre et ne plus être sur ses gardes.

Dès que je descends de voiture, Julian me prend par le coude et m'entraîne vers l'avion. Le chauffeur nous suit. Je le découvre, un panneau séparait le siège arrière de l'avant de la voiture, et je lui jette un coup d'œil en me dirigeant vers l'appareil.

Ce type doit être un des commandos de Julian. Ses cheveux blonds sont coupés court, ses yeux pâles sont glacés et il a de fortes mâchoires. Il est encore plus grand que Julian et il se déplace avec la même grâce athlétique, une allure guerrière dont chaque mouvement est parfaitement maîtrisé. Il tient un énorme fusil d'assaut et je suis sûre qu'il sait exactement comment s'en servir. Encore un homme dangereux… et un homme que bien des femmes trouveraient séduisant, avec ses traits réguliers et son corps musclé. Il ne m'attire pas, mais je suis trop gâtée. Il n'y a pas beaucoup d'hommes qui peuvent rivaliser avec l'apparence d'ange déchu de Julian.

— C'est quelle sorte d'avion ? ai-je demandé à Julian en montant les marches de la passerelle et en entrant dans une cabine luxueuse. Je ne suis jamais allée dans un jet privé, mais celui-ci me semble particulièrement somptueux. Je fais de mon mieux pour ne pas être béate d'admiration, sans le moindre succès. Il y a d'immenses sièges en cuir couleur crème et un sofa derrière une table basse. Et derrière une porte ouverte à l'arrière de l'appareil j'entrevois un grand lit.

J'en reste bouche bée. Il y a une chambre dans cet avion !

— C'est l'un des Gulf Stream les plus haut de gamme, répond-il en me faisant pivoter pour m'aider à enlever mon manteau. Ses mains chaudes m'effleurent le cou et me font frissonner de plaisir. Un jet d'affaires long-courrier. Il peut nous emmener directement à destination sans avoir besoin de faire halte pour se ravitailler en fioul.

— C'est très joli, ai-je dit en regardant Julian mettre mon manteau dans la penderie qui se trouve près de la porte avant d'enlever son blouson. Je ne peux le quitter des yeux et je m'aperçois qu'une partie de moi redoute encore que tout ça ne soit pas réel, que je vais me réveiller et découvrir que ce n'était qu'un rêve... que Julian est vraiment mort dans l'explosion.

Cette pensée me fait frissonner des pieds à la tête et Julian s'aperçoit de ce mouvement involontaire.

— As-tu froid ? demande-t-il en s'approchant de moi. Je peux faire modifier la température.

— Non, ça va. Mais la chaleur de Julian qui m'attire vers lui et me frotte les bras quelques instants me fait du bien. Je sens la chaleur de son corps traverser mes vêtements et chasser le souvenir de ces mois affreux où je pensais l'avoir perdu.

Je lui entoure la taille et je le serre farouchement dans mes bras. Il est vivant et je l'ai à mes côtés. Désormais, c'est la seule chose qui compte.

— Nous sommes prêts à décoller. Une voix masculine que je ne connais pas me fait sursauter et je lâche Julian ; je me retourne et je vois le chauffeur blond à côté de nous, il nous regarde avec une expression indéfinissable sur son visage dur.

— Bien. Julian ne me lâche pas et me serre plus près de lui quand j'essaie de me dégager. Nora, voici Lucas. C'est lui qui m'a traîné à l'extérieur du hangar.

— Oh, je vois. Je lui adresse sincèrement un grand sourire radieux. Cet homme a sauvé la vie de Julian. Je suis très heureuse de faire votre connaissance, Lucas. Je ne sais comment vous remercier pour ce que vous avez fait…

Il hausse légèrement les sourcils comme s'il était surpris par mes paroles.

— Je n'ai fait que mon travail, dit-il d'une voix grave et légèrement amusée.

Les lèvres de Julian dessinent un léger sourire, mais il ne réagit pas. À la place, il demande :

— Est-ce que tout est prêt pour nous accueillir au domaine ?

Lucas hoche la tête.

— Tout est prêt. Puis il se tourne vers moi, le visage aussi impassible qu'avant. Moi aussi je suis heureux de faire votre connaissance, Nora. Et il se retourne pour disparaitre sans la cabine de pilotage à l'avant de l'appareil.

— C'est ton chauffeur *et* ton pilote ? Je demande à Julian quand Lucas a disparu.

— Il est très versatile, dit Julian en me conduisant vers les sièges bien rembourrés. C'est le cas de la plupart de mes hommes.

Dès que nous sommes assis, une brune exceptionnellement jolie arrive dans la cabine, elle vient de l'avant de l'appareil. Sa robe blanche semble avoir été cousue sur ses rondeurs et avec son maquillage élaboré elle est aussi glamour qu'une star de cinéma, sauf qu'elle porte un plateau avec une bouteille de champagne et deux coupes.

Elle me jette un bref regard avant de dire à Julian :

— Aimeriez-vous autre chose, M.Esguerra ? Et elle se penche pour poser le plateau sur la table qui se trouve entre nos sièges.

Sa voix est douce et mélodieuse et le regard avide qu'elle jette sur Julian me fait grincer des dents.

— Non, ça devrait suffire pour le moment. Merci, Isabella, dit-il en lui adressant un rapide sourire qui provoque immédiatement ma jalousie. Un jour, Julian m'a dit qu'il n'avait baisé personne depuis qu'il m'avait rencontré et pourtant je ne peux m'empêcher de me demander s'il a couché avec cette femme à un moment ou à un autre. Elle est incroyablement séduisante et son comportement indique clairement qu'elle serait ravie de donner à Julian tout ce qu'il veut, elle-même comprise, nue et sur un plateau d'argent.

Avant de laisser mes pensées se poursuivre dans cette direction je respire profondément et je m'oblige à regarder par le hublot, la neige tombe doucement. Je sais en partie que c'est de la folie, qu'il n'est pas logique d'être si possessive avec Julian. N'importe quelle femme douée de raison serait ravie de voir l'attention de son ravisseur se détourner d'elle, mais quand il s'agit de lui, je n'ai plus ma raison.

Le syndrome de Stockholm. L'attachement de la captive. L'attachement provoqué par un traumatisme. Ma thérapeute a utilisé tous ces termes pendant les brèves séances que j'ai passées avec elle. Elle a essayé de me faire parler des sentiments que j'éprouve pour Julian, mais c'était trop douloureux pour moi de parler de lui alors que je croyais l'avoir perdu, et je ne suis plus retournée la voir. Mais plus tard, j'ai cherché la définition de ces termes et je vois comment ils s'appliquent à ma situation. Mais je ne sais pas si c'est aussi simple que cela ni si cela a la moindre importance désormais. Et ce n'est pas en nommant quelque chose qu'on le fait disparaitre. Quelle que soit la cause de mon attachement pour Julian et des sentiments qu'il m'inspire, je ne peux la faire disparaitre. Je ne peux pas me forcer à l'aimer moins.

Quand je me retourne vers lui l'hôtesse est partie. J'entends gronder les moteurs de l'appareil et j'attache machinalement ma ceinture de sécurité comme on m'a toujours appris à le faire.

— Du champagne ? demande-t-il en prenant la bouteille sur la table.

— Oui, pourquoi pas ? Et je m'installe confortablement dans le vaste siège en savourant lentement les bulles tandis que l'avion commence à rouler.

Ma nouvelle vie avec Julian vient de commencer.

CHAPITRE TROIS

❖ JULIAN ❖

En savourant mon champagne, j'examine Nora qui regarde par le hublot, la terre disparait rapidement sous ses yeux. Elle est en jean et en sweat-shirt polaire bleu et ses petits pieds sont chaussés de bottines noires épaisses en laine de mouton, je crois qu'on appelle ça des Uggs. Malgré ces vilaines chaussures, elle est quand même sexy, mais je préfère nettement la voir en robe d'été quand sa peau douce resplendit au soleil.

En voyant son calme, je me demande ce qu'elle pense, si elle a des regrets.

Ce serait inutile. De toute façon, je l'aurais prise avec moi.

Comme si elle sentait que je la regarde, elle se tourne vers moi.

— Comment ont-ils pu me découvrir ? demande-t-elle à voix basse. Les hommes qui m'ont kidnappée, je veux dire. Comment ont-ils appris que j'existais ?

En entendant sa question, je me raidis. Je me souviens de ces heures insupportables qui ont suivi l'attaque de la clinique et pendant un instant je suis la proie de ce mélange explosif de rage intense et d'une peur qui me paralyse.

Elle aurait pu perdre la vie. Elle serait morte si je ne l'avais pas retrouvée à temps. Même si je leur avais donné ce qu'ils voulaient, ils auraient quand même pu la tuer pour me punir de ne pas avoir satisfait leur demande. Je l'aurais perdue, exactement comme j'ai perdu Maria.

Et comme nous venons de perdre Beth.

— C'était l'aide-infirmière à la clinique. Ma voix semble froide et distante et je pose ma coupe de champagne sur le plateau. Angela. Depuis le début, elle était payée par Al-Quadar.

Les yeux de Nora se mettent à briller de tous leurs feux.

— Cette pute, murmure-t-elle. J'entends la douleur se mêler à la colère dans sa voix. Quand elle replace sa propre coupe sur la table, sa main tremble. Cette sale pute !

Je hoche la tête en essayant de contrôler ma propre rage quand je me repasse mentalement les images de la vidéo que Majid m'a envoyée. Ils ont torturé Beth avant de la tuer. Ils l'ont fait souffrir. Beth dont la vie n'avait été que souffrance depuis que son salaud de père l'avait vendue à un bordel de l'autre côté de la frontière mexicaine à l'âge de treize ans. Qui fut l'une des rares personnes dont je n'ai jamais remis la loyauté en cause.

Ils l'ont fait souffrir… et maintenant je vais les faire souffrir encore bien plus.

— Où est-elle maintenant ? La question de Nora me fait sortir d'une agréable rêverie où chaque membre d'Al-Quadar est misérablement à ma merci. Quand je la regarde sans comprendre elle précise :

— Angela.

La naïveté de sa question me fait sourire.

— Tu n'as pas besoin de t'en préoccuper, mon chat. Il ne reste d'Angela que des cendres dispersées sur la pelouse de la clinique des Philippines. Le mode interrogatoire de Peter est brutal, mais efficace, et il se débarrasse ensuite toujours des preuves. Elle a payé pour sa trahison.

Nora avale sa salive et je sais qu'elle comprend exactement ce que je veux dire. Elle n'est plus la jeune fille que j'ai rencontrée dans une boîte de nuit de Chicago. Je vois des ombres dans ses yeux et je sais que j'en suis responsable. Malgré tous mes efforts pour la protéger sur l'île, la laideur de mon univers l'a touchée et a souillé son innocence.

Al-Quadar devra aussi m'en rendre compte.

Ma cicatrice à la tête commence à me faire mal et je l'effleure de la main gauche. J'ai encore mal à la tête de temps en temps, mais à part ça j'ai presque entièrement retrouvé la santé. Si l'on considère que j'ai passé les quatre derniers mois dans un état végétatif, je suis assez satisfait de la situation.

— Est-ce que ça va ? Nora montre son inquiétude et tend la main pour la poser au-dessus de mon oreille gauche. Ses doigts fins sont d'une grande douceur sur mon cuir chevelu. Souffres-tu encore ?

Ses caresses me font frissonner de plaisir. C'est ce que j'attends d'elle, qu'elle s'occupe de mon bien-être. Je veux qu'elle m'aime, bien que je lui ai volé sa liberté et qu'elle serait parfaitement justifiée de me haïr.

Je n'ai plus d'illusions sur moi-même. Je suis un de ces hommes qu'on montre au journal télévisé, ces hommes dont tout le monde a peur et que tout le monde méprise. J'ai enlevé une jeune femme parce que je la désirais et sans aucun autre motif.

Je l'ai prise, elle est devenue mienne.

Je ne cherche pas à justifier ce que j'ai fait. Et je ne ressens aucune culpabilité. Je désirais Nora et maintenant elle est avec moi et me regarde comme si j'étais la personne la plus importante de sa vie.

Et je le suis. Je suis exactement celui dont elle a besoin maintenant… celui qu'elle désire. Je lui donnerai tout et je lui prendrai tout en échange. Son corps, son esprit, sa loyauté, je veux tout cela. Je veux sa souffrance et son plaisir, ses craintes et sa joie.

Je veux être toute sa vie.

— Oui, ça va, ai-je dit en réponse à la question qu'elle m'a posée. C'est presque guéri.

Elle enlève ses doigts et je lui attrape la main, ne voulant pas renoncer au plaisir de ses caresses. Sa main dans la mienne est fine et délicate, sa peau douce et chaude. Elle essaie de me la retirer machinalement, mais je ne la laisse pas faire et mes doigts se resserrent autour des siens. Comparée à moi, elle n'a aucune force ; elle ne peut m'obliger à la lâcher que si je le veux bien.

Et d'ailleurs, elle ne veut pas que je la lâche. Je sens monter l'excitation en elle et mon propre corps se raidit, une sombre avidité se réveille de nouveau chez moi. Je tends l'autre main par-dessus la table et lentement, résolument, j'ouvre sa ceinture de sécurité.

Puis je me lève sans lui lâcher la main et je l'emmène à la chambre qui se trouve à l'arrière de l'appareil.

* * *

Elle garde le silence quand nous entrons dans la chambre et que je ferme la porte derrière nous. La pièce n'est pas insonorisée, mais Isabella et Lucas sont à l'avant de l'appareil, nous devrions être tranquilles. D'habitude, ça m'est égal si quelqu'un me voit ou m'entend quand je fais l'amour, mais c'est différent avec Nora. Elle est à moi et je ne veux rien partager. En aucune manière.

Je lui lâche la main, je vais vers le lit et je m'assieds, je me penche en arrière et je croise les jambes. Une posture nonchalante, alors que je suis tout sauf nonchalant quand je la regarde.

Mon désir de la posséder est violent, il me consume tout entier. C'est une obsession qui va au-delà d'un simple besoin sexuel, bien que mon corps la désire ardemment. Ce n'est pas seulement que je veuille la baiser ; je veux laisser mon empreinte sur elle, laisser mes marques sur elle et en elle afin qu'elle n'appartienne jamais à personne d'autre que moi.

Je veux qu'elle m'appartienne entièrement.

— Déshabille-toi ! lui ai-je ordonné en soutenant son regard. Ma verge est si dure qu'elle me donne l'impression qu'il y a des mois que je ne l'ai pas prise et pas seulement quelques heures. J'ai besoin de tout mon sang-froid pour ne pas lui arracher ses vêtements, la faire se pencher en avant sur le lit et la marteler jusqu'à ce que j'explose.

Je me contrôle parce que je ne veux pas baiser en vitesse. J'ai d'autres projets en tête aujourd'hui.

En respirant profondément, je me force à rester immobile et je la regarde se déshabiller lentement.

Son visage est congestionné, sa respiration plus rapide, et je sais qu'elle me désire déjà, que son intimité est chaude et glissante, prête à m'accueillir. En même temps, je sens son hésitation dans ses gestes, je vois la méfiance dans ses yeux. Il y a encore une part d'elle qui a peur de moi, qui sait de quoi je suis capable.

Elle a raison d'avoir peur : il y a quelque chose chez moi qui se délecte de la souffrance des autres et qui veux leur faire mal.

Qui veut *lui* faire mal.

Elle enlève d'abord son sweat-shirt en polaire, révélant le haut noir qu'elle a dessous. La bretelle rose de son soutien-gorge apparait, cette couleur qui symbolise l'innocence m'excite encore plus et m'envoie une nouvelle giclée de sang directement dans la verge. Après, c'est le tour du haut noir et quand elle a enlevé ses bottines et son jean, je suis prêt à exploser.

Avec son soutien-gorge rose et sa culotte assortie, elle est l'être le plus délicieux que je connaisse. Son corps délicat est athlétique et musclé, les muscles de ses bras et de ses jambes sont subtilement définis. Malgré sa minceur, elle est très féminine, avec son petit derrière rebondi et ses petits seins ronds quand même. Ses longs cheveux qui lui flottent dans le dos lui donnent l'air d'un mannequin du catalogue de lingerie Victoria's Secret en miniature. Son seul défaut est la petite cicatrice à droite de son ventre plat, en souvenir de son opération de l'appendicite.

Il faut que je la touche.

— Viens ici ! ai-je dit d'une voix rauque. Ma verge se frotte douloureusement contre la fermeture éclair de mon jean.

Elle me fixe de ses grands yeux noirs et s'approche avec précaution et avec hésitation, comme si j'allais l'attaquer d'un instant à l'autre.

Je respire encore profondément pour m'en empêcher. À la place, quand elle est à ma portée, je me penche pour l'attraper fermement par la taille et l'attirer vers moi et la mettre entre mes jambes. Sa peau est douce et fraîche, sa cage thoracique si étroite que je peux presque en faire le tour de mes mains. Il serait si facile de l'abîmer, de la briser. Sa vulnérabilité m'excite presque autant que sa beauté.

En levant le bras, je trouve l'attache de son soutien-gorge et je libère ses seins de leur emprisonnement.

Quand son soutien-gorge glisse le long de ses bras ma bouche devient sèche et tout mon corps se contracte. Même si je l'ai vue nue des centaines de fois, chaque nouvelle occasion est une révélation. Elle a des petits tétons d'un brun rose et ses seins sont légèrement dorés comme le reste de son corps. Incapable de résister, je prends ces petits monticules ronds et doux dans les mains, je les presse et je les pétris. Sa chair est lisse et ferme, ses tétons se raidissent dans mes mains. Je l'entends reprendre son souffle quand mes pouces se frottent contre leur rigidité et ma faim de la posséder s'accentue encore.

Je lui lâche les seins, je mets le doigt sous l'élastique de sa culotte et la lui fais descendre le long des jambes puis je mets la main droite sur son sexe. Mon majeur pénètre sa petite ouverture, et ma verge tressaute de la sentir mouillée. Quand mon pouce calleux lui appuie sur le clitoris, elle en perd le souffle, sa main m'agrippe l'épaule et ses petits ongles acérés me griffent la peau.

Je ne peux plus attendre une seconde de plus. Il faut que je la possède.

— Va sur le lit ! Ma voix est pleine de désir quand je retire la main de son sexe. Je veux que tu te mettes sur le ventre.

Elle obéit à toute vitesse pendant que je me lève et que je me déshabille à mon tour.

C'est une bonne élève. Quand j'ai enlevé mes vêtements, elle est déjà couchée sur le ventre, toute nue, un oreiller soulève son petit derrière rebondi. Elle me regarde sous ses longs cils et je sens son impatience mêlée de nervosité. En ce moment, elle me désire tout en me craignant.

Son regard exacerbe mon excitation et réveille une autre faim chez moi. Un besoin plus sombre, plus pervers. Du coin de l'œil, j'aperçois la ceinture de mon jean qui est par terre. Je la ramasse, je me l'enroule autour de la main et je m'approche du lit.

Nora ne bouge pas, bien que son corps se raidisse sous mes yeux. Mes lèvres murmurent :

— Comme tu es sage...

Elle sait que si elle résistait ça serait pire pour elle. Évidemment elle a aussi appris que sa douleur sera adoucie par son plaisir et qu'elle aussi en profitera.

Je m'arrête au bord du lit, je tends ma main restée libre et je laisse glisser les doigts le long de sa colonne vertébrale. Elle tremble sous mes caresses et sa réaction provoque une sombre excitation chez moi. C'est exactement ce que je veux, ce dont j'ai besoin, ce lien profond et pervers qui existe entre nous. Je veux me désaltérer à sa peur, à sa souffrance. Je veux l'entendre crier, la sentir se débattre inutilement, puis la sentir fondre dans mes bras quand je la fais jouir sans relâche.

Cette jeune fille provoque ce qu'il y a de pire chez moi et me fait oublier le peu de sens moral que je possède. Elle est la seule femme que j'ai forcée à venir dans mon lit, celle que j'ai désiré plus que toute autre... et d'une manière aussi mauvaise. L'avoir ici, à ma merci est plus qu'enivrant, c'est la drogue la plus puissante que j'aie jamais goûtée. Aucun autre être humain ne m'a jamais fait ressentir une chose comparable et savoir qu'elle est à moi, que je peux en faire ce que je veux me donne une ivresse inégalable. Avec toutes les autres femmes que j'ai connues on jouait un jeu, on se grattait là où ça démangeait, mais avec Nora c'est différent. Avec elle, c'est tellement plus

— Comme tu es belle... ai-je murmuré en caressant la douce peau de ses cuisses et de ses fesses. Une peau qui va bientôt être écorchée, mais dont je savoure la perfection provisoire. Tellement belle... Je me penche sur elle pour embrasser légèrement le bas de son dos et sentir son chaud parfum de femme en laissant monter notre impatience. Elle est parcourue d'un frisson et je souris, l'adrénaline coule à flots dans mes veines.

Je me relève et fais cingler la ceinture.

Je n'y suis pas allé fort, mais elle sursaute quand même quand la ceinture touche les globes ronds de son derrière et un léger gémissement échappe de ses lèvres.

Elle n'essaie ni de bouger ni de se dérober ; au contraire, elle s'agrippe aux draps et ferme les yeux. Je frappe plus fort la deuxième fois, et puis encore et encore, mes mouvements prennent un rythme hypnotique, comme dans une transe. À chaque coup de ceinture je m'enfonce de plus en plus profondément dans les ténèbres, les frontières de mon univers se rapprochent jusqu'à ne plus voir qu'elle, ne plus entendre qu'elle, ne plus sentir qu'elle. Sa tendre chair rougie, ses soupirs de douleur, les sanglots qui viennent de sa gorge, sa manière de frissonner et de trembler sous chacun de mes coups, je m'en abreuve, ma dépendance s'en nourrit, la faim éperdue qui ronge mes entrailles s'apaise.

Le temps n'existe plus et s'éternise. Je ne sais pas si cela a duré des minutes ou des heures. Quand je finis par m'arrêter, elle est allongée, inerte et immobile, les fesses et les cuisses couvertes de marques roses. Son visage couvert de larmes est hébété, presque extasié, et son corps mince tremble, elle a la chair de poule.

Je jette la ceinture par terre et je prends doucement Nora dans mes bras, je m'assieds sur le lit et je la prends sur mes genoux. Mon cœur bat à se rompre, mon esprit se ressent encore de l'extraordinaire plaisir que je viens d'éprouver. Elle frissonne, se cache le visage contre mon épaule et recommence à pleurer. Lentement, je lui caresse les cheveux pour la réconforter, l'aider à revenir à elle-même après cette poussée d'endorphine tout comme je reviens à moi-même.

Voilà ce dont j'ai besoin maintenant, la réconforter, la sentir dans mes bras. Je veux être tout pour elle : son protecteur, son bourreau, sa joie et sa peine. Je veux me l'attacher physiquement et émotionnellement, m'imprimer si profondément dans son esprit et dans son corps qu'elle ne pense jamais à me quitter.

Quand ses sanglots s'apaisent, mon désir revient. Mes caresses pour la réconforter se font plus pressantes, mes mains se promènent sur son corps avec l'intention d'éveiller son excitation, et non plus seulement de la calmer. Ma main droite glisse entre ses cuisses, mes doigts appuient sur son clitoris et en même temps mon autre main lui agrippe les cheveux, les tire pour l'obliger à me regarder dans les yeux. Elle semble toujours dans un état second, ses lèvres douces sont entrouvertes quand elle me regarde, et je me penche pour lui prendre la bouche dans un long baiser profond. Elle gémit dans ma bouche, ses mains m'attrapent les épaules et je sens la chaleur monter entre nous. Mes bourses me remontent le long du corps en se contractant, ma verge désire sa chair glissante et chaude.

Je me lève sans la lâcher et je la mets sur le lit. Elle fait une grimace et je m'aperçois que les draps frottent sur ses écorchures et lui font mal.

— Tourne-toi bébé, ai-je murmuré, maintenant je ne cherche que son plaisir. Elle m'obéit en roulant sur le ventre, dans la même position qu'avant, et je la mets à quatre pattes, les coudes pliés.

Quand elle est dans cette position, avec le derrière relevé et le dos légèrement cambré, personne ne pourrait être plus sexy. Je vois tout, les plis de son sexe délicat, le petit trou de son anus, les courbes délicieuses de ses fesses marquées de rose par les coups de ceinture. Mon cœur bat à se rompre dans ma poitrine et ma verge vibre douloureusement quand je prends Nora par les hanches, place mon gland en face de son ouverture et m'enfonce en elle

Je suis entouré de sa chair chaude et mouillée, elle me va comme un gant. Elle gémit, se cambre vers moi pour me prendre plus profondément, je le fais avec plaisir en me retirant un peu avant de revenir d'un coup. Un cri vient de sa gorge et je recommence, le dos hérissé de plaisir en la sentant si étroite quand elle se resserre sur moi. Des vagues de chaleur déferlent en moi et je commence à pousser sans me contrôler, me rendant à peine compte que mes doigts s'enfoncent dans la chair douce de ses hanches. Ses gémissements et ses cris augmentent en volume, et je la sens jouir, ses muscles intimes se contractent autour de ma verge pour en aspirer le contenu. Incapable de me retenir plus longtemps, j'explose, et la force avec laquelle ma semence se projette dans les profondeurs chaudes de son corps est telle qu'elle m'aveugle.

En haletant, je m'effondre sur le côté en l'entraînant avec moi. Nous sommes trempés de sueur qui nous colle l'un à l'autre et mon cœur s'emballe. Elle aussi respire péniblement, et je sens son vagin se contracter encore le long de ma verge qui perd sa raideur. Ce sont les derniers soubresauts de l'orgasme qui se propagent en elle.

Nous sommes couchés l'un contre l'autre, notre respiration commence à s'apaiser. Je tiens Nora tout contre moi, les rondeurs douces de son derrière appuyées contre mon entrejambe, et une sensation de paix, de satisfaction commencent lentement à m'envahir. Il y a quelque chose chez elle qui calme mes démons intérieurs, qui me permet de redevenir presque normal. Presque… heureux. Je ne peux ni l'expliquer ni le rationaliser ; mais c'est là. C'est la raison pour laquelle le besoin que j'ai d'elle est si éperdument intense.

Si dangereusement pervers.

— Dis-moi que tu m'aimes, ai-je murmuré en lui caressant l'extérieur de la cuisse. Dis-moi que je t'ai manqué, bébé. Elle se retourne dans mes bras pour être devant moi. Quand son regard croise le mien, ses yeux sont empreints de solennité.

— Je t'aime, Julian, dit-elle doucement en posant sa main délicate sur ma mâchoire. Tu m'as manqué plus que la vie. Tu le sais bien.

Je le sais, mais j'ai quand même besoin de l'entendre. Depuis quelques mois, les sentiments me sont devenus aussi nécessaires que le sexe. Cette étrange fantaisie m'amuse chez moi. Je veux que ma petite captive m'aime, je veux compter pour elle. Je veux être davantage que le monstre qui hante ses cauchemars.

En fermant les yeux, je resserre mon étreinte autour d'elle et je me permets de me détendre.

Dans quelques heures, elle sera à moi dans tous les sens du mot.

CHAPITRE QUATRE

❖ NORA ❖

Je dois m'être endormie dans les bras de Julian, car je me réveille quand l'avion commence sa descente. En ouvrant les yeux, je fixe des yeux l'endroit peu familier où je me trouve, et mon corps est vraiment douloureux après avoir fait l'amour.

J'avais oublié comment c'était avec Julian. À quel point ces montagnes russes de douleur et d'extase sont destructrices et cathartiques. Je me sens à la fois vide et exaltée, lessivée et pourtant revivifiée par cette avalanche d'émotions.

En m'asseyant avec précaution, je fais la grimace quand mon derrière couvert de bleus touche les draps. Les coups de ceinture étaient particulièrement forts tout à l'heure, je ne serais pas étonnée que les bleus mettent du temps à guérir. En jetant un coup d'œil autour de la pièce, je vois une porte et je suppose qu'elle mène à la salle de bain. Julian n'est pas dans la chambre si bien que je me lève pour y aller, j'ai besoin de faire ma toilette.

À ma surprise, la salle de bain a un petit bac à douche ainsi qu'un vrai lavabo et des toilettes. Avec tout cet équipement, le jet de Julian ressemble davantage à un hôtel volant qu'à aucun des avions de ligne dans lesquels j'ai déjà voyagé. Il y a même une brosse à dents enveloppée dans du plastique, du dentifrice et du rince-bouche posés sur une petite étagère le long du mur. Je me sers des trois et ensuite je prends une douche en vitesse. Alors je me sens vraiment mieux et je retourne dans la chambre pour m'habiller.

Quand j'entre dans la cabine centrale, je vois Julian assis sur le sofa avec son ordinateur portable ouvert devant lui. Il a relevé les manches de sa chemise, dénudant ses avant-bras bronzés et musclés, la concentration lui fait froncer les sourcils. Il a l'air sérieux, et sa beauté est tellement dévastatrice que j'en ai le souffle coupé.

Comme s'il avait senti ma présence, il relève les yeux, ses yeux bleus brillent.

— Comment ça va, mon chat ? demande-t-il d'une voix grave et tendre, en guise de réaction tout mon corps reçoit une vague de chaleur.

— Ça va bien. Je ne sais que dire d'autre. J'ai mal au derrière parce que tu m'as fouetté, mais ça va parce que tu m'y as habituée ? Ben voyons…

Lentement, ses lèvres se mettent à dessiner un sourire.

— Bon. Je suis content de l'entendre. J'allais justement venir te chercher. Tu devrais t'asseoir, on va bientôt atterrir.

— Entendu. Je fais ce qu'il me dit en essayant de ne pas broncher, le simple fait de m'asseoir me fait mal. Il est clair que je vais avoir des bleus pendant quelques jours.

J'attache ma ceinture et je regarde par le hublot, curieuse de savoir où nous sommes. Quand l'appareil traverse la couche de nuages, je vois s'étaler une grande ville à nos pieds, elle est bordée de montagnes.

— Où sommes-nous ? ai-je demandé en me tournant vers Julian.

— À Bogota, répond-il en refermant son ordinateur portable. Il le prend et vient s'asseoir à côté de moi. Nous n'y resterons que quelques heures.

— Pour affaires ?

— En quelque sorte. Il semble vaguement amusé. Je veux y faire quelque chose avant d'arriver au domaine.

— Quoi ? ai-je demandé avec méfiance. Quand Julian a l'air amusé, c'est rarement bon signe.

— Tu verras. Et en rouvrant son ordinateur, il se concentre de nouveau sur ce qu'il faisait.

* * *

Une voiture noire semblable à celle qui nous a conduits à l'aéroport nous attend à notre descente d'avion. De nouveau, c'est Lucas qui conduit tandis que Julian continue de travailler sur son ordinateur. Il semble absorbé par ce qu'il fait.

Ça ne me dérange pas. Je suis trop occupée à regarder les rues pleines de monde. Il y a une atmosphère désuète à Bogota que je trouve fascinante. J'y trouve partout des vestiges de l'héritage espagnol mêlés avec ce qu'il y a d'unique en Amérique latine. Ça me donne envie de manger des arepas, ces galettes de maïs que j'achetais dans la rue chez un Colombien à Chicago.

— Où allons-nous ? ai-je demandé à Julian quand la voiture s'arrête devant une imposante vieille église dans un quartier résidentiel. Étrangement, je n'avais pas l'impression que mon ravisseur était pratiquant.

Au lieu de répondre, il descend de voiture et me tend la main.

— Vient Nora, dit-il, nous n'avons pas beaucoup de temps.

Du temps pour quoi ? Je veux lui poser d'autres questions, mais je sais que c'est inutile. Il ne me répondra que s'il en a envie. En mettant la main dans la grande main de Julian je descends de voiture et je le laisse me conduire vers l'église. Peut-être y va-t-il pour rencontrer ses associés, mais je me demande pour quelles raisons il veut que je sois là.

Nous entrons par une petite porte latérale et nous nous retrouvons dans une petite pièce très jolie. Des bancs de bois anciens en bordent les côtés et il y a une chaire ornée d'une croix aux motifs sophistiqués.

Sans savoir pourquoi cette vue me rend nerveuse. Une pensée absurde et folle me traverse la pensée et mes mains deviennent moites.

— Hum, Julian… Je lève les yeux vers lui, il me regarde avec un étrange sourire. Pourquoi sommes-nous ici ?

— Tu n'as pas deviné, mon chat ? dit-il doucement en se retournant vers moi. Nous sommes ici pour nous marier.

D'abord, je me contente de le fixer des yeux en silence tellement le choc est grand. Puis un rire nerveux m'échappe.

— Tu plaisantes, n'est-ce pas ?

Il hausse les sourcils.

— Je plaisante ? Non absolument pas. Il me reprend la main et je sens qu'il glisse quelque chose à mon annulaire gauche.

Le cœur battant à se rompre, je regarde ma main gauche sans en croire mes yeux. Cette bague ressemble à ce que pourrait porter une star de Hollywood, c'est un fin anneau de diamants surmonté d'une grosse pierre brillant de tous ses feux. Un bijou à la fois délicat et ostentatoire, et elle me va parfaitement, comme si elle avait été faite spécialement pour moi.

La pièce disparait, des éclats de lumière me dansent devant les yeux et je m'aperçois que pendant quelques secondes je me suis arrêtée de respirer. En inspirant éperdument je lève les yeux vers Julian, tremblant de tous mes membres.

— Tu... Tu veux m'épouser ? Ma voix ressemble à un murmure horrifié.

— Bien sûr que oui. Il plisse légèrement les yeux. Sinon pourquoi t'aurais-je amenée ici ?

Je ne sais pas quoi répondre ; je me contente de rester là et de le regarder fixement avec l'impression d'être en hyperventilation.

Me marier. Me marier avec Julian.

C'est simple, ce n'est pas compatible. Me marier et Julian sont tellement distants l'un de l'autre dans mon esprit que rien ne semble pouvoir les réunir. Quand je pense au mariage, c'est dans le contexte d'un avenir agréable, mais lointain, un avenir qui implique un mari attentionné et deux enfants turbulents. Dans cette image, il y a un chien, une maison de banlieue, on joue au football et l'on organise des pique-niques. Mais pas de tueur au visage d'ange déchu ; pas de beau monstre qui me fait crier dans ses bras.

— Je ne peux pas t'épouser. Ces paroles ont été prononcées avant d'y réfléchir. Je suis navrée, Julian, mais je ne peux pas.

Il voit rouge. En un éclair, il bondit sur moi, me prend la taille d'une main, me serre contre lui et m'agrippe la mâchoire de l'autre main.

— Tu as dit que tu m'aimais. Sa voix est douce et calme, mais j'y entends la rage sous-jacente. As-tu menti ?

— Non ! En tremblant, je soutiens son regard furieux et je tente vainement de le repousser. Je sens le poids de la bague à mon doigt, ce qui accentue ma panique. Je ne sais comment lui expliquer, comment lui faire comprendre quelque chose que j'ai moi-même du mal à comprendre. Je veux être avec lui. Je ne peux vivre sans lui, mais le mariage, c'est une tout autre histoire, quelque chose qui n'a pas sa place dans la perversité de notre relation.

— Je t'aime ! Tu le sais bien…

— Alors pourquoi refuserais-tu ? demande-t-il, les yeux noirs de colère. Il me serre la mâchoire de plus belle, ses doigts me font mal.

Mes yeux commencent à picoter. Comment puis-je expliquer ma réticence ? Comment puis-je dire qu'il n'est pas celui que je me suis imaginée comme mari ? Qu'il représente une part de ma vie que je n'aurais jamais pu imaginer, jamais voulu, que l'épouser voudrait dire que je renoncerais au vague et lointain rêve d'un avenir normal ?

— Pourquoi veux-tu m'épouser ? ai-je demandé avec désespoir. Pourquoi veux-tu faire quelque chose d'aussi conventionnel ? Je t'appartiens déjà…

— Oui, tu m'appartiens. Il se penche sur moi et n'est plus qu'à quelques centimètres. Et je veux qu'un document officiel le confirme. Tu seras ma femme, et personne ne pourra te prendre à moi.

Je fixe Julian des yeux, mon cœur se serre en commençant à comprendre. Il ne s'agit pas d'un geste tendre et romantique de sa part. Il ne veut pas m'épouser parce qu'il m'aime et parce qu'il veut avoir des enfants avec moi. Ce n'est pas son style. Mais le mariage légitimerait ses droits sur moi, c'est aussi simple que ça. Ce serait une autre forme de propriété, plus permanente… et quelque chose en moi se met à frissonner à cette pensée.

— Je suis navrée, ai-je dis calmement en prenant mon courage à deux mains. Je ne suis pas prête. Ne pourrions-nous pas en reparler plus tard, dans un certain temps ?

L'expression de son visage se durcit, ses yeux bleus sont glacés. Il me lâche brusquement et recule d'un pas.

— D'accord. Sa voix est aussi froide que son regard. Si c'est comme ça que tu l'entends, mon chat, nous ferons à ta guise.

Il met sa main dans sa poche, en sort son smartphone et commence à composer un message.

Son geste me donne la nausée.

— Qu'est-ce que tu fais ? Comme il ne répond pas, je répète ma question en essayant de ne pas montrer à quel point je suis paniquée.

— Quelque chose que j'aurais dû faire depuis longtemps, répond-il enfin en levant les yeux vers moi après avoir remis son téléphone dans sa poche. Tu rêves encore de lui, n'est-ce pas ? Ce garçon dont tu avais envie autrefois ?

Mon cœur s'arrête un instant de battre.

— Quoi ? Non, je ne pense jamais à lui ! Julian ! Je te le promets, ça n'a aucun rapport avec Jake…

Il me coupe la parole d'un geste dédaigneux.

— Il y a longtemps que j'aurais dû le faire disparaitre de ta vie. Je vais désormais rectifier cette erreur. Et alors tu comprendras peut-être que tu es avec moi et non pas avec lui.

— Mais je suis avec toi ! Je ne sais que dire, comment convaincre Julian de changer d'avis. Je m'avance vers lui, je lui prends les mains, leur chaleur brûle mes doigts glacés. Écoute-moi, je t'aime. Je n'aime que *toi*… Il ne représente plus rien pour moi, depuis longtemps !

— Bien. Mais il ne s'adoucit pas bien que ses doigts se referment sur les miens et les gardent prisonniers. Alors peu t'importe ce qui lui arrive.

— Non, ça ne marche pas comme ça ! Je m'en préoccupe parce que c'est un être humain, un comparse innocent dans toute cette histoire, et c'est tout ! Je tremble tellement maintenant que je claque des dents. Il ne mérite pas de mourir à cause de mes péchés…

— Peu importe ce qu'il mérite ou pas. La voix de Julian est cinglante et il me rapproche de lui de force. Je veux qu'il disparaisse de ton esprit et de ta vie, tu m'as compris ?

Mes yeux me brûlent encore plus et les larmes m'aveuglent. Dans la panique qui m'obscurcit l'esprit, je comprends qu'une seule chose peut l'en empêcher, il n'y a qu'une seule manière d'éviter la mort de Jake.

— D'accord, ai-je murmuré en regardant fixement le monstre dont je suis tombée amoureuse. Je vais le faire. Je vais t'épouser.

* * *

Les heures suivantes me semblent irréelles. Après avoir rappelé ses hommes de main, Julian me présente à un vieil homme tout ratatiné qui porte une soutane. Il ne parle pas anglais, si bien que je fais des signes de tête et feins de suivre ses bavardages, il parle à toute vitesse en espagnol. J'ai honte de l'admettre, mais le peu d'espagnol que je sais, je l'ai appris au lycée. Dans mon enfance, mes parents parlaient anglais à la maison et je n'ai pas passé assez de temps avec ma grand-mère pour apprendre autre chose que quelques expressions de base.

Après m'avoir présentée à ce prêtre, Julian m'emmène dans une autre pièce, c'est un petit bureau où se trouvent aussi deux chaises. Dès notre arrivée, deux jeunes femmes y font leur entrée. L'une d'elles tient une longue robe blanche à la main, l'autre des chaussures et des accessoires. Elles sont gentilles, tout excitées et bavardent avec moi dans un mélange d'espagnol et d'anglais en commençant à me coiffer et j'essaie de leur répondre de la même manière. Mais, mes réponses sont embarrassées et contraintes, j'ai le cœur trop serré pour me comporter comme la jeune mariée qu'elles s'attendent à voir. Julian remarque mon manque d'enthousiasme, me jette un regard noir puis disparait pour laisser ces femmes s'occuper de moi.

Quand elles ont fini de me faire belle, je suis épuisée, à la fois physiquement et mentalement. Bien que Chicago et Bogota soient sur le même fuseau horaire, j'ai l'impression que non et je suis complètement épuisée. Un engourdissement étrange s'empare de moi qui aide à dissiper ma nausée.

C'est pour de bon, ça va vraiment arriver. Julian et moi nous allons nous marier.

La panique qui m'a saisie tout à l'heure a disparu, elle s'est adoucie en une sorte de résignation et de lassitude. Je ne sais pas à quoi je m'attendais d'un homme qui m'a gardée quinze mois en captivité. Parler ensemble et de manière raisonnable des avantages et des inconvénients du mariage à ce stade de notre relation. En mon for intérieur, je ris jaune. *Ben voyons !* Rétrospectivement, il est clair que notre séparation de quatre mois a atténué le souvenir de ces premières semaines terrifiantes sur l'île, que j'ai réussi mentalement à idéaliser mon ravisseur. J'avais bêtement commencé à penser que ça pourrait être différent entre nous et à croire que j'aurais mon mot à dire.

— Et voilà ! Les femmes qui m'ont coiffée me font un sourire radieux et m'interrompent dans mes réflexions. Ravissant, señorita, absolument ravissant. Maintenant, s'il vous plait, la robe, ensuite nous nous occuperons du maquillage.

Elles me donnent des sous-vêtements de soie pour mettre sous la robe, et elles ont le tact de se retourner pour me laisser les mettre. Pour ne pas faire traîner les choses en longueur, je me change rapidement et je mets la robe qui me va à merveille, comme la bague.

Maintenant, il n'y a plus que le maquillage et les accessoires et les deux femmes s'en occupent sans tarder. Dix minutes plus tard, je suis prête à me marier.

— Venez voir ! dit l'une d'elle en m'emmenant dans un coin de la pièce. Il y a un grand miroir que je n'avais pas encore remarqué et je reste bouche bée en m'y regardant, j'ai du mal à reconnaître ce que j'y vois.

La jeune fille dans le miroir est belle, sophistiquée, elle a un ravissant chignon et elle a été maquillée avec goût. La robe sirène convient parfaitement à sa silhouette fine et le bustier décolleté en cœur révèle la ligne gracieuse de son cou et de ses épaules. Des boucles d'oreille en diamant en forme de larme ornent le petit lobe de ses oreilles et un collier assorti brille autour de son cou. C'est une mariée parfaite, surtout si l'on ne voit pas la tristesse dans ses yeux.

Mes parents auraient été si fiers de moi.

Cette pensée surgit sans crier gare et je réalise pour la première fois que je vais me marier en l'absence de ma famille, que mes parents ne verront pas leur fille unique lors de ce grand jour. À cette pensée, mon cœur se serre. Pas de shopping avec ma mère pour choisir ma robe de mariée, pas de sélection du gâteau de mariage avec mon père.

Pas d'enterrement de ma vie de jeune fille avec mes amies au club de strip-tease des Chippendales.

J'essaie d'imaginer les réactions de Julian si c'était arrivé, et de nouveau je ris jaune. Je me doute bien que les pauvres stripteasers auraient quitté le club sur une civière si j'avais osé m'approcher d'eux.

On frappe à la porte, ce qui interrompt mes réflexions à demi hystériques. Les femmes se précipitent pour aller ouvrir et j'entends Julian leur parler en espagnol. Elles se tournent vers moi, me disent au revoir et partent rapidement.

Dès qu'elles sont parties, Julian entre dans la pièce.

Malgré la situation, je ne peux m'empêcher de le contempler. Il porte un magnifique smoking noir qui met parfaitement en valeur sa grande silhouette athlétique ; mon futur mari est à couper le souffle. Je repense au moment où nous avons fait l'amour dans l'avion et je sens une chaleur humide entre mes cuisses et pourtant mes bleus me font mal à ce souvenir. Julian m'examine aussi, il a un regard brûlant de propriétaire qui me dévisage de haut en bas.

— Je croyais que ça portait malheur quand le futur marié voyait la future mariée avant la cérémonie ? Ma voix est aussi sarcastique que possible et j'essaie de ne pas faire attention à l'effet qu'il me fait physiquement. À cet instant précis, je le déteste presque autant que je l'aime et je suis particulièrement déconcertée par le désir qu'il m'inspire. Je devrais y être habituée depuis le temps, mais la dissociation entre mon cerveau et mon corps en sa présence continue à me mettre mal à l'aise.

Sa bouche sensuelle esquisse un sourire.

— Peu importe mon chat. Il me semble que nous sommes au-dessus de ça, toi et moi. Es-tu prête ?

Je hoche la tête et vais vers lui. Inutile de retarder l'inévitable ; d'une manière ou d'une autre, nous allons nous marier aujourd'hui. Julian m'offre son bras, je mets la main au creux de son coude et le laisse me ramener dans la jolie salle où se trouve une chaire.

Le prêtre nous y attend déjà, ainsi que Lucas. Il y a aussi une assez grosse caméra sur un petit trépied.

— C'est pour les photos de mariage ? ai-je demandé avec surprise en m'arrêtant sur le pas de la porte.

— Bien sûr ! Julian me regarde avec les yeux brillants. Pour avoir de beaux souvenirs.

Mais oui... Je me demande pourquoi Julian veut tout ça, la robe, le smoking, l'église. C'est incompréhensible pour moi. Il ne s'agit pas d'un mariage d'amour ; c'est simplement une forme plus contraignante et plus officielle d'affirmer les droits qu'il a sur moi. Toute cette mascarade est absurde, surtout étant donné que Lucas est le seul témoin de l'évènement.

De nouveau, cette pensée me serre le cœur.

— Julian, ai-je dit à voix basse, est-ce que je pourrais tout de suite appeler mes parents ? Je veux le leur dire. Je veux leur dire que je vais me marier. Je suis presque sûre qu'il va refuser ma demande, mais je suis quand même poussée à la faire.

À ma surprise, il me sourit.

— Si tu veux mon chat. En fait, après votre conversation ils pourront voir la cérémonie en direct par lien vidéo. Lucas peut s'en occuper.

Je suis tellement stupéfaite que j'en reste bouche bée. Il veut que mes parents voient le mariage ! Et qu'ils *le* voient, l'homme qui a enlevé leur fille ? Pendant un instant, j'ai l'impression d'être dans un autre monde puis le trait de génie qui lui a inspiré ce plan m'apparait.

— Tu veux que je te les présente, c'est ça ? ai-je murmuré en le fixant dans les yeux. Tu veux que je leur dise que je suis venue avec toi de mon propre gré et leur montrer ainsi à quel point nous sommes heureux ensemble. Si bien que tu n'auras pas besoin de t'inquiéter qu'ils avertissent la police ni que qui que ce soit ne se mette à ta poursuite. Je ne serai qu'une jeune fille de plus qui est tombée amoureuse d'un bel homme riche et qui s'est enfuie avec lui. Ces photos… cette vidéo… ce n'est qu'une mise en scène…

Il sourit de plus belle.

— À toi de choisir ce que tu vas faire et ce que tu vas dire, mon chat, dit-il avec un suave sourire. Ils peuvent soit assister à un heureux évènement, soit découvrir que tu as été de nouveau enlevée. À toi de choisir, Nora. Tu peux faire comme tu veux.

CHAPITRE CINQ

❖ JULIAN ❖

Elle écarquille ses yeux noirs et me fixe sans broncher, et je sais exactement quelle sera sa décision. Pour rassurer ses parents, elle sera la plus heureuse des mariées.

Elle va jouer la comédie comme elle ne l'a encore jamais fait.

À cette pensée, je sens de la colère et un autre sentiment que je ne prends pas la peine d'examiner de près me soulever le cœur. D'un point de vue rationnel, je comprends son hésitation. Je sais qui je suis, ce que je lui ai fait. Une femme intelligente s'enfuirait à toute vitesse, et Nora a toujours été plus intelligente, plus perspicace que la plupart des femmes.

Mais elle est jeune. Je l'oublie parfois. Dans le monde confortable de la bourgeoisie américaine, peu de femmes se marient à cet âge. Il est même possible qu'elle n'ait encore jamais pensé à se marier ; en fait, c'est même vraisemblable étant donné que je l'ai rencontrée quand elle était encore au lycée.

D'un point de vue rationnel je comprends tout cela… mais la raison n'a rien à voir avec les émotions violentes qui s'agitent en moi. Putain, je veux la ligoter, la fouetter puis la baiser jusqu'à ce qu'elle ait si mal qu'elle implore ma pitié, jusqu'à ce qu'elle admette qu'elle m'appartient et qu'elle ne peut vivre sans moi.

Mais je ne fais rien de tout cela. À la place, je lui souris froidement en attendant sa décision.

Elle incline légèrement la tête.

— Entendu. Sa voix est à peine audible. Je vais le faire. Je vais leur parler de notre histoire d'amour.

Je cache ma satisfaction.

— Comme tu voudras mon chat. Je vais demander à Lucas d'établir une connexion sécurisée avec eux.

Et je la laisse là pour aller vers Lucas et parler avec lui de la manière de l'organiser.

* * *

Je demande au Père Diaz de nous laisser une heure avant le début de la cérémonie et je m'assieds sur l'un des bancs pour laisser Nora parler tranquillement avec ses parents. Évidemment, je surveille ce qu'elle leur dit avec un petit écouteur, mais elle n'a pas besoin de le savoir.

En m'adossant au mur, je m'installe confortablement et je me prépare à bien m'amuser.

Sa mère décroche à la première sonnerie.

— Salut maman… c'est moi. La voix de Nora est enjouée et gaie, presque débordante d'excitation. Je réprime un sourire. Elle va se surpasser.

— Nora, ma chérie ! La voix de Gabriela Leston exprime le soulagement. Je suis si contente que tu m'appelles. J'ai déjà essayé de t'appeler cinq fois aujourd'hui, mais à chaque fois je suis tombée sur ton répondeur. J'allais passer chez toi… mais de quel numéro m'appelles-tu ?

— Maman, ne t'inquiète pas, je ne suis pas chez moi, comprends-tu ? Nora a pris un ton réconfortant, mais en mon for intérieur je fais la grimace. Je n'ai pas beaucoup l'expérience de parents normaux, mais il me semble que la phrase « Ne t'inquiète pas » les amène immédiatement à s'inquiéter.

— Qu'est-ce que ça veut dire ? La voix de sa mère se durcit immédiatement. Où es-tu ?

Nora s'éclaircit la gorge.

— Hum, en fait je suis en Colombie.

— QUOI ? Elle a crié si fort que j'en suis assourdi. Comment ça, tu es en Colombie ?

— Maman, tu ne comprends pas, j'ai une grande nouvelle à vous annoncer… Et Nora se lance dans des explications, nous sommes tombés amoureux l'un de l'autre dans l'île, elle était désespérée quand elle m'a cru mort, et elle est au septième ciel de me savoir sain et sauf.

Quand elle a terminé, il y a un long silence à l'autre bout du fil.

— Ne me dis pas que tu es avec lui maintenant ? demande finalement sa mère dont la voix est rauque et tendue. Il est revenu te chercher ?

— Oui, exactement. La voix de Nora est jubilante. Tu ne comprends donc pas, maman ? Je n'ai pas pu vous en parler jusqu'à maintenant parce que c'était trop difficile, parce que je croyais l'avoir perdu. Mais maintenant, nous sommes à nouveau ensemble et j'ai quelque chose… quelque chose d'*extraordinaire* à vous annoncer.

— Qu'est-ce que c'est ? Comme on peut s'y attendre, sa mère semble méfiante.

— Nous allons nous marier !

De nouveau, il y a un long silence à l'autre bout du fil, puis :

— Tu vas te marier… avec *lui* ?

Je réprime un autre sourire en écoutant Nora tenter de convaincre sa mère que je ne suis pas aussi méchant qu'ils le pensent, que c'est une suite de circonstances regrettables qui ont abouti à son enlèvement et que maintenant la situation est très différente entre nous. Je ne suis pas sûr que Gabriela Leston est convaincue, mais ça n'a pas d'importance. L'enregistrement de cette conversation sera envoyé aux responsables de certaines organisations officielles et contribuera à les apaiser. Ils comptent trop sur moi pour me baiser, mais il n'est pas inutile de jouer le jeu avec eux. Tout est affaire de perception et le fait que Nora soit ma femme leur convient bien mieux que de penser qu'elle est ma captive.

J'aurais pu l'épouser plus tôt, mais j'essayais de la cacher, de la garder en sécurité. C'est la raison pour laquelle je l'avais enlevée et amenée dans mon île, pour que personne ne découvre son existence et ne sache ce qu'elle représentait pour moi. Mais maintenant que ce secret a été découvert, je veux que le monde entier sache qu'elle est à moi et que ceux qui oseraient toucher à elle le paieront. Les nouvelles de ma vengeance contre Al-Quadar commencent à filtrer dans les bas-fonds de la pègre et j'ai fait en sorte que les rumeurs dépassent encore la réalité.

Ce sont ces rumeurs ainsi que le dispositif que j'ai mis en place pour la protéger qui garantiront la sécurité de la famille de Nora. Il est peu vraisemblable que quelqu'un essaye de m'atteindre à travers ma belle-famille – je n'ai pas vraiment la réputation de quelqu'un de dévoué à sa famille-, mais je ne veux prendre aucun risque. Je ne veux surtout pas que Nora perde ses parents alors qu'elle vient juste de perdre Beth.

Tandis que Nora termine sa conversation avec eux, le Père Diaz commence à s'impatienter. Je lui jette un regard menaçant et il arrête immédiatement de faire les cent pas, son visage retrouve sa sérénité. Le bon Père me connait depuis l'enfance et il sait quand il faut faire preuve de prudence.

Quand je jette de nouveau un coup d'œil à Nora, elle me fait signe et me demande de venir. Je me lève et je vais vers elle tout en éteignant mon oreillette. En m'approchant, je l'entends dire :

— Écoute, maman, laisse-moi te le présenter, d'accord ? Je vais lui demander de passer en vidéoconférence, ce sera presque comme si l'on était tous réunis pour de bon… ouais, je vais te rappeler dans deux ou trois minutes. Elle raccroche et attend en me regardant.

— Lucas ! J'ai à peine eu besoin d'élever la voix et il est déjà là avec un ordinateur portable et une connexion sécurisée. Il le pose sur un rebord de fenêtre et l'oriente de telle manière que la petite caméra soit dirigée vers nous. Une minute plus tard, le lien vidéo est établi et le visage de Gabriela Leston apparait sur l'écran. Tony Leston, le père de Nora, est derrière elle. Leurs deux paires d'yeux se tournent immédiatement vers moi et m'examinent avec un étrange mélange d'hostilité et de curiosité.

— Maman, papa, voici Julian, dit doucement Nora et j'incline la tête avec un léger sourire. Lucas va au fond de la pièce pour nous laisser seuls.

— Je suis très heureux de faire votre connaissance. À dessein je parle très calmement. Je suis certain que Nora vous a déjà tout expliqué. Je vous présente mes excuses pour la rapidité des évènements, mais je serais très heureux que vous assistiez à notre mariage. Je sais que Nora aimerait beaucoup que ses parents soient présents, même à distance.

Je ne peux rien dire aux Leston pour justifier mes actes ou pour qu'ils me trouvent sympathique, je n'essaie donc même pas. Nora est à moi maintenant, il faudra qu'ils apprennent à accepter cette réalité.

Le père de Nora ouvre la bouche pour dire quelque chose, mais sa femme lui donne un coup de coude.

— Entendu Julian, dit-elle lentement en me regardant fixement. Ses yeux sont extraordinairement semblables à ceux de sa fille. Vous allez donc épouser Nora. Puis-je vous demander où vous allez habiter ensuite et si nous la reverrons ?

Je lui souris. Encore une femme intelligente et pleine d'intuition.

— Pendant les premiers mois, nous serons sans doute ici, en Colombie, j'explique en gardant un ton détaché et amical. Je dois m'occuper de certaines affaires. Après ça, nous serons très heureux de vous rendre visite ou que vous veniez.

Gabriela hoche la tête.

— Je vois. Son visage reste tendu même si un soupçon de soulagement apparait brièvement dans son regard. Et les projets de Nora ? Et l'université ?

— Je ferai en sorte qu'elle poursuive ses études et qu'elle ait la possibilité de se consacrer à la peinture. Je regarde calmement les Leston. Évidemment je suis sûr que vous comprenez que Nora n'aura plus de soucis d'argent. Et vous non plus. Financièrement, je suis très à l'aise et je prends toujours soin de mes proches.

Tony Leston plisse les yeux de colère.

— Vous ne pouvez pas acheter notre fille… commence-t-il à dire, mais de nouveau sa femme lui donne un coup de coude pour le faire taire. Visiblement, la mère de Nora a mieux pris la mesure de la situation ; elle comprend que cette conversation aurait très bien pu ne pas avoir lieu.

Je me penche vers la caméra.

— Tony, Gabriela, ai-je dit à voix basse, je comprends votre inquiétude. Mais dans une demi-heure, Nora sera ma femme, ma responsabilité. Je peux vous assurer que je prendrai soin d'elle et que je ferai de mon mieux pour assurer son bonheur. Vous n'avez aucune raison de vous inquiéter.

Tony serre la mâchoire, mais cette fois il garde le silence. C'est Gabriela qui prend de nouveau la parole.

— Nous aimerions pouvoir lui parler régulièrement, dit-elle calmement. Pour être sûrs qu'elle est aussi heureuse qu'elle semble l'être aujourd'hui.

— Bien sûr. Je n'ai aucun problème à faire cette concession. Et maintenant, la cérémonie va commencer dans quelques minutes, nous allons vous installer une meilleure connexion vidéo. Je suis heureux d'avoir fait votre connaissance, ai-je dit poliment avant de refermer l'ordinateur portable.

En me retournant, je vois que Nora me regarde d'un air déconcerté. Dans sa longue robe blanche, avec son chignon, elle a l'air d'une princesse, et je suppose que je suis le méchant dragon qui l'a enlevée.

Cette pensée m'amuse sans savoir pourquoi. Je lève la main et effleure du doigt sa joue qui est douce comme celle d'un bébé.

— Es-tu prête mon chat ?

— Oui, je crois, murmure-t-elle en levant les yeux vers moi. Ces femmes que j'ai engagées ont maquillé ses yeux de manière à les rendre encore plus grands et plus mystérieux. Et sa bouche semble plus douce et plus brillante que d'habitude, ça donne envie de la baiser. Une violente bouffée de désir me prend par surprise et je m'oblige à reculer d'un pas avant de faire un acte sacrilège à mon propre mariage.

— La vidéo est prête, m'informe Lucas en revenant vers nous.

— Merci, Lucas, ai-je dit. Puis, me tournant vers Nora, je lui prends la main et je la conduis vers le Père Diaz.

CHAPITRE SIX

❖ NORA ❖

La cérémonie proprement dite ne prend qu'une vingtaine de minutes. Consciente que la caméra est braquée sur nous, je fais un grand sourire et je m'efforce d'avoir l'air d'une jeune mariée heureuse et resplendissante.

Je ne comprends toujours pas mes propres réticences. Après tout, j'épouse l'homme que j'aime. Quand je le croyais mort je voulais mourir à mon tour et j'avais besoin de toutes mes forces pour survivre d'un jour à l'autre. Je ne veux être avec personne d'autre que Julian… et pourtant je n'arrive pas à me débarrasser de ce qui me glace le sang.

Je dois reconnaître qu'il s'est très bien débrouillé avec mes parents. Je ne sais pas trop à quoi je m'attendais, mais ce n'était pas cette conversation calme, presque courtoise. Il a tout maîtrisé d'un bout à l'autre, son pragmatisme permettant d'éviter les accusations, les larmes et les récriminations. Il a présenté ses excuses pour ce mariage précipité, mais pas pour mon enlèvement, et je sais que c'est parce qu'il ne ressent aucune culpabilité à ce sujet. De son point de vue, il a des droits sur moi. C'est aussi simple que ça.

Après une longue oraison en espagnol le Père Diaz commence à parler à Julian. Je comprends quelques mots, comme époux, amour, protection, puis j'entends Julian répondre de sa voix grave « Si, quiero ».

Ensuite, c'est à mon tour. Je lève les yeux vers Julian et je croise son regard. Ses lèvres dessinent un tendre sourire, mais ses yeux expriment toute autre chose, le désir, et derrière, une possessivité absolue.

« Si, quiero » ai-je répondu à voix basse en répétant ce qu'a dit Julian. « *Oui, oui, je le veux.* » Au moins, le peu d'espagnol que je connais me permet de comprendre ça.

Julian sourit encore davantage. Il met la main dans sa poche et prend une autre bague, un mince anneau serti de diamants assorti à ma bague de fiançailles, et il la glisse sur mon doigt inerte. Puis il me met un anneau de platine dans la main et me tend sa main gauche.

Elle est deux fois plus grande que la mienne, ses doigts sont longs et virils. Ce sont des mains d'homme, fortes et calleuses. Des mains qui peuvent aussi bien donner du plaisir que de la souffrance.

Je respire profondément et je passe cet anneau à l'annulaire gauche de Julian, puis je lève de nouveau les yeux vers lui, n'écoutant qu'à moitié ce que dit le Père Diaz pour conclure la cérémonie. En regardant fixement les beaux traits de Julian, je n'arrive à penser qu'une chose, c'est fait.

L'homme qui m'a enlevée est désormais mon mari.

* * *

Après la cérémonie, je dis au revoir à mes parents en leur promettant de bientôt les rappeler. Ma mère pleure et mon père reste de marbre, ce qui veut dire d'habitude qu'il est très malheureux.

— Maman, papa, je vous promets de vous appeler, leur ai-je dit en essayant de ravaler mes propres larmes. Je ne vais pas disparaitre une nouvelle fois. Tout va bien se passer. Vous n'avez aucune raison de vous inquiéter…

— Je vous promets qu'elle vous rappellera bientôt, ajoute Julian et après d'autres au revoir émus Lucas arrête la connexion vidéo.

Pendant la demi-heure qui suit, on prend des photos dans la belle église. Puis nous remettons nos vêtements habituels et nous reprenons le chemin de l'aéroport.

Maintenant, c'est le soir, et je suis complètement épuisée. Le stress des deux dernières heures ainsi que le voyage m'ont presque anéantie et je ferme les yeux en m'adossant sur le siège recouvert de cuir noir tandis que la voiture suit un chemin sinueux dans les rues obscures de Bogota. Je ne veux plus penser à rien ; je veux seulement me vider la tête et me détendre. Je change de position pour m'asseoir autrement et ne pas mettre trop de poids sur mon derrière encore endolori.

— Tu es fatiguée, bébé ? Murmure Julian en mettant une main sur ma jambe. Ses doigts appuient légèrement, il me masse la cuisse et il m'oblige à ouvrir mes lourdes paupières.

— Un peu, j'admets en me tournant vers lui. Je ne suis pas tellement habituée à prendre l'avion ni à me marier.

Il me sourit, ses dents blanches brillent dans l'obscurité.

— Et bien espérons que nous n'ayons pas besoin de recommencer, je parle du mariage. Par contre, en ce qui concerne les voyages en avion, je ne te promets rien. C'est sans doute l'excès de fatigue, mais ça me parait ridiculement drôle. Je me mets à rire puis c'est un véritable fou rire qui me prend sur le siège arrière de la voiture.

Julian me regarde calmement et quand mes éclats de rire se sont calmés il me prend sur ses genoux et m'embrasse, il s'empare de ma bouche en un long baiser farouche qui me met littéralement à bout de souffle. Quand il me laisse respirer de nouveau je sais à peine comment je m'appelle et encore moins ce qui m'a fait autant rire.

Nous sommes haletants tous les deux et notre respiration se mêle tandis que nous nous regardons droit dans les yeux. Il y a du désir dans son regard, mais quelque chose de plus aussi, une ardeur violente qui n'est pas seulement charnelle. Mon cœur se serre étrangement et il me semble poursuivre ma chute libre, perdre encore plus de moi-même.

— Que veux-tu de moi Julian ? ai-je murmuré en levant la main pour la poser sur les durs contours de sa mâchoire. De quoi as-tu besoin ?

Il ne répond pas, mais sa grande main couvre la mienne et l'appuie quelques instants sur son visage. Il ferme les yeux comme pour mieux la sentir et quand il les ouvre de nouveau, c'est fini.

Il m'aide à me rasseoir, pose lourdement le bras sur mon épaule et m'installe confortablement à côté de lui.

— Repose-toi, mon chat, murmure-t-il, la bouche dans mes cheveux. Nous avons encore beaucoup de route avant d'arriver à la maison.

* * *

Dans l'avion, je m'endors à nouveau, si bien que je ne sais pas combien de temps dure le vol. Julian me secoue pour me réveiller après l'atterrissage et je sors avec lui de l'avion sans être encore tout à fait réveillée.

Un air chaud et humide m'enveloppe dès que nous descendons, j'ai l'impression d'être sous une couverture mouillée. Il faisait beaucoup plus chaud à Bogota qu'à Chicago, environ vingt degrés, mais là… il me semble être entrée dans un sauna. Avec mes bottes d'hiver et ma polaire, j'ai l'impression de cuire à petit feu.

— Bogota est à une altitude beaucoup plus élevée, dit Julian comme s'il lisait dans mes pensées. Ici c'est la tierra caliente, une zone chaude de basse altitude.

— Où sommes-nous ? ai-je dit en commençant à me réveiller. J'entends frémir les insectes et je sens la végétation luxuriante des tropiques. Je veux dire, dans quelle partie du pays ?

— Au sud-est, répond Julian en me conduisant vers un SUV qui se trouve au bout de la piste d'atterrissage. En fait, nous sommes en bordure de la forêt amazonienne.

Je lève la main pour me frotter le coin de l'œil. Je ne connais pas bien la géographie de la Colombie, mais j'ai l'impression d'être loin de tout.

— Y a-t-il des villages ou des villes à proximité ?

— Non, dit Julian. C'est l'avantage d'être ici, mon chat. Nous sommes complètement isolés et en sécurité. Personne ne viendra nous déranger ici.

Nous atteignons la voiture et il m'aide à y monter. Lucas nous rejoint quelques minutes plus tard et nous partons sur une route non goudronnée en pleine forêt.

Il fait nuit noire dehors, les phares de la voiture sont la seule source de lumière et je regarde avec curiosité dans l'obscurité en essayant de voir où nous sommes. Mais je ne vois que des arbres et encore des arbres.

Renonçant à cette vaine tentative, je décide de m'asseoir plus à mon aise. Comme la climatisation est à fond dans la voiture, il y fait plus frais, mais j'ai toujours trop chaud et j'enlève mon sweat-shirt. Heureusement, j'ai un tee-shirt dessous. En sentant l'air froid souffler sur ma peau brûlante, je pousse un soupir de soulagement et je m'évente pour me rafraîchir plus vite.

— Je t'ai apporté des vêtements plus appropriés, me dit Julian en me regardant faire avec un demi-sourire. J'aurais sans doute dû penser les apporter avec moi chez toi, mais j'étais bien trop impatient quand je suis venu te chercher.

— Ah bon ? Je lui jette un coup d'œil, même si c'est absurde, son aveu me fait plaisir.

— Je suis venu te chercher dès que j'ai pu, murmure-t-il, ses yeux brillent dans l'obscurité de la voiture. Tu ne penses tout de même pas que je t'aurais laissée seule plus longtemps ?

— Non, c'est vrai, ai-je dit doucement. Et c'est la vérité. S'il y a une chose dont j'ai toujours été sûre, c'est que Julian veut de moi. Je ne suis pas certaine qu'il m'aime, s'il est capable d'aimer qui que ce soit, mais je n'ai jamais mis en doute l'intensité de son désir pour moi. Dans le hangar, il a risqué sa vie pour moi et je sais qu'il pourrait recommencer. J'ai cette certitude dans la moelle de mes os et elle me réconforte.

En fermant les yeux, je m'adosse au siège et je pousse un nouveau soupir. À force d'être écartelée entre des émotions contradictoires, j'ai mal à la tête. Comment puis-je être bouleversée parce que Julian m'oblige à l'épouser tout en étant heureuse de savoir qu'il avait hâte de m'enlever à nouveau ? Comment peut-on avoir de tels sentiments si l'on est sain d'esprit ?

— Nous sommes arrivés, dit Julian en interrompant ma rêverie, et quand j'ouvre les yeux je m'aperçois que la voiture s'est arrêtée.

Devant nous se dresse une demeure de deux étages entourée d'autres bâtiments plus petits. Tous les alentours sont illuminés et je vois de vastes pelouses et un parc luxuriant et soigneusement entretenu. Julian avait dit vrai quand il parlait de sa maison comme d'un domaine.

Je vois aussi une partie du dispositif de sécurité et je regarde avec curiosité autour de moi tandis que Julian m'aide à sortir de voiture et me conduit vers le bâtiment principal. En bordure de la propriété se trouvent des miradors placés à quelques mètres les uns des autres et l'on y voit des hommes armés au sommet de chacun d'eux.

C'est presque comme si l'on était en prison sauf que ces gardes sont là pour empêcher les méchants d'entrer, pas de sortir.

— C'est là que tu as grandi ? ai-je demandé à Julian en m'approchant de la maison. C'est une belle demeure blanche avec une colonnade. Elle me fait un peu penser à la plantation de Scarlett O'Hara dans « Autant en emporte le vent ».

— Oui. Il me regarde de côté. J'y suis resté presque tout le temps jusqu'à l'âge de sept ou huit ans. Après, j'étais en ville avec mon père pour l'aider dans ses affaires.

Après avoir monté les marches du perron, Julian s'arrête à la porte et se penche pour me soulever de terre. Avant que je puisse dire quoi que ce soit, il me fait franchir le seuil dans ses bras et me repose sur le sol qu'une fois à l'intérieur.

— Il n'y a pas de raison de ne pas respecter cette petite tradition, murmure-t-il avec un sourire espiègle sans me lâcher la taille tandis qu'il baisse les yeux vers moi.

En guise de réponse, je lui souris. Quand Julian s'amuse ainsi il est irrésistible.

— Ah, oui, j'avais oublié qu'aujourd'hui tu étais M. Tradition, lui dis-je pour le taquiner, en m'efforçant d'oublier que j'ai été contrainte à l'épouser. Pour ne pas perdre la raison, il faut que je puisse séparer les bons moments des mauvais et que je vive autant que possible dans l'instant. Alors que je croyais seulement que tu me prenais dans tes bras.

— C'était le cas, a-t-il admis en souriant de plus belle. Mais c'est la première fois que mon inclination coïncide avec la tradition alors, disons que « j'observais la tradition ».

— Je n'y vois aucun inconvénient, ai-je dit doucement en levant les yeux vers lui. En ce moment, je donne la préférence aux « bons moments » et je serai d'accord avec tout ce qu'il voudra, je ferai tout ce qu'il voudra.

— Señor Esguerra ? Une voix féminine hésitante vient nous interrompre et je me retourne vers une femme d'âge moyen. Elle porte une robe noire à manches courtes et un tablier blanc noué autour de sa taille enrobée. Tout est prêt, exactement comme vous l'avez demandé, dit-elle en anglais avec un accent espagnol ; elle nous dévisage sans cacher sa curiosité. Dois-je servir le dîner ?

— Non, merci, Ana, répond Julian qui me tient toujours par la hanche, en propriétaire. Apporte seulement des sandwiches dans notre chambre s'il te plait. Nora est fatiguée du voyage. Puis il baisse les yeux vers moi. Nora, voici Ana, notre gouvernante. Ana, voici Nora, mon épouse.

Ana écarquille ses yeux marron. Visiblement, le mot « épouse » lui fait le même choc qu'à moi. Mais elle reprend vite ses esprits. Très heureuse de faire votre connaissance, Señora, dit-elle avec un grand sourire. Bienvenue !

— Merci, Ana. Moi aussi je suis heureuse de faire votre connaissance. Je lui souris sans tenir compte du douloureux pincement que j'ai au cœur. Cette gouvernante ne ressemble pas du tout à Beth, mais je ne peux m'empêcher de penser à celle qui était devenue mon amie et à sa mort cruelle et absurde.

Non, n'y pense pas, Nora. Je n'ai vraiment pas envie de me réveiller en hurlant parce que j'ai fait un cauchemar.

— Fais en sorte que nous ne soyons pas dérangés cette nuit s'il te plait, ordonne Julian, à moins qu'il s'agisse de quelque chose d'urgent.

— Oui, Señor, murmure-t-elle. Puis, elle disparait par la grande double porte du vestibule.

— Ana fait partie du personnel, explique Julian qui me mène à un grand escalier incurvé. Elle a passé toute sa vie au service de ma famille dans un rôle ou dans un autre.

— Elle a l'air très gentil, ai-je dit en examinant ma nouvelle demeure tout en montant les escaliers. Je n'ai jamais été dans un endroit aussi somptueux et j'ai du mal à imaginer que je vais habiter ici. L'ameublement mêle avec goût un charme désuet et une élégance moderne, il y a des parquets miroitants et des œuvres d'art abstraites aux murs. J'imagine que les dorures des cadres à elles seules ont davantage de valeur que tout ce qu'il y avait dans mon studio de Chicago. Combien y a-t-il de personnes à ton service ?

— Il y a deux personnes chargées exclusivement de la maison, répond Julian. Ana, dont tu viens de faire la connaissance, et Rosa, qui est la bonne. Tu la verras sans doute demain. Il y a aussi plusieurs jardiniers, des hommes à tout faire, et d'autres qui sont chargés de la propriété. Il s'arrête devant l'une des portes du palier et l'ouvre devant moi. Et voilà notre chambre.

Notre chambre. C'est vraiment une expression de la vie conjugale. Dans l'île, j'avais ma propre chambre même si Julian y couchait avec moi presque toutes les nuits, mais j'avais l'impression d'avoir un endroit à moi, ce que visiblement je n'aurai pas ici.

J'y entre et je l'examine prudemment.

Comme le reste de la maison, elle est somptueuse et désuète malgré plusieurs détails modernes. Le sol est recouvert d'un épais tapis bleu et un grand lit à baldaquin se trouve au centre de la pièce. Tout est dans des tons de bleu et de crème avec un soupçon d'or et de bronze ça et là. Les tentures des fenêtres sont épaisses et lourdes comme dans un hôtel de luxe et il y a d'autres tableaux abstraits aux murs.

Cette chambre est belle et intimidante, tout comme celui qui est désormais mon époux.

— Pourquoi ne pas prendre un bain ? dit doucement Julian en s'approchant de moi par-derrière. Il referme les bras sur moi et pose la main sur la boule de ma ceinture. Il me semble que ça nous ferait du bien.

— D'accord, c'est une bonne idée, ai-je murmuré en le laissant me déshabiller. J'ai l'impression d'être une poupée, ou plutôt une princesse étant donné l'endroit où nous sommes. Quand Julian m'enlève mon tee-shirt et fait descendre mon jean, sa main effleure ma peau nue et me fait frissonner tout en me brûlant jusqu'à la moelle.

Notre nuit de noces. Cette nuit est notre nuit de noces. Dans un mélange de nervosité et d'excitation, ma respiration s'accélère. Je ne connais pas les intentions exactes de Julian, mais la bosse dure que je sens contre mon dos ne me laisse aucun doute, il va encore me baiser.

Quand je suis complètement nue, je me retourne pour être face à lui et je le regarde se déshabiller, ses muscles saillants brillent sous la douce lumière encastrée dans le plafond. Il est légèrement plus mince qu'avant et il a une nouvelle cicatrice près de la cage thoracique. Et pourtant c'est le plus bel homme que je connaisse. Il est déjà en pleine érection, sa longue verge épaisse est tendue vers moi et j'avale ma salive en sentant mon propre sexe se contracter à cette vue. En même temps, je sens une légère douleur au fond de moi et mon derrière couvert de bleus me fait encore mal.

J'ai envie de lui, mais je ne sais pas si je pourrai supporter de souffrir davantage aujourd'hui.

— Julian… J'hésite, ne sachant pas la meilleure façon de le dire. Serait-il possible… Pourrions-nous… ?

Il fait un pas vers moi et me prend le visage dans ses grandes mains. En les baissant sur moi, ses yeux brillent.

— Oui, murmure-t-il en comprenant la question que je n'ai pas réussi à formuler. Oui, bébé, c'est possible. Je vais te donner une nuit de noces de rêve.

CHAPITRE SEPT

❖ JULIAN ❖

Me penchant en avant je passe le bras sous ses genoux et je la soulève. Elle est légère comme une plume, je la sens à peine quand je la porte vers la salle de bain où Ana nous a préparé le jacuzzi.

Ma femme. Désormais, Nora est ma femme. La farouche satisfaction que cette pensée m'inspire est absurde, mais je n'ai pas l'intention de m'appesantir là-dessus. Je vais la baiser et la dorloter, elle remplira tous mes besoins, aussi ténébreux et aussi pervers soient-ils. Elle se donnera tout entière à moi et je la prendrai.

Je prendrai tout, et ensuite j'exigerai encore plus.

Mais ce soir, je vais lui donner ce qu'elle désire. Je serai tendre et doux, aussi tendre que n'importe quel mari avec sa jeune mariée. Le sadique qui est en moi est calmé, satisfait. J'aurai le temps plus tard pour la punir pour ses réticences à l'église. En ce moment, je n'ai pas le désir de la faire souffrir, je veux seulement l'étreindre, caresser sa peau soyeuse et la sentir frissonner de plaisir entre mes bras. Ma verge est dure et vibre de désir, mais d'un désir différent, mieux contrôlé.

Quand nous arrivons au bord du grand jacuzzi rond je l'enjambe et nous nous baissons tous les deux dans l'eau bouillonnante, je prends Nora sur mes genoux. Elle pousse un soupir de plaisir et se détend contre moi en fermant les yeux et en mettant la tête sur mon épaule. Ses cheveux luisants me chatouillent la peau, leur extrémité flotte dans l'eau. Je bouge légèrement pour laisser le puissant jet me masser le dos et je sens ma tension commencer à s'apaiser bien que je sois toujours en érection.

Pendant quelques minutes, je me contente de rester assis en la tenant dans mes bras assise sur mes genoux. Malgré la chaleur écrasante au-dehors, dans la maison il fait frais et l'eau chaude sur ma peau me fait du bien. Elle me calme. J'imagine qu'elle fait aussi du bien à Nora et adoucit la douleur des bleus que je lui ai faits.

Je lève la main et je lui caresse paresseusement le dos en m'émerveillant devant la douceur de sa peau dorée. Ma verge tressaute, demandant plus, mais cette fois je ne suis pas pressé. Je veux prolonger ce moment, intensifier notre impatience à tous les deux.

— Comme c'est agréable, murmure-t-elle après un moment en penchant la tête pour me regarder. La chaleur de l'eau a fait rougir ses joues et ses paupières sont à demi baissées, donnant l'impression qu'elle vient déjà d'être longuement baisée. J'aimerais bien prendre un bain comme ça tous les jours.

— Tu pourras le faire, lui dis-je doucement en la retournant sur mes genoux pour qu'elle soit devant moi et en mettant la main dans l'eau pour attraper son pied droit. Tu peux faire tout ce que tu veux ici, tu es chez toi maintenant.

En appuyant légèrement sur la plante de son pied, je commence à la masser comme ça lui plait et le petit gémissement qui s'échappe de ses lèvres sous mes caresses me fait plaisir. Elle a de jolis petits pieds, comme le reste de sa personne. Ils sont même sexy avec son vernis rose. Obéissant à un désir soudain je lève son pied vers ma bouche et je commence à le sucer en faisant tourner ma langue autour de chaque doigt de pied. Elle en perd le souffle et me fixe des yeux, j'entends sa respiration s'accélérer et je vois ses yeux s'assombrir de désir. Je m'aperçois qu'elle est tout excitée et le fait de le savoir me raidit encore la verge.

Je soutiens le regard de Nora et j'attrape son autre pied pour en faire autant. Sous ma langue, ses doigts de pieds se recroquevillent et sa respiration se fait haletante puis elle passe la langue sur ses lèvres sèches. Ma tension à l'entre-jambe s'accroit, je lui lâche le pied et je glisse lentement la main le long de sa jambe, je sens les muscles de sa cuisse trembler de tension au fur et à mesure que je m'approche de son sexe. Mes doigts effleurent son sexe et séparent ses plis très doux. Puis j'enfonce le bout de mon index dans sa petite ouverture tout en appuyant du pouce sur son clitoris.

Elle est extraordinaire, chaude et glissante à l'intérieur, ses parois intimes se referment si fort sur mon doigt que ma verge tressaute de nouveau. Elle laisse échapper un doux gémissement, elle hausse une hanche vers moi et mon doigt glisse encore plus loin ce qui lui fait pousser un cri qui reste étouffé dans sa gorge. Machinalement, elle recule comme si elle voulait se dégager, mais ma main restée libre lui prend le bras et je l'attire vers moi, la gardant tout près.

— Ne résiste pas, bébé, ai-je murmuré en l'immobilisant tout en commençant à la baiser avec mon doigt tandis que mon pouce caresse son clitoris avec le même rythme régulier. Laisse-toi aller… oui, tu y es…

Elle jette la tête en arrière et ferme les yeux, une expression d'extase parfaite apparait sur son visage et elle gémit une fois de plus.

Comme elle est belle, putain, comme elle est belle ! Je ne peux la quitter des yeux, je savoure ce moment où elle jouit entre mes bras. Son corps mince se cambre et se raidit puis elle se met à crier et sa chair ondoie de plaisir autour de mon doigt en se resserrant encore ce qui fait douloureusement vibrer ma verge de désir.

Je n'en peux plus. Je retire le doigt, passe la main sous elle et la soulève en me relevant. Elle ouvre les yeux et me prend par le cou tout en me regardant attentivement, je sors du jacuzzi et je la porte vers la chambre. Nous sommes tous les deux dégoulinants, mais je ne peux pas m'arrêter, ne serait-ce qu'un instant. Je me fous éperdument de mouiller les draps, putain, il n'y a qu'elle qui compte en ce moment.

J'arrive sur le lit et je la pose dessus, mes mains tremblent sous un désir violent. Si c'était n'importe quelle autre nuit, je serais déjà en elle et je la martèlerai jusqu'à en exploser, mais pas cette nuit. Cette nuit est à elle. Cette nuit, je vais lui donner ce qu'elle a demandé, une nuit de noces avec son amoureux, et non pas avec un monstre.

Elle continue à me regarder, ses yeux sombres sont lourds de désir quand j'arrive sur le lit et que je suis entre ses jambes, penché sur sa douce et tendre chair. Sans prêter attention à ma verge qui me fait de plus en plus mal je commence à embrasser l'intérieur de ses cuisses et puis je remonte jusqu'à atteindre mon but, sa fente mouillée, toute rose et un peu enflée après l'orgasme qu'elle vient d'avoir.

Du doigt, j'ouvre ses plis, je la lèche tout autour du clitoris en goûtant son essence puis j'enfonce la langue à l'intérieur pour la pénétrer aussi loin que possible. Elle frissonne, ses mains descendent jusqu'à ma tête et je sens ses ongles s'enfoncer dans mon cuir chevelu. L'un de ses doigts effleure ma cicatrice et il me fait très mal, mais je n'y prête pas attention non plus, je ne veux que lui donner du plaisir et la faire jouir. Chaque goutte venue de son corps me ravit, chacun des soupirs et des gémissements qui viennent de sa gorge aussi, et ma langue joue sur les nerfs qui se rencontrent en haut de son sexe. Elle commence à trembler, ses cuisses vibrent sous la tension et quand elle jouit avec un cri éperdu je sens un liquide à la fois salé et sucré, alors ses hanches se soulèvent du lit et son sexe se frotte sur ma langue.

Quand elle s'affaisse enfin en haletant après avoir joui je rampe vers elle et j'embrasse la délicate conque de son oreille. Je n'en ai pas encore fini, loin de là.

— Tu es si douce, ai-je murmuré en la sentant frissonner quand elle sent la chaleur de mon haleine. Ma verge vibre encore plus fort en la sentant réagir comme ça, mes bourses sont prêtes à exploser et mes paroles suivantes sont prononcées d'une voix grave et brutale, presque gutturale. Putain, tu es si douce… J'ai tellement envie de te baiser, mais je ne le ferai que… Je lui lèche le dessous du lobe de l'oreille, la poussant à m'attraper convulsivement les hanches, que lorsque tu auras joui encore une fois. Tu crois que tu peux encore jouir pour moi, bébé ?

— Je… je ne crois pas… Elle en perd le souffle, elle se tord dans mes bras et ma bouche descend le long de sa gorge en laissant une trace chaude et humide sur sa peau.

— Oh si ! Je crois que tu peux, ai-je murmuré et ma main droite glisse le long de son corps pour atteindre son intimité humide. Quand mes lèvres arrivent à ses épaules et en haut de sa poitrine, elle recommence à haleter et sa respiration devient de plus en plus irrégulière au fur et à mesure que je me rapproche de ses seins. Ses tétons roses sont tout raides, ils me supplient presque de les caresser, alors je ferme la bouche sur l'un des boutons de rose qui se dresse et je me mets à le sucer sans ménagement. Elle laisse échapper un son entre un gémissement et un geignement. Puis, je m'occupe de l'autre téton en le suçant jusqu'à la sentir trembler sous mon poids, et que son sexe m'inonde entièrement la main. Mais avant qu'elle ne jouisse je me glisse de nouveau le long de son corps et je la pénètre de nouveau de la langue au moment où son corps recommence à se contracter.

Je la lèche jusqu'à l'ultime fin de son orgasme puis je remonte sur elle et je m'appuie sur le coude droit. De la main gauche, je lui attrape la mâchoire pour la forcer à me regarder droit dans les yeux. Mais ses yeux restent vagues, elle est encore à l'effet du plaisir et je baisse la tête pour m'emparer de sa bouche et l'embrasser profondément, longuement. Je sais qu'elle peut sentir son propre goût sur mes lèvres, une pensée qui m'excite encore plus, et ma verge sursaute. Dans le même temps ses bras se nouent autour de mon cou pour m'étreindre et je sens ses seins contre ma poitrine, ses tétons sont durs comme de petits galets.

Putain ! Il faut que je la baise ! Maintenant !

Le contrôle que j'exerce sur moi-même commence à faiblir, mais je continue à l'embrasser en lui ouvrant les cuisses du genou. En appuyant ma verge sur son ouverture je glisse la main gauche dans ses cheveux pour lui maintenir l'arrière du crâne.

Alors je commence à pousser en elle.

Et c'est petit aussi à l'intérieur, son vagin est plus serré que jamais. Je sens sa chair mouillée m'engloutir progressivement, s'étirer pour moi, mon dos se met à frissonner, mes bourses remontent le long de mon corps. Je ne suis pas encore en elle jusqu'au bout et je vais déjà exploser de ce plaisir fou. *Ralentis,* me suis-je rappelé sans ménagement. *Ralentis.*

Elle arrache sa bouche à la mienne, ses petits halètements me soufflent sur l'oreille.

— Je te veux, murmure-t-elle. Elle lève les jambes pour m'emprisonner les hanches. Ce mouvement m'aide à la pénétrer plus profondément et à me faire gronder éperdument de désir.

Je t'en prie, Julian…

L'entendre me dire ça m'ôte le peu de retenue qu'il me restait. *Ce n'est plus le moment de ralentir, putain…* Du plus profond de ma poitrine sort un grondement sourd, et mes mains lui agrippent les cheveux quand je commence à la marteler sauvagement, implacablement. Elle se met à hurler et me prend par le cou, son corps vient accueillir mes assauts sans merci.

Ma tête explose sous les sensations, c'est une extase indicible. Voici exactement ce que je veux, ce dont j'ai besoin. La raison pour laquelle je ne la laisserai jamais partir. Nos corps luttent sur le lit, les draps mouillés s'entortillent autour de nous et je me perds en elle, dans les sons et les odeurs du sexe brûlant où tous les coups sont permis. Nora est comme de la lave en fusion dans mes bras, son corps mince se cambre encore contre le mien, ses jambes entourent mes cuisses. Chaque coup m'enfonce encore plus profondément en elle jusqu'à ce que nous ne fassions plus qu'un, que nous soyons soudés l'un à l'autre.

C'est elle qui jouit la première et son intérieur me serre encore plus fort. J'entends son cri étranglé quand elle me mord l'épaule en proie à l'orgasme, et puis c'est mon tour et je tremble sur elle quand ma semence jaillit en jets brûlants continus.

Peinant à respirer, je m'écroule sur elle, mes bras ne peuvent plus supporter mon poids. Chaque muscle de mon corps tremble de la violence de mon plaisir et je suis couvert d'un fin voile de sueur. Quelques instants plus tard, j'arrive à rouler sur le dos et je la prends au-dessus de moi.

Ce ne devrait pas être encore aussi intense, pas après avoir baisé comme tout à l'heure et pourtant si. C'est toujours comme ça. Je la désire sans cesse, je ne pense qu'à elle. Si jamais je la perdais…

Non. Je refuse de penser à ça ; ça n'arrivera pas. Je ne le permettrai pas.

Je ferai ce qu'il faudra pour la protéger.

La protéger de tous, sauf de moi.

CHAPITRE HUIT

❖ NORA ❖

Quand je me réveille le lendemain matin Julian est déjà levé.

Je me lève à mon tour et je vais immédiatement prendre une douche, j'en ai bien besoin après la nuit dernière. Nous nous sommes endormis tous les deux après avoir fait l'amour, trop épuisés pour aller nous laver et changer les draps encore humides. Et puis, juste avant l'aurore, Julian m'a réveillée en se glissant près de moi et ses caresses adroites m'ont fait jouir une nouvelle fois avant que je ne sois complètement consciente. C'est comme si après notre longue séparation il n'arrivait pas à se rassasier de moi et que sa libido qui est déjà intense se déchaîne.

D'ailleurs moi non plus je n'arrive pas à me rassasier de lui.

Je me mets à sourire en pensant à notre nuit torride et passionnée. Julian m'avait promis une nuit de noces parfaite et c'est exactement ce qu'il m'a donné. Je ne sais même pas combien de fois j'ai joui depuis vingt-quatre heures. Évidemment maintenant c'est encore plus douloureux, ma chair est à vif après avoir autant baisé.

Et pourtant je me sens infiniment mieux aujourd'hui, que ce soit physiquement ou mentalement. Les bleus de mes cuisses me font moins mal quand je les touche et je ne suis plus aussi bouleversée. Même l'idée d'avoir épousé Julian ne me semble pas aussi effrayante à la lumière du matin. Rien n'a vraiment changé, si ce n'est que maintenant il y a un document qui nous unit et qui informe tout le monde que j'appartiens à Julian. Ravisseur, amant ou époux, ça revient au même ; l'étiquette ne change pas la réalité de notre relation dysfonctionnelle.

J'arrive sous la douche et je renverse la tête en arrière pour laisser couler l'eau chaude sur mon visage. La douche est aussi luxueuse que le reste de la maison, c'est une cabine ronde assez vaste pour accueillir une dizaine de personnes. Je me lave méticuleusement pour retrouver visage humain. Puis je retourne m'habiller dans la chambre.

Je trouve une immense armoire au fond de la pièce, elle est essentiellement remplie de vêtements d'été légers. En me souvenant de la chaleur étouffante qu'il fait dehors je choisis une simple robe bleue puis j'enfile des tongs marron. Ce n'est pas ce qu'il y a de plus sophistiqué, mais ça ira.

Je suis prête pour partir à la découverte de ma nouvelle demeure.

* * *

Le domaine est immense, bien plus grand qu'il me semblait hier soir. En plus du bâtiment central, il y a aussi des casernes pour les deux cents et quelques gardes qui patrouillent le périmètre et un certain nombre de maisons occupées par d'autres employés et leur famille. C'est presque comme une petite ville, ou une sorte d'enceinte militaire.

C'est Ana qui m'a appris tout ça pendant le petit déjeuner. Visiblement, Julian avait laissé des instructions pour que je puisse manger et faire la visite une fois que je serai réveillée. Comme d'habitude, Julian est pris par son travail.

— Le Señor Esguerra a une réunion importante m'explique Ana en me servant un plat qui s'appelle *Migas de Arepa,* des œufs brouillés avec des galettes de maïs, de la sauce tomate et des oignons. Il m'a demandé de prendre soin de vous aujourd'hui, vous me direz si vous avez besoin de quoi que ce soit, s'il vous plait. Après le petit déjeuner, je peux demander à Rosa de vous faire visiter si vous voulez.

— Merci, Ana, ai-je dit en commençant à manger. C'est incroyablement délicieux, le goût sucré des arepas met en valeur celui des œufs. J'aimerais bien faire la visite.

Nous bavardons un peu pendant que je finis de manger. Non seulement elle me donne des renseignements sur le domaine, mais Ana m'apprend qu'elle a vécu presque toute sa vie ici, elle a commencé dans sa jeunesse comme bonne au service du père de Julian.

— C'est comme ça que j'ai appris l'anglais, dit-elle en me versant une tasse de chocolat chaud mousseux. La Señora Esguerra était américaine, comme vous, et elle ne savait pas l'espagnol.

Je hoche la tête en me souvenant de ce que Julian m'a dit au sujet de sa mère. Avant d'épouser son père, elle était mannequin à New York.

— Alors vous avez connu Julian quand il était petit ? ai-je demandé en buvant le délicieux chocolat chaud. Comme les œufs, il a des arômes inhabituels, avec un soupçon de clou de girofle, de cannelle et de vanille.

— Oui. Ana s'arrête là, comme si elle avait peur d'en dire trop. Je lui adresse un sourire encourageant, espérant qu'elle va m'en dire davantage, mais à la place elle commence à débarrasser la table ce qui indique que la conversation est terminée.

En soupirant, je finis mon chocolat chaud et je me lève. J'aimerais bien en savoir plus sur mon mari, mais j'ai l'impression qu'Ana sera aussi muette sur ce sujet que Beth.

Beth. La peine habituelle revient, accompagnée d'une rage dévorante. Le souvenir de sa mort violente n'est jamais loin de mon esprit et menace de me noyer dans la haine si je le laisse faire. La première fois que Julian m'a parlé de ce qu'il a fait aux agresseurs de Maria, j'étais horrifiée… mais maintenant je le comprends. Si seulement je pouvais mettre la main sur le terroriste qui a tué Beth et le faire payer pour ce qu'il lui a fait. Même le fait de le savoir mort ne suffit pas à m'apaiser ; c'est toujours là, ça me ronge et ça m'empoisonne de l'intérieur.

— Señora, voici Rosa, dit Ana, et je me tourne vers l'entrée de la salle à manger pour voir une jeune femme brune. Elle a l'air d'avoir environ mon âge, le visage rond et un grand sourire. Comme Ana, elle porte une robe noire à manches courtes et un tablier blanc. Rosa, voici la nouvelle épouse du Señor Esguerra, Nora.

Rosa sourit encore plus.

— Oh, bonjour, Señora Esguerra, je suis heureuse de faire votre connaissance. Son anglais est encore meilleur que celui d'Ana, on devine à peine son accent.

— Merci, Rosa, ai-je répondu. Elle me plait tout de suite. Moi aussi je suis très heureuse de faire votre connaissance. Et s'il vous plait, appelez-moi Nora. Je me tourne vers la gouvernante. Vous aussi Ana, s'il vous plait. Je n'ai pas l'habitude qu'on m'appelle « Señora ». Et c'est vrai. C'est particulièrement étrange de m'entendre appeler « Señora Esguerra ». Est-ce que ça veut dire que désormais je porte le nom de famille de Julian ? Nous n'en avons pas encore parlé, mais j'imagine que là aussi Julian voudra suivre la tradition.

Nora Esguerra. À cette pensée, mon cœur s'accélère, et certaines des peurs irrationnelles d'hier reviennent. Pendant dix-neuf ans et demi, je me suis appelée Nora Leston. Je suis habituée à ce nom, il me convient bien. L'idée d'en changer me met très mal à l'aise, comme si je perdais encore une part de moi-même. Comme si Julian me dépouillait de tout ce que j'étais et me transformait en une personne que je reconnais à peine.

— Bien sûr ! dit Ana en interrompant ma rêverie inquiète. Nous serons heureuses de vous appeler comme vous le voudrez. Rosa hoche vigoureusement la tête pour exprimer son approbation en me faisant un grand sourire et je respire profondément plusieurs fois de suite pour calmer mon cœur qui bat à se rompre.

— Merci. Je parviens à leur adresser un sourire. C'est gentil.

— Aimeriez-vous visiter la maison avant que nous allions dehors ? demande Rosa en tapotant son tablier. Ou préférez-vous aller dehors en premier ?

— Nous pouvons commencer par la maison si vous le voulez bien, lui ai-je dit. Ensuite, je remercie Ana pour le petit déjeuner et nous commençons la visite.

Rosa me montre d'abord le rez-de-chaussée. Il y a plus d'une douzaine de pièces, parmi lesquelles une grande bibliothèque avec un grand choix de livres. Il y a aussi un cinéma privé avec une télévision murale et une assez grande salle de gym avec des équipements haut de gamme. Je suis aussi contente de découvrir que Julian n'a pas oublié mon goût pour la peinture ; l'une des pièces a été convertie en atelier avec des toiles blanches posées le long d'une immense fenêtre orientée au sud.

— Le Señor Esguerra a fait installer tout ça une quinzaine de jours avant votre arrivée, me dit Rosa en me menant de pièce en pièce. Si bien que tout est neuf.

Je cligne des yeux, ce qu'elle vient de me dire me surprend. J'avais deviné que l'atelier venait d'être installé puisque Julian ne peint pas, mais je n'avais pas réalisé qu'il avait fait refaire toute la maison.

— Mais il n'a pas aussi fait installer une piscine, si ? Je demande pour plaisanter tandis que nous passons dans le couloir.

— Non, la piscine existait déjà, dit Rosa qui reste imperturbable. Mais il l'a fait rénover. Et me conduisant vers une porte de derrière qui est fermée, elle me montre une piscine olympique entourée de plantes tropicales. Il y a également des chaises longues qui ont l'air incroyablement confortables, de grands parasols pour faire de l'ombre et plusieurs tables dehors avec des chaises.

— Comme c'est agréable, ai-je murmuré en sentant l'air chaud et humide sur ma peau. Avec ce climat, j'ai l'impression que ça sera vraiment bien d'avoir une piscine.

Nous rentrons dans la maison et nous allons au premier étage. En plus de la chambre principale, il y en a d'autres et chacune d'elle est plus grande que mon studio de Chicago.

— Pourquoi la maison est-elle aussi grande ? ai-je demandé à Rosa après notre visite de toutes ces pièces somptueuses. Il n'y a pas beaucoup de gens qui vivent ici, n'est-ce pas ?

— Non, c'est vrai, me confirme Rosa. Mais cette maison a été construite par le précédent Señor Esguerra et d'après ce que j'ai compris, il organisait souvent des fêtes et invitait souvent ses associés chez lui.

— Comment êtes-vous venue travailler ici ? Je regarde Rosa avec curiosité tandis que nous montons l'escalier incurvé. Et comment avez-vous appris à parler aussi bien anglais ?

— Oh, je suis née dans le domaine Esguerra, dit-elle comme si ça allait de soi. Mon père était l'un des gardes du vieux Señor, ma mère et mon grand frère travaillaient également pour lui. C'est la femme du Señor, elle était américaine, vous savez, qui m'a appris l'anglais quand j'étais petite. Je pense qu'elle s'ennuyait un peu ici, si bien qu'elle donnait des leçons d'anglais à tout le personnel et à tous ceux qui avaient envie de l'apprendre. Ensuite elle a insisté pour que nous parlions tous anglais dans le domaine, même entre nous, pour le pratiquer.

— Je vois. Rosa semble plus loquace qu'Ana, je lui pose donc la question que j'ai déjà posée à la gouvernante. Si vous avez grandi ici, vous connaissiez Julian à l'époque ?

— Non, pas vraiment. Elle me jette un coup d'œil quand nous sortons de la maison par la porte principale. Quand votre mari a quitté le pays, j'étais très jeune, je devais avoir quatre ans, je ne me souviens donc pas de lui quand il était petit. À part cette dernière quinzaine, je ne l'ai vu que quelques jours après…

— Après la mort de ses parents ? ai-dit à voix basse. Je me souviens que Julian m'a dit que ses parents avaient été assassinés, mais il ne m'a jamais raconté comment c'était arrivé. Il m'a juste dit que c'était un rival de son père qui avait voulu se débarrasser de lui.

— Oui, dit tristement Rosa, son grand sourire a complètement disparu. Quelques années après le départ de Julian l'un des cartels de la côte nord a tenté de prendre le contrôle des opérations Esguerra. Ils ont frappé le nerf sensible de l'organisation et ils sont même venus ici, dans le domaine. Beaucoup de gens sont morts ce jour-là. Mon père et mon frère aussi.

Je m'arrête de marcher et je la fixe des yeux.

— Oh, mon Dieu, Rosa, je suis navrée… Je suis bouleversée d'avoir évoqué un souvenir aussi pénible. Sans savoir pourquoi, je ne pensais pas que les gens qui vivent ici avaient subi les conséquences des évènements qui ont traumatisé Julian. Je suis tellement navrée…

— Ce n'est pas grave, dit-elle. Mais son visage est encore tendu, c'est arrivé il y a presque douze ans maintenant.

— Vous deviez être très jeune à l'époque ? ai-je dit doucement. Quel âge avez-vous ?

— Vingt-et-un ans, répond-elle tandis que nous descendons du perron. Puis elle me jette un regard plein de curiosité et sa tristesse commence à s'estomper. Et vous, Nora ? Si vous permettez cette question, vous aussi vous avez l'air très jeune.

Je lui souris.

— J'ai dix-neuf ans. J'en aurai vingt dans quelques mois. Je suis heureuse qu'elle soit suffisamment à l'aise pour me poser des questions personnelles. Je ne veux pas être la Señora ici et être traitée comme une châtelaine.

Elle me sourit à son tour, elle a visiblement retrouvé son entrain.

— C'est ce que je croyais, dit-elle avec une évidente satisfaction. Quand elle vous a vue hier soir Ana pensait que vous étiez encore plus jeune, mais elle a presque cinquante ans et elle prend tous les gens de notre âge pour des bébés. Ce matin, j'ai pensé que vous aviez vingt ans et j'avais raison.

Je me mets à rire, ravie par sa franchise.

— Absolument, vous aviez raison !

Pendant le reste de la visite, Rosa multiplie les questions, elle m'interroge sur moi-même et sur ma vie quand j'étais aux États-Unis. Elle est visiblement fascinée par l'Amérique, elle a vu un certain nombre de films américains pour améliorer son anglais.

— J'aimerais bien y aller un jour, dit-elle d'un air rêveur. Voir New York, marcher sur Times Square avec toutes ses illuminations…

— Vous devriez vraiment y aller, lui ai-je dit. Je ne suis allée qu'une seule fois à New York et c'était super. Il y a tellement de choses à voir.

Tout en bavardant, elle me fait visiter le domaine, elle me montre les casernes dont Rosa m'a déjà parlé et les hommes qui s'entraînent au fond de l'enceinte. Pour s'entraîner, ils ont une salle de boxe, un stand de tir et ce qui ressemble à une course d'obstacles dans une vaste prairie.

— Les gardes aiment se maintenir au mieux de leur forme, m'explique Rosa alors que nous croisons un groupe d'hommes au visage dur qui pratiquent une forme d'art martial. La plupart d'entre eux sont d'anciens soldats et ils sont tous très compétents.

— Julian s'entraîne avec eux, non ? ai-je demandé tout en regardant avec fascination l'un des hommes abattre son adversaire d'un seul coup de poing à la tête. J'ai appris un peu d'autodéfense en prenant des leçons à Chicago, mais comparé à ce qu'on fait ici c'est de l'enfantillage.

— Oh, oui ! Le ton de Rosa est plein de déférence. J'ai vu le Señor Esguerra s'entraîner et il est aussi fort que n'importe lequel de ses hommes.

— Oui, j'en suis sûre, ai-je dit en me souvenant de la manière dont Julian est venu à ma rescousse dans le hangar. Il était totalement dans son élément, arrivant dans la nuit comme un ange de la mort. Pendant un instant, ces souvenirs funèbres menacent de m'envahir de nouveau, mais je les repousse, déterminée à ne pas m'appesantir sur le passé. En me détournant des combattants, je demande à Rosa :

— Est-ce que par hasard vous sauriez où il est aujourd'hui ? Ana m'a dit qu'il avait une réunion.

En guise de réponse, elle hausse des épaules.

— Il est sans doute dans son bureau, c'est dans ce bâtiment, là-bas. Elle me montre un petit bâtiment moderne qui se trouve près de la maison. Il l'a rénové aussi et il y passe beaucoup de temps depuis son retour. J'ai vu Lucas, Peter et quelques autres y entrer ce matin, donc je suppose que Julian les y a réunis.

— Qui est Peter ? ai-je demandé. Je connais déjà Lucas, mais c'est la première fois que j'entends parler de Peter.

— C'est l'un des employés du Señor Esguerra, répond Rosa tandis que nous revenons vers la maison. Il est venu ici il y a quelques semaines pour superviser certaines des mesures de sécurité.

— Ah, je vois.

Quand nous rejoignons la maison, mes vêtements me collent à la peau tellement il fait humide. C'est un soulagement d'être à l'intérieur où la climatisation rafraîchit agréablement la température.

— C'est typique de l'Amazonie, dit Rosa en souriant quand je bois d'un trait un verre d'eau fraîche à la cuisine. Nous sommes juste à côté de la forêt tropicale et dehors on a toujours l'impression d'être dans une étuve.

— Ouais, sans blague ! ai-je marmonné, j'ai vraiment besoin d'aller reprendre une douche. Sur l'île aussi il faisait chaud, mais la brise venant de l'océan rendait le climat tolérable et même agréable. Mais ici, la chaleur est presque étouffante, il n'y a pas de vent et l'air est saturé d'humidité.

En reposant le verre vide sur la table je me tourne vers Rosa.

— Je crois que je vais faire bon usage de la piscine que vous m'avez montrée, lui ai-je dit en décidant d'y aller. Aimeriez-vous venir avec moi ?

Rosa ouvre grands les yeux. Visiblement, mon invitation l'étonne.

— J'aimerais bien, dit-elle sincèrement, mais il faut que j'aide Ana à préparer le déjeuner et ensuite faire les chambres au premier étage…

— Bien sûr. Je suis un peu gênée parce que l'espace d'un instant j'ai oublié que Rosa n'est pas seulement là pour me tenir compagnie, qu'en fait elle a du travail et des responsabilités dans la maison. Eh bien, dans ce cas, merci pour la visite, c'était vraiment gentil de votre part.

Elle me sourit.

— Avec plaisir, c'est quand vous voulez.

Et tandis qu'elle s'affaire dans la cuisine, je vais en haut mettre mon maillot de bain.

CHAPITRE NEUF

❖ JULIAN ❖

Je retrouve Nora au bord de la piscine, elle lit sous l'un des parasols. Elle a les jambes croisées et elle porte un bikini blanc sans bretelles, des gouttes d'eau brillent sur sa peau dorée. Elle vient sans doute de se baigner.

En entendant mes pas, elle s'assied et pose le livre sur une petite table.

— Salut ! dit-elle doucement quand je m'approche de sa chaise longue. Ses lunettes de soleil sont un peu trop grandes pour son petit visage et lui donnent un peu l'air d'une libellule et je me dis qu'il faudra lui en acheter d'autres la prochaine fois que j'irai à Bogota.

— Salut ! mon chat, ai-je murmuré en m'asseyant à côté d'elle. Je lève la main et je lui enlève ses lunettes puis je me penche pour lui donner un petit baiser. Elle a un goût de soleil, ses lèvres sont douces et accueillantes, immédiatement ma verge se raidit en réagissant à la proximité de son corps presque nu. Ce soir, me suis-je promis en relevant la tête à regret, ce soir elle sera de nouveau à moi.

— C'était quoi ta réunion ce matin ? demande-t-elle un peu essoufflée après notre baiser. Dans ses yeux noirs, je lis sa curiosité mêlée à un soupçon de prudence quand elle me regarde. De nouveau, elle me met à l'épreuve, elle veut savoir ce que je suis désormais prêt à partager avec elle.

J'y réfléchis un instant. Ce serait tentant de la laisser dans l'ignorance. Malgré tout, Nora est encore tellement naïve, tellement ignorante du monde tel qu'il est. Elle en a eu un petit aperçu dans le hangar, mais ce n'était rien en comparaison de ce que je rencontre quotidiennement. Je veux continuer à la protéger de la brutalité de mon univers, mais son ignorance ne se confond plus avec sa sécurité maintenant que mes ennemis connaissent son existence. D'ailleurs, j'ai l'impression que ma jeune épouse est moins fragile que son apparence délicate le donnerait à penser.

C'est indispensable pour qu'elle puisse vivre avec moi.

Parvenu à prendre une décision, je lui souris froidement.

— Nous venons juste de recevoir des renseignements au sujet de deux cellules d'Al-Quadar, ai-je dit en examinant sa réaction. Maintenant, nous cherchons comment les éliminer et capturer certains de leurs membres par la même occasion. Notre réunion visait à coordonner les détails concrets de cette opération.

Elle ouvre plus légèrement les yeux, mais elle arrive bien à contrôler le choc que lui donnent mes révélations.

— Il y a combien de cellules ? demande-t-elle en s'avançant sur sa chaise longue. Je la vois serrer le poing près de sa jambe bien que sa voix soit restée calme. Quelle est la taille de leur organisation ?

— Personne ne le sait, sauf les principaux chefs. C'est la raison pour laquelle il est si difficile de les anéantir, ils sont disséminés dans le monde entier, comme une vraie vermine. Mais ils ont commis une erreur quand ils ont essayé de jouer au plus fort avec moi. Je suis très doué pour me débarrasser de la vermine.

Nora avale machinalement sa salive, mais continue à soutenir mon regard. *Qu'elle est courageuse !*

— Qu'est-ce qu'ils te voulaient ? demande-t-elle. Pourquoi ont-ils décidé de jouer au plus fort ?

J'hésite une seconde puis je décide de tout lui dire. Autant qu'elle le sache maintenant.

— Ma compagnie a mis au point un nouveau type d'arme, un explosif qu'il est presque impossible de détecter, j'explique. Avec deux ou trois kilos, on peut faire sauter un aéroport de taille moyenne et avec douze kilos une petite ville. Elle a la force explosive d'une bombe nucléaire sans être radioactive, la substance dans laquelle elle est faite ressemble à du plastique si bien qu'on peut lui donner n'importe quelle forme, même celle d'un jouet.

Elle me regarde fixement et se met à pâlir. Elle commence à en comprendre les implications.

— C'est la raison pour laquelle tu n'as pas voulu la leur donner ? demande-t-elle. Parce que tu ne voulais pas placer une arme aussi dangereuse dans la main de terroristes ?

— Non, pas vraiment. Je la regarde d'un air amusé. C'est gentil de sa part de m'attribuer de nobles intentions, mais elle devrait désormais mieux me connaitre. C'est simplement que cet explosif est difficile à produire en grandes quantités et que j'ai déjà une longue liste d'attente de clients. Al-Quadar était en dernier sur cette liste si bien qu'il leur aurait fallu attendre des années si ce n'est des décennies avant de pouvoir l'acheter.

Il faut rendre justice à Nora, l'expression de son visage reste le même.

— Alors qui est en tête de ta liste ? demande-t-elle d'un ton calme. Un autre groupe terroriste ?

— Non ! Je ris doucement. Tu es loin d'avoir deviné. C'est le gouvernement de ton pays, mon chat. Leur commande est si importante qu'elle suffira à faire travailler mes usines pendant des années.

— Ah, je vois. Elle parait d'abord soulagée puis son front lisse se plisse, elle est interloquée. Alors il y a aussi des gouvernements légitimes qui t'achètent des armes ?

Je croyais que l'armée américaine avait mis au point son propre armement…

— C'est vrai. Je souris de sa naïveté. Mais ils ne peuvent pas laisser passer une telle occasion. Et plus ils m'en achètent, moins j'en vends aux autres. C'est un arrangement où tout le monde y trouve son compte.

— Mais pourquoi ne pas te les prendre de force ? Ou simplement fermer tes usines ? Elle a du mal à comprendre et me fixe des yeux. D'ailleurs, puisqu'ils savent que tu existes, pourquoi t'autoriser à fabriquer illégalement des armes ?

— Parce que si ça n'était pas moi ça serait quelqu'un d'autre, et que cette personne ne serait peut-être pas aussi rationnelle et aussi pragmatique que moi. Je lis l'incrédulité sur son visage et je souris encore plus. Oui, mon chat, crois-moi si tu veux, le gouvernement américain préfère traiter avec moi qui ne nourris aucune hostilité particulière à son égard plutôt qu'avec quelqu'un comme Majid.

— Majid ?

— Le fils de pute qui a tué Beth. Ma voix se durcit, ce n'est plus le moment de rire. Celui qui t'a fait enlever à la clinique.

Quand je parle de Beth, Nora se raidit et je la vois de nouveau serrer les poings.

— Le Patron, c'est comme ça que je l'avais surnommé en mon for intérieur, murmure-t-elle, et elle regarde un instant au loin. Parce qu'il portait un costume, tu sais… Elle cligne des yeux et revient vers moi. C'était Majid ?

Je hoche la tête en restant impassible malgré la rage qui me dévore.

— Oui, c'était lui.

— J'aurais aimé qu'il ne trouve pas la mort dans l'explosion, dit-elle en me surprenant un instant. Ses yeux ont une lueur sombre au soleil. Il ne méritait pas une mort aussi douce.

— Non, c'est vrai, ai-je confirmé, comprenant maintenant ce qu'elle veut dire. Elle est comme moi, elle aurait voulu que Majid souffre davantage. Elle a soif de vengeance ; je l'entends dans sa voix, je le vois sur son visage. Je me demande ce qui se passerait si Majid se retrouvait à sa merci. Serait-elle vraiment capable de lui faire du mal ? De le faire tellement souffrir qu'il l'implorerait de le tuer ?

C'est une idée qui me donne à réfléchir.

— Est-ce que tu as amené Beth ici ? demande-t-elle en interrompant mes rêveries. Je veux dire, dans ton domaine ?

— Non. Je secoue la tête. Avant de venir sur l'île, Beth voyageait avec moi et ça fait longtemps que je n'étais pas revenu ici.

— Pourquoi ?

Je hausse les épaules.

— Sans doute parce que je ne m'y plaisais pas, ai-je dit tranquillement en ne voulant pas penser aux sombres souvenirs qui m'envahissent l'esprit à la question qu'elle m'a posée en toute innocence. C'est dans ce domaine que j'ai passé l'essentiel de mon enfance, fouetté et roué de coups par mon père jusqu'à ce que je puisse me défendre. C'est là que j'ai tué pour la première fois et que je suis venu chercher le cadavre ensanglanté de ma mère il y a douze ans. Ce n'est qu'après avoir complètement rénové la maison que j'ai pu envisager la possibilité de venir y habiter de nouveau et même alors, seule la présence de Nora me permet d'y être.

Elle me pose la main sur le genou et me ramène au présent.

— Julian… Elle s'arrête un instant comme si elle ne savait comment s'y prendre. Puis elle se décide à se jeter à l'eau. Il y a quelque chose que je voudrais te demander, dit-elle à voix basse, mais avec fermeté.

Je hausse le sourcil.

— Qu'est-ce que c'est, mon chat ?

— À Chicago j'ai pris des leçons, dit-elle sans se rendre compte qu'elle me serre le genou. Des leçons d'autodéfense et de tir, ce genre de choses… et j'aimerais continuer ici si c'est possible.

— Je vois. Je me mets à sourire. Il me semble que je ne m'étais pas trompé. Elle n'est plus cette jeune fille effrayée et sans défense que j'avais amenée dans l'île. Maintenant, Nora est plus forte, plus déterminée… et encore plus attirante. Je me souviens que le rapport de Lucas parlait de ces leçons, et je m'attendais un peu à sa demande.

— Tu aimerais que je t'entraîne pour que tu saches te battre et te servir d'une arme ?

Elle hoche la tête.

— Oui. Ou bien peut-être quelqu'un d'autre, si tu n'as pas le temps.

— Non ! L'idée qu'un de mes hommes puisse poser la main sur elle, même en tant qu'instructeur, me fait voir rouge. C'est moi qui t'apprendrai.

* * *

Je décide de commencer l'entraînement de Nora dès cet après-midi après m'être occupé de quelques mails. En fait, ça me plait de lui apprendre à se défendre. Il ne faudrait pas qu'elle se retrouve un jour en danger, mais si besoin, je veux qu'elle soit capable de se protéger.

Je suis conscient de l'ironie de la situation. La plupart des gens diraient que c'est de moi dont elle a besoin d'être protégée, et ils auraient sans doute raison. Mais je m'en fous. Nora est à moi désormais et je ferai tout ce qu'il faudra pour qu'elle soit en sécurité, même si ça implique qu'elle sache tuer quelqu'un comme moi.

Quand j'ai fini avec mes mails je pars à sa recherche dans la maison. Cette fois-ci, je la retrouve dans la salle de sport, elle court à toute vitesse sur le tapis roulant. À en juger par la sueur qui coule sur son dos mince ça doit faire un certain temps qu'elle va à cette vitesse.

Pour ne pas la faire sursauter, j'arrive par le côté.

En me voyant, elle ralentit la vitesse du tapis roulant et se met à jogger.

— Salut ! dit-elle hors d'haleine en attrapant une petite serviette de toilette pour s'essuyer le visage. C'est le moment d'aller s'entraîner ?

— Oui, j'ai deux heures devant moi. Ma voix est grave et rauque, comme d'habitude ma verge s'est raidie en la voyant. J'adore la voir comme ça, hors d'haleine, la peau trempée de sueur et rayonnante, ça me fait penser à son apparence après avoir fait l'amour sans retenue. Bien sûr, le fait qu'elle ne porte qu'un short et un soutien-gorge de sport n'arrange pas les choses. J'ai envie de lécher les gouttes de sueur qui perlent sur son ventre plat et la jeter sur le tapis de gym le plus proche pour la baiser en vitesse.

— Parfait. Elle m'adresse un grand sourire et appuie sur le bouton d'arrêt de la machine. Puis elle descend du tapis roulant et prend sa bouteille d'eau. Je suis prête.

Elle a l'air si enthousiaste que je renonce à la baiser sur le tapis pour le moment. Quelquefois, c'est agréable de retarder ses plaisirs et après tout je lui avais réservé ce moment exprès pour l'entraîner.

— Entendu, je dis, allons-y. Et en lui prenant la main, je la conduis au-dehors.

Nous allons sur le terrain où je m'entraîne d'habitude avec mes hommes. À ce moment de la journée, il fait trop chaud pour s'entraîner sérieusement et l'endroit est pratiquement désert. Mais sur son passage, je vois plusieurs gardes jeter un coup d'œil en douce à Nora. J'ai envie de leur arracher les yeux. Je crois qu'ils s'en aperçoivent parce que dès qu'ils me voient ils regardent tout de suite ailleurs. Je sais que c'est déraisonnable d'être aussi possessif avec elle, mais ça m'est égal. Elle m'appartient et il faut qu'ils le sachent tous.

— Par quoi commence-t-on ? demande-t-elle quand on arrive à une remise qui se trouve à un coin du terrain d'entraînement.

— Par le tir. Je la regarde de côté. Je veux voir comment tu te débrouilles avec un fusil.

Elle sourit, les yeux pleins d'impatience.

— Pas mal, dit-elle, la confiance que j'entends dans sa voix me fait sourire. J'ai l'impression que ma chérie a appris pas mal de choses en mon absence. J'ai hâte de la voir me montrer ses nouveaux talents.

Dans la remise, il y a des armes et des équipements pour s'entraîner. Je choisis les armes les plus souvent utilisées, ça va d'un pistolet 9mm à une arme d'assaut M16. J'attrape même un AK-47 bien que Nora soit peut-être trop petite pour pouvoir l'utiliser facilement.

Puis nous sortons pour aller au stand de tir.

Un certain nombre de cibles sont installées à intervalles différents. Je lui demande de commencer par la cible la plus proche : une douzaine de cannettes de bière vides empilées sur une table en bois à une quinzaine de mètres. Je lui tends le 9 mm, lui explique comment s'en servir et lui demande de viser les cannettes.

Je n'en reviens pas. Du premier coup ? elle en touche 10 sur 12.

— Merde ! marmonne-t-elle en abaissant son arme, je n'arrive pas à croire que j'ai pu rater ces deux-là.

Elle me surprend et m'impressionne et je lui fais essayer d'autres armes. Elle est à l'aise avec la plupart des pistolets et des fusils, elle atteint de nouveau presque toutes les cibles, mais quand elle essaye de viser avec le AK-47 son bras se met à trembler.

— Il faudra que tu prennes des forces pour utiliser celui-là, lui dis-je, en lui reprenant le fusil d'assaut.

Elle hoche la tête en guise d'acquiescement et tend la main vers sa bouteille d'eau.

— C'est vrai, dit-elle entre deux gorgées. Je veux devenir plus forte. Je veux devenir capable d'utiliser toutes ces armes, exactement comme toi.

Je ne peux m'empêcher de rire en l'entendant. Nora a beau être facile à vivre, elle est aussi très compétitive. Je m'en étais déjà aperçu quand on avait fait la course de cinq kilomètres dans l'île.

— D'accord, ai-je dit en continuant de rire. Je lui prends la bouteille, je bois à mon tour et je la lui rends. Je peux aussi t'entraîner à devenir plus forte.

Après avoir tiré encore un peu nous avons rapporté les armes à la remise. Puis je la ramène à la salle de gym pour lui montrer des gestes de base de combat.

Lucas y est aussi, il s'entraîne en boxant avec trois autres gardes. En nous voyant entrer dans la pièce, il s'arrête, salue respectueusement Nora dont il ne regarde que le visage. Maintenant qu'il sait à quoi s'en tenir sur les sentiments que je lui porte, il est assez intelligent pour ne pas montrer le moindre intérêt pour sa silhouette mince et à demi nue. Mais ses partenaires ne sont pas aussi avisés et j'ai besoin de leur jeter un coup d'œil incendiaire pour qu'ils arrêtent de la regarder des pieds à la tête.

— Salut, Lucas ! dit Nora sans tenir compte de ce petit échange. Je suis contente de vous revoir.

Lucas lui adresse un sourire d'une prudente neutralité.

— Vous aussi madame Esguerra.

Cette façon de l'appeler fait tiquer Nora ce qui m'agace, et ma légère irritation provoquée par l'attitude des gardes se transforme brusquement en colère dirigée contre elle. Sa réticence à m'épouser continue de me blesser et il n'en faut pas beaucoup pour que je retrouve les sentiments que j'ai éprouvés quand nous étions à l'église.

Car malgré tout l'amour qu'elle est censée avoir pour moi, elle continue de refuser notre mariage et je n'ai plus l'intention de me montrer raisonnable et de le lui pardonner.

— Dehors ! ai-je hurlé à Lucas et aux gardes en désignant la porte du pouce. Nous avons besoin de la salle.

Ils sortent en l'espace de quelques secondes et me laissent seul avec Nora.

Elle recule d'un pas, elle se méfie tout à coup. Elle me connait bien et elle sent que quelque chose ne va pas.

Comme d'habitude, elle devine de quoi il s'agit.

— Julian, dit-elle avec précaution, je n'aurais pas dû réagir comme ça. C'est juste que je n'ai pas encore l'habitude qu'on m'appelle ainsi…

— Vraiment, mon chat ? Ma voix est soyeuse et ne laisse rien paraitre de la rage qui bouillonne en moi. Je m'avance vers elle, je lève la main et je passe lentement le doigt sur sa mâchoire. Tu préférerais qu'on t'appelle autrement ? Tu préférerais peut-être que je ne sois pas revenu te chercher ?

Ses grands yeux s'écarquillent.

— Non, bien sûr que non ! Je te l'ai dit, je veux être avec toi…

— Ne me mens pas. Mes paroles sont froides et dures, et je baisse la main. Je suis furieux de réagir comme ça, de laisser quelque chose d'aussi insignifiant que les sentiments de Nora m'affecter de cette manière. Peu importe qu'elle m'aime ou pas. Ce n'est pas ce que je devrais vouloir d'elle ou attendre d'elle. Et pourtant c'est le cas, ça fait partie de mon obsession perverse la concernant.

— Je ne mens pas, dit-elle avec véhémence en reculant d'un pas. Son visage a pâli dans la faible lumière de la pièce, mais elle me regarde sans détour et sans flancher. Il serait logique que je ne veuille pas être avec toi, mais je le veux. Tu crois que je ne réalise pas à quel point c'est mal ? Et même pervers ? Tu m'as enlevée, Julian… tu m'as forcée.

Cette accusation est toujours entre nous, c'est un vrai fardeau. Si j'étais différent, si j'étais meilleur, je détournerais le regard. J'éprouverais des remords.

Mais je ne le fais pas.

Il ne s'agit pas de me faire des illusions sur moi-même. Je ne m'en suis jamais fait. Quand j'ai enlevé Nora, je savais que je franchissais une ligne rouge, que j'avais atteint un nouveau degré d'iniquité. Je l'ai fait en sachant pertinemment ce que cela faisait de moi : une bête féroce, quelqu'un d'irrécupérable, qui avait détruit l'innocence de cette jeune fille. Mais je suis prêt à l'assumer pour vivre avec elle.

Je ferais n'importe quoi pour qu'elle m'appartienne.

Donc au lieu de détourner le regard, je l'ai regardé droit dans les yeux.

— Oui, c'est vrai, ai-je dit à voix basse. Ma colère a disparu, elle a été remplacée par une émotion que je n'ai pas très envie d'examiner de près. Je recule à mon tour, je lève la main et je caresse du pouce la douceur merveilleuse de sa lèvre inférieure. Sous mon doigt, ses lèvres s'ouvrent et le désir que j'ai réprimé toute la journée revient de toutes ses forces me ronger.

Je la désire.

Je la désire et je vais la prendre.

Après ça, elle saura parfaitement qu'elle m'appartient.

CHAPITRE DIX

❖ NORA ❖

Tout en fixant mon mari des yeux, je résiste à mon envie de reculer. Je n'aurais pas dû laisser voir à Julian ma réaction en entendant mon nouveau nom, mais la séance de tir m'avait tellement fait plaisir, sans parler de la présence de Julian, que j'avais oublié la réalité de ma nouvelle situation. Entendre « Madame Esguerra » dans la bouche de Lucas m'a fait sursauter et a fait revenir le sentiment déconcertant d'avoir perdu mon identité, et pendant un instant je n'ai pas pu cacher mon désarroi.

Il a suffi de cet instant pour que Julian qui riait et plaisantait avec moi se métamorphose et redevienne l'homme terrifiant et imprévisible qui m'avait emmenée dans l'île.

Je sens mon pouls s'accélérer quand son pouce me caresse la lèvre, il fait preuve de douceur malgré les ténèbres qui lui brillent dans les yeux. Il ne semble pas contrarié par mes accusations imprudentes ; en fait, il semble plus calme désormais, presque amusé. Je ne sais pas trop à quoi je pensais en lui disant ça, mais je ne m'attendais pas à ce qu'il admette si facilement ses crimes, sans le moindre soupçon de remords ou de regret. La plupart des gens tentent de justifier leurs actions à leurs propres yeux ou devant autrui et manipulent la réalité dans leur intérêt, mais Julian est différent. Il voit les choses telles qu'elles sont ; le fait d'avoir commis des actes qui sont désapprouvés par la majorité des gens ne le gêne pas. Mon nouvel époux n'est pas fou, il n'est pas inconscient, c'est simplement quelqu'un qui ne sait pas ce que c'est que la morale.

Un homme que j'aime, et un homme qui me fait peur en ce moment.

Sans prononcer un mot de plus Julian baisse la main, me prend par l'avant-bras et m'entraîne vers l'un des tapis de lutte qui se trouvent vers le mur. En chemin, je vois une grosse bosse dans son short et ma respiration s'accélère dans un mélange d'anxiété et de désir involontaire.

Julian a l'intention de me baiser, ici et maintenant, alors que n'importe qui peut entrer dans la pièce.

Un mélange désagréable de désir et de gêne me brûle la peau. La logique me dit que ça ne va pas se passer en douceur, mais mon corps ne connait plus la différence entre être baisée pour être punie et faire l'amour tendrement. Il ne connait que Julian et il est conditionné à désirer ses caresses et ses coups.

À ma surprise, Julian ne se jette pas tout de suite sur moi. À la place il me lâche le bras et me regarde, sa bouche sensuelle est tordue dans un sourire froid et légèrement cruel.

— Pourquoi ne pas me montrer ce que tu as appris dans un de tes cours d'autodéfense, mon chat ? dit-il doucement. Voyons les parades qu'on t'a apprises.

Je le fixe des yeux, j'ai le cœur gros en réalisant ce que m'ordonne Julian. Il veut que je me batte contre lui, que je lui résiste, même si le résultat doit être le même.

Même si en perdant je me sentais humiliée et sans défense.

— Pourquoi ? ai-je demandé avec désespoir, en essayant de retarder l'inévitable. Je sais que Julian se joue de moi, mais je n'ai pas envie de jouer à ce jeu, pas après tout ce qui s'est passé entre nous. Je veux oublier les premiers jours sur l'île, pas les revivre de cette manière perverse.

— Pourquoi pas ? Il commence à tourner autour de moi, ce qui accroit encore mon anxiété. N'est-ce pas la raison pour laquelle tu as suivi ces cours, pour te protéger d'hommes tels que moi ? D'hommes qui veulent te prendre, abuser de toi ?

Ma respiration s'emballe encore plus, l'adrénaline coule à flots dans mon corps, et un réflexe involontaire me dit qu'il faut se battre ou s'enfuir. Instinctivement, je me retourne en essayant de ne pas le quitter des yeux, comme s'il était un dangereux prédateur, et c'est effectivement ce qu'il est en ce moment.

Un beau prédateur capable de tuer et qui a l'intention de faire de moi sa proie.

— Vas-y, Nora ! murmure-t-il en me plaquant le dos au mur. Bats-toi !

— Non. J'essaie de ne pas broncher quand il tend la main vers moi et la referme sur mon poignet. Je ne le ferai pas, Julian. Pas comme ça.

Ses narines se soulèvent. Il n'a pas l'habitude que je lui refuse quoi que ce soit et je retiens mon souffle en attendant de voir ce qu'il va faire. Mon cœur bat à se rompre dans ma poitrine et la sueur me coule dans le dos, mais je ne détourne pas les yeux. Je sais désormais que Julian ne me fera pas vraiment de mal, mais ça ne veut pas dire qu'il ne va pas me punir de lui désobéir.

— Entendu, dit-il doucement. Si c'est ça que tu veux. Et sans lâcher son emprise sur mon poignet, il me tord le bras vers le haut pour me forcer à me mettre à genou. De sa main restée libre, il ouvre son short et sa verge en érection en jaillit. Puis il m'agrippe les cheveux et me pousse la bouche vers son gland.

— Suce-le, dit-il brutalement en baissant les yeux vers moi.

Je suis si soulagée qu'il ne demande que ça, que je lui obéis avec joie et je ferme les lèvres autour de son gros sexe. Il a un goût de sel et un goût d'homme, l'extrémité de son gland est mouillée de liquide pré-éjaculatoire et une partie de mon anxiété disparait tandis que mon désir s'accroit. J'adore lui donner du plaisir de cette manière et tandis qu'il relâche son emprise sur mon poignet, je lui prends les bourses des deux mains, je les pétris et je les masse fermement.

Il gronde, ferme les yeux et je commence à bouger la bouche d'avant en arrière en le suçant de telle manière qu'à chaque fois je le prends plus profondément dans ma gorge. Sa manière de me tenir par les cheveux me fait mal au cuir chevelu, mais ça ne fait que m'exciter davantage. Julian avait raison de dire que j'ai des tendances masochistes. Que ce soit par nature ou parce qu'il me l'a appris, la souffrance me fait jouir maintenant, mon corps a soif de l'intensité de ces sortes de sensations.

En levant les yeux vers lui je savoure l'expression torturée de son visage, le petit goût de pouvoir qu'il m'accorde me fait plaisir.

Mais aujourd'hui, il ne me laisse pas longtemps choisir le rythme. Au contraire, il avance les hanches pour enfoncer de force sa verge dans ma bouche et je m'étrangle en avalant de la salive. Ce qui a l'air de lui plaire parce qu'il marmonne d'une voix étranglée :

— Oui, vas-y, bébé, en ouvrant les yeux et en commençant à me baiser d'un rythme brutal et implacable. Je m'étrangle de plus belle, ma salive coule davantage, j'en ai sur le menton et son gland est couvert de cette humidité visqueuse.

Alors il me relâche, mais avant que je puisse reprendre mon souffle il me fait tomber sur le tapis tête la première, les mains en avant. Puis il se met derrière moi et je le sens qui descend mon short et ma culotte jusqu'aux genoux. Mon sexe se contracte d'impatience… mais ce n'est pas là qu'il va aujourd'hui. C'est mon autre ouverture qui l'intéresse, et instinctivement je me tends en le sentant appuyer sa verge contre mes fesses.

— Détends-toi, mon chat, murmure-t-il, en m'attrapant par les hanches pour me mettre en place quand il commence à me pénétrer. Il suffit de te détendre… oui, voilà, c'est mieux…

Je respire avec de petites bouffées pour essayer de suivre le conseil de Julian et je résiste au désir de me contracter quand il commence lentement à me baiser par derrière. Je sais d'expérience que ça me fera beaucoup moins mal si je réussis à me détendre, mais mon corps semble décider à résister à son intrusion. Après des mois d'abstinence, c'est presque comme s'il le faisait pour la première fois et je sens une pression douloureuse et brûlante quand mon sphincter s'étire de force.

— Julian, s'il te plait… ces mots sortent dans un murmure d'imploration presque inaudible ; la salive autour de sa verge sert de lubrifiant. Mes entrailles se tordent de douleur et je suis couverte de sueur quand le muscle rond cède finalement et laisse entrer jusqu'au bout son énorme verge. Maintenant, il vibre à l'intérieur et me remplit jusqu'au bout, je suis envahie et submergée par lui.

— S'il te plait, quoi ? souffle-t-il en me mettant un de ses bras musclés sous les hanches pour me maintenir en place. Au même moment, son autre main m'attrape de nouveau les cheveux pour me forcer à me cambrer en arrière. Ce nouvel angle approfondit encore sa pénétration et je me mets à crier et à trembler. C'en est trop, je n'en peux plus, mais Julian ne me donne pas le choix. Voilà ma punition, être baisée comme une bête sur un tapis sale, sans le moindre soin ni le moindre égard ; ça devrait me rendre malade, tuer tout soupçon de désir, et pourtant je suis excitée, mon corps a envie des sensations que Julian choisit de lui infliger.

— S'il te plait, quoi ? répète-t-il brutalement à voix basse. S'il te plait, baise-moi ? S'il te plait encore plus ?

— Je… je ne sais pas… Je peux à peine parler tant mes sens sont submergés. Alors il s'arrête de bouger et je lui sais gré de ce bref répit qui me permet de m'habituer à ce sexe si dur qu'il m'a enfoncé dedans. J'essaie de calmer ma respiration, de me détendre et la douleur commence à s'atténuer, se transformant en une autre sensation, une chaleur dévorante qui arrive à mes terminaisons nerveuses.

Il recommence à bouger, avec de lents coups profonds, la chaleur s'intensifie et se précise à l'intérieur de moi. Mes tétons se raidissent et mon sexe est inondé. Malgré tous les désagréments, il y a quelque chose d'érotiquement pervers à être prise comme ça, d'une manière si sale et si interdite. En fermant les yeux, je commence à imiter le rythme primitif de ses mouvements, les coups qui bouleversent mes entrailles de douleur et de plaisir. Mon clitoris se gonfle, il devient plus sensible et je sais qu'il lui suffirait de quelques caresses pour me faire jouir et me délivrer de la tension qui monte en moi.

Mais il ne le touche pas. À la place, sa main me lâche les cheveux et me glisse le long du cou. Puis il me prend par la gorge, me force à me relever, si bien que je suis maintenant à genou, le dos légèrement cambré. J'ouvre les yeux d'un coup et ma main se lève machinalement pour attraper ses doigts qui m'étranglent, mais il m'est impossible de lui faire relâcher son emprise. Dans cette position il est encore plus profondément enfoui et je peux à peine respirer, mon cœur se met à battre avec une nouvelle peur que je n'ai encore jamais éprouvée.

Alors il se penche en avant et je sens ses lèvres m'effleurer l'oreille.

— Tu es à moi pour le restant de tes jours, murmure-t-il brutalement. Son haleine chaude me donne la chair de poule. Me comprends-tu Nora ? Tout m'appartient, ton sexe, ton cul, tes putains de pensées… Tout est à moi, pour en user et en abuser. Tu m'appartiens entièrement, de toutes les manières possibles… Ses dents coupantes s'enfoncent dans le lobe de mon oreille en me coupant le souffle tellement ça me fait mal. Me comprends-tu ? Il y a quelque chose de ténébreux dans sa voix qui me fait peur. C'est nouveau, il ne m'a encore jamais rien fait de pareil et mon pouls s'emballe quand ses doigts se resserrent autour de ma gorge, m'empêchant lentement, mais inexorablement de respirer.

La panique qui m'envahit injecte de l'adrénaline dans mes veines.

— Oui… ai-je réussi à crier d'une voix rauque tandis que mes mains s'agrippent maintenant aux siennes pour essayer de les enlever. À ma grande horreur, je commence à voir trouble, la pièce devient floue et tout devient noir. *Il n'a quand même pas l'intention de me tuer… Il n'a quand même pas l'intention de me tuer…* Je suis terrifiée et pourtant mon sexe continue de vibrer et des frissons m'électrisent tandis que mon excitation poursuit inexorablement sa spirale.

— Bien. Et maintenant, dis-moi… de qui tu es la femme ? Sa main se resserre encore plus et je vois toutes les étoiles du firmament tandis que mon cerveau lutte pour avoir de l'oxygène. Je suis sur le point de suffoquer et pourtant je n'ai jamais vécu avec une telle intensité, chacune de mes sensations est poussée à son paroxysme. La grosseur brûlante de sa verge dans mon anus, la chaleur de son souffle sur mes tempes, mon clitoris engorgé qui vibre, c'est à la fois trop et pas assez. Je veux hurler et me débattre, mais je ne peux pas bouger, je ne peux plus respirer… et comme à distance j'entends Julian me demander : De qui ?

Juste avant de m'évanouir je le sens relâcher son emprise sur ma gorge et je me mets à éructer :

— La tienne… et au même moment, mon corps a des convulsions d'extase et de souffrance, un orgasme si soudain et si extraordinairement intense quand l'oxygène dont j'ai tant besoin m'arrive dans les poumons.

En respirant désespérément je m'effondre contre lui, je tremble comme une feuille. Je n'arrive pas à croire que j'ai pu jouir comme ça sans que Julian ne m'ait jamais touché le sexe.

Je n'arrive pas à croire que j'ai pu jouir comme ça tout en ayant peur de mourir.

Un instant plus tard, je me rends compte que ses lèvres effleurent ma joue trempée de sueur.

— Oui, murmure-t-il tout en me caressant doucement la gorge, c'est bien, bébé… Il est encore profondément en moi, sa grosse verge me coupe en deux et m'envahit. Et comment t'appelles-tu ?

— Nora, ai-je réussi à prononcer d'une voix rauque en tremblant, ses doigts descendent de mon cou à mes seins. J'ai toujours mon soutien-gorge de sport et sa main s'enfouit sous l'épais tissu pour prendre mon sein.

— Nora comment ? insiste-t-il, en me pinçant le téton. Il est dressé et sensibilisé par l'orgasme et le doigt de Julian me lance une nouvelle vague de chaleur au plus profond de mon organisme. Nora comment ?

— Nora Esguerra, ai-je murmuré en fermant les yeux. Je ne pourrai plus jamais l'oublier, et tandis que Julian finit de me baiser, je sais que Nora Leston a disparu pour toujours.

Elle a disparu pour de bon.

DEUXIEME PARTIE: LA DEMEURE

CHAPITRE ONZE

❖ NORA ❖

Pendant les deux ou trois semaines qui suivent, je commence à m'acclimater à ma nouvelle demeure. Le domaine est un endroit fascinant, et je passe le plus clair de mon temps à partir à sa découverte et à celle de ses habitants.

En plus des gardes, il y a quelques douzaines de gens qui vivent ici, certains seuls, d'autres en famille. Tous travaillent pour Julian d'une manière ou d'une autre, quel que soit leur âge. Certains, comme Ana et Rosa, s'occupent de la maison et du parc, pendant que d'autres sont impliqués dans les affaires de Julian. Il a beau être revenu depuis peu, la plupart de ses employés vivaient dans le domaine à l'époque où Juan Esguerra, le père de

Julian, était l'un des barons de la drogue les plus puissants du pays. Pour une Américaine comme moi, une telle loyauté envers son employeur est incompréhensible.

— Ils sont bien payés, logés gratuitement et il y a quelques années votre mari a même engagé une institutrice pour leurs enfants, m'a expliqué Rosa quand je l'ai interrogée sur cet étrange phénomène. Même s'il n'était pas souvent là, il s'est toujours bien occupé de ses gens. Ils sont tous libres de partir s'ils le souhaitent, mais ils savent qu'ils ne trouveront sans doute rien de mieux. En plus, ici ils sont protégés, alors qu'à l'extérieur ils seraient la proie de policiers indiscrets ou de n'importe qui cherchant des renseignements sur l'organisation Esguerra. En m'adressant un sourire narquois, elle a ajouté : Ma mère disait que quand on arrivait sur le domaine on restait sur le domaine. Sans jamais plus en sortir.

— Alors pourquoi ont-ils choisi cette vie ? ai-je demandé parce que j'essayais de comprendre pourquoi s'installer dans l'enceinte d'un trafiquant d'armes en lisière de la forêt amazonienne. Je ne connais pas beaucoup de gens sains d'esprit qui le feraient de leur propre gré, surtout s'il était difficile d'en partir.

Rosa hausse les épaules.

— Eh bien, chacun a ses raisons. Certains sont recherchés par la police ; d'autres ont pour ennemis des gens dangereux. Mes parents sont venus ici pour échapper à la pauvreté et offrir une vie meilleure à leurs enfants. Ils savaient qu'ils prenaient un risque, mais ils pensaient n'avoir pas d'autre choix. Encore maintenant ma mère est persuadée qu'ils ont pris la bonne décision pour eux-mêmes et pour leurs enfants.

— Même après… ? ai-je commencé avant de me taire en réalisant que j'allais de nouveau évoquer des souvenirs douloureux pour Rosa.

— Oui, même après, dit-elle en comprenant ma question à moitié formulée. Il n'y a aucune garantie dans la vie. De toute façon, ils auraient pu mourir autrement. Mon père et Eduardo, mon frère aîné, sont morts en faisant leur travail, mais au moins ils avaient un travail. Dans le village de mes parents, il n'y en avait pas, et en ville c'était encore pire. Mes parents faisaient de leur mieux pour nous nourrir, mais ça ne suffisait pas. Quand ma mère était enceinte de moi, Eduardo, qui avait douze ans à l'époque, est allé à Medellin pour essayer de devenir passeur de drogue pour empêcher notre famille de mourir de faim. Mon père l'a suivi pour l'en empêcher et c'est comme ça qu'ils ont rencontré Juan Esguerra qui était dans la ville pour négocier avec le Cartel de Medellin. Il leur a offert à tous les deux un emploi dans son organisation et voilà l'histoire. Elle s'arrête et me sourit avant de poursuivre. Vous voyez, Nora, travailler pour le Señor Esguerra était la meilleure solution pour ma famille. Comme le dit ma mère, au moins elle n'avait plus besoin de se vendre pour manger comme elle le faisait dans sa jeunesse.

Rosa dit cette dernière phrase sans la moindre amertume ni sans s'apitoyer sur elle-même. Elle présente seulement la réalité. Elle pense sincèrement qu'elle a de la chance d'être née dans le domaine Esguerra. Elle est reconnaissante envers Julian et son père de donner un bon niveau de vie à sa famille, et malgré son désir d'aller en Amérique, ça ne lui pèse pas de vivre au bout du monde. Elle est chez elle dans ce domaine.

J'apprends tout ça en me promenant avec elle. Rosa n'aime pas le jogging, mais elle aime bien marcher avec moi le matin avant qu'il ne fasse trop chaud et trop humide. C'est une habitude que nous avons prise trois jours après mon arrivée. J'aime bien passer du temps en compagnie de Rosa ; elle est intelligente et gentille et me fait un peu penser à Leah, mon amie. Et Rosa semble également se plaire avec moi, bien que je sois sûre qu'elle serait aimable de toute façon, étant donnée ma position. Dans le domaine, tout le monde me traite avec respect et politesse.

Après tout, je suis la femme du Señor.

Après l'incident de la salle de gym, j'ai fait de mon mieux pour accepter le fait que je suis mariée avec Julian, que ce bel homme immoral qui m'a enlevée est désormais mon mari. L'idée me dérange encore quelque part, mais de jour en jour je m'y habitue. Ma vie a changé une fois pour toutes quand Julian m'a enlevée et j'aurais dû renoncer depuis longtemps au rêve éloigné d'avoir une vie « normale ». M'y accrocher tout en tombant amoureuse de mon ravisseur était tout aussi illogique que mes sentiments pour lui.

Au lieu d'une maison en banlieue avec 2,5 enfants mon futur se résume désormais à une enceinte étroitement gardée près de la jungle amazonienne et un homme qui m'inspire à la fois du désir et de la terreur. Il m'est impossible d'imaginer avoir des enfants avec Julian et je pense avec effroi au fait que dans quelques mois trop courts l'implant contraceptif que j'ai depuis l'âge de dix-sept ans cessera d'être efficace. Il va falloir en parler avec Julian à un moment ou un autre, mais pour le moment j'essaie de ne pas y penser. Je ne suis pas plus prête à devenir mère que je ne l'étais à me marier et la possibilité de m'y voir contrainte me donne des sueurs froides. J'aime Julian, mais élever des enfants avec un homme capable de kidnapping et de meurtre ? C'est une tout autre histoire.

À Chicago, mes parents et mes amies ne font rien pour m'aider. J'ai eu Leah une fois au téléphone, je lui annonçais mon mariage précipité et elle a été choquée, c'est le moins qu'on puisse dire.

— Tu as épousé le trafiquant d'armes ? s'exclame-t-elle avec incrédulité. Après tout ce qu'il vous a fait, à Jake et à toi ? Es-tu devenue folle ? Tu n'as que dix-neuf ans, et lui, il devrait être en prison ! Et malgré tout ce que j'ai essayé de lui raconter pour enjoliver la situation, je sais qu'elle a raccroché en pensant que depuis mon enlèvement j'ai un grain.

Mes parents sont encore pires. Chaque fois que je parle avec eux, je dois me dérober à leurs questions insistantes sur mon mariage imprévu et sur les projets d'avenir de Julian. Je ne leur en veux pas d'aggraver mon anxiété ; je sais qu'ils se font beaucoup de soucis pour moi. La dernière fois que nous nous sommes joints par vidéo les yeux de ma mère étaient rouges et gonflés, comme si elle avait pleuré. Il est évident que l'histoire que j'ai inventée à la hâte le jour de mon mariage n'a pas réussi à minimiser leurs inquiétudes. Mes parents savent comment a débuté ma relation avec Julian et ils ont du mal à croire que je peux être heureuse avec un homme qu'ils considèrent comme l'incarnation du mal.

Et pourtant je *suis* heureuse, malgré mon anxiété concernant l'avenir. Je n'ai plus ce vide glacé en moi, il a été remplacé par une abondance étourdissante d'émotions et de sensations. C'est comme si le film en noir et blanc de ma vie passait maintenant en technicolor.

Quand je suis avec Julian, je suis comblée, d'une manière que je ne comprends pas tout à fait et que je n'arrive pas vraiment à admettre. Je n'étais pourtant pas malheureuse avant de le rencontrer. J'avais des amies formidables, des parents qui m'aiment, et la perspective d'une vie agréable, même si elle semblait devoir être ordinaire. J'avais même le béguin pour Jake et toutes les émotions qui vont avec. Il semble absurde d'avoir eu besoin de quelque chose d'aussi pervers que ma relation avec Julian pour enrichir ma vie et me donner ce qui me manquait.

Évidemment je ne suis pas psychologue. Peut-être pourrait-on expliquer mes sentiments par un traumatisme d'enfance que j'aurais réprimé, ou par un déséquilibre chimique dans mon cerveau. Ou peut-être que c'est seulement Julian et sa façon délibérée de conditionner mes réactions physiques et mes émotions depuis mes premiers jours dans l'île. Je connais ses méthodes, mais le fait de les connaitre ne les empêche pas d'être efficaces. C'est étrange de savoir qu'on est manipulée tout en trouvant du plaisir dans les résultats de cette manipulation.

Et j'y trouve du plaisir. C'est exaltant d'être avec Julian, à la fois effrayant et excitant, comme chevaucher un tigre sauvage. Je ne sais jamais quel visage de lui il va me montrer : l'amant plein de charme ou le maître cruel. Et ça a beau être pervers, je veux les deux, je suis droguée aux deux, la lumière et les ténèbres, la violence et la tendresse. Cela fonctionne ensemble, et a pour résultat un cocktail explosif et enivrant qui met en péril mon équilibre et qui accroît encore l'emprise qu'il possède sur moi.

Bien sûr, le fait de le voir désormais quotidiennement n'arrange rien. Dans l'île, les fréquentes absences de Julian me donnaient le temps de me remettre de l'effet considérable qu'il avait sur mon corps et sur mon esprit et me permettaient de garder une certaine forme d'équilibre. Mais ici, il n'y a pas de répit, son magnétisme s'exerce sans cesse sur moi et rien ne me protège de son pouvoir de séduction. Avec chaque jour qui passe, je perds encore davantage mon âme pour la lui donner, mon désir pour lui augmente avec le temps au lieu de diminuer.

La seule chose qui m'empêche de devenir folle, c'est de savoir que Julian ressent la même attirance pour moi. Je ne sais pas si c'est à cause de ma ressemblance avec Maria ou seulement parce que nous sommes inexplicablement sur la même longueur d'onde, mais je sais que l'addiction est réciproque.

L'appétit de Julian pour moi ne connait pas de limites. Il me prend deux ou trois fois par nuit, et souvent aussi pendant la journée, et pourtant j'ai l'impression qu'il en veut toujours plus. Je le vois dans l'intensité de son regard, sa manière de me toucher, de me prendre dans ses bras. Il a toujours besoin d'un contact physique entre nous, et ça me rassure sur l'attirance irrésistible qu'il m'inspire.

Il semble aussi aimer passer du temps avec moi en dehors de notre chambre. Il a tenu sa promesse et il a commencé à m'entraîner, il m'apprend à me battre et à me servir de différentes sortes d'armes. Après un début difficile, il s'est révélé être un excellent instructeur, compétent, patient et étonnamment motivé. Nous nous entraînons ensemble presque quotidiennement et j'ai plus appris en quinze jours que pendant les trois mois de mon cours d'autodéfense. Bien sûr, il serait inexact de dire que Julian m'apprend l'autodéfense ; ses leçons ressemblent davantage à ce qu'on pourrait apprendre dans un camp d'entraînement destiné aux meurtriers.

— À chaque fois, ton but doit être de tuer, m'explique-t-il un après-midi en m'apprenant à lancer le couteau sur une petite cible fixée au mur. Tu n'as ni la taille ni la force pour toi, donc tes atouts sont la rapidité, les réflexes et l'absence de pitié. Tu dois prendre tes adversaires par surprise et les éliminer avant qu'ils ne réalisent à quel point tu es adroite. Chaque coup doit être mortel ; chaque geste compte.

— Et si je ne veux pas les tuer ? ai-je demandé en levant les yeux vers lui. Et si je préfère seulement les blesser et m'enfuir ?

— Un blessé peut toujours te faire mal. On n'a pas besoin de beaucoup de force pour appuyer sur la gâchette ou pour te poignarder. À moins d'avoir une bonne raison de laisser la vie à ton ennemi, tu vises pour tuer Nora. Me comprends-tu ?

Je hoche la tête et je jette un petit couteau bien affuté vers le mur. Il cogne la cible avec un bruit sourd puis tombe sans avoir vraiment entaillé le bois. Ce n'est pas une réussite, mais c'est mieux que mes cinq tentatives précédentes.

Je ne sais pas si je pourrais suivre les instructions de Julian, mais ce que je sais c'est que je ne veux plus jamais être sans défense. Si ça veut dire qu'il faut savoir tuer, alors d'accord ; ça ne veut pas dire que j'utiliserai ces compétences, mais savoir que je suis capable de me protéger me rend plus forte, augmente ma confiance en moi, et m'aide à surmonter les cauchemars que j'ai encore où je revis l'épisode des terroristes.

Le premier cauchemar, c'était trois jours après mon arrivée au domaine. De nouveau, j'ai rêvé de la mort de Beth, de l'océan de sang dans lequel je me noie, mais cette fois des bras puissants m'attrapent et me sauvent de ce courant infernal. Mais cette fois, quand j'ouvre les yeux, je ne suis pas seule dans le noir. Julian a allumé sa lampe de chevet et il me secoue pour me réveiller, son beau visage est plein d'inquiétude.

— Je suis là maintenant, dit-il pour me réconforter en me prenant sur ses genoux alors que je n'arrive pas à m'arrêter de trembler et que des larmes coulent sur mon visage en me souvenant de ces horreurs. Tout va bien, je te le promets... Il me caresse les cheveux jusqu'à ce que mes sanglots se calment et puis me demande doucement : qu'est-ce qui t'arrive, bébé ? Tu as fait un mauvais rêve ? Tu hurlais mon nom...

Je hoche la tête et je me serre de toutes mes forces contre lui. Je sens la chaleur de sa peau, j'entends le rythme régulier de son cœur, et mon cauchemar commence lentement à s'évanouir, mon esprit retrouve la réalité présente.

— C'était Beth, ai-je murmuré ; si je parlais, ma voix se briserait. Il la torturait... il la tuait.

Julian me serre plus fort contre lui. Il ne dit rien, mais je sens sa rage incandescente, il est furieux. Beth n'était pas seulement sa gouvernante, bien que la nature précise de leur relation soit toujours restée un mystère pour moi.

Désirant éperdument oublier les images sanglantes qui m'emplissent encore l'esprit je décide de satisfaire la curiosité qui m'a rongée pendant tout le temps que j'ai passé dans l'île.

— Comment vous êtes-vous rencontrés, Beth et toi ? Je demande en me dégageant pour regarder le visage de Julian. Comment se fait-il qu'elle se trouvât sur l'île avec moi ?

— J'étais à Tijuana il y a sept ans pour rencontrer l'un des cartels, commence-t-il à dire après une pause. Après avoir conclu mes affaires, je suis allé m'amuser dans le quartier de Zona Norte, le quartier des prostitués. Je passais dans l'une des allées quand j'ai vu… une femme qui hurlait et qui pleurait prostrée sur une petite silhouette au sol.

— Beth, ai-je murmuré en me souvenant de ce qu'elle m'avait dit de sa fille.

— Oui, Beth, confirme-t-il. Pourtant cela ne me regardait pas, j'avais un peu bu et j'étais curieux de savoir ce qui se passait. Alors je me suis rapproché… et c'est là que j'ai vu que cette petite silhouette était celle d'un enfant. Une jolie petite fille rousse et bouclée, une minuscule réplique de la femme qui la pleurait. Une lueur sauvage et rageuse lui traversait le regard. L'enfant était allongée dans une mare de sang, elle avait été abattue d'une balle dans la poitrine. Elle avait visiblement été tuée pour punir sa mère qui ne voulait pas que son maquereau la propose à des clients ayant des goûts *particuliers*.

Une nausée violente et intense me monte dans la gorge. Malgré toutes les épreuves que j'ai traversées, je continue à être horrifiée qu'il puisse exister de tels monstres. Des monstres bien pires que l'homme dont je suis tombée amoureuse.

Pas étonnant que Beth ait vu la vie en noir ; sa vie avait été submergée par les ténèbres.

— Quand j'ai entendu toute l'histoire, j'ai pris Beth et sa fille avec moi, continue Julian d'une voix basse et dure ; ça ne me regardait toujours pas, mais je ne pouvais pas laisser arriver une chose pareille, surtout après avoir vu le corps de l'enfant. Nous avons enterré sa fille dans un cimetière à l'extérieur de Tijuana. Puis j'ai pris deux ou trois de mes hommes et Beth et moi sommes partis à la recherche du maquereau.

Un petit sourire cruel lui vient aux lèvres et il dit doucement :

— Beth l'a tué elle-même. Lui et ses deux acolytes, ceux qui avaient assassiné sa fille.

Je respire lentement pour éviter de me remettre à pleurer.

— Et ensuite, elle est venue travailler pour toi ? C'est comme ça que tu l'as aidée ?

Julian hoche la tête.

— Oui. Elle n'était plus en sécurité à Tijuana, alors je lui ai proposé de devenir ma cuisinière et ma bonne. Elle a évidemment accepté, c'était mieux que de faire le trottoir à Mexico, et après elle m'a suivi dans tous mes voyages. Ce n'est qu'après t'avoir « acquise » que je lui aie offert la possibilité de s'installer dans l'île et puis tu sais le reste de l'histoire.

— Oui, je le sais, ai-je murmuré en le repoussant pour me dégager de son étreinte qui tout à coup m'étouffe au lieu de me réconforter. Dans son histoire, « t'avoir acquise » me rappelle la manière déplaisante dont je suis arrivée ici… et le fait que celui qui est à mes côtés avait préparé et mené à bien mon enlèvement sans la moindre pitié. Dans les différents degrés du mal Julian n'est pas le pire, mais pas loin.

Et pourtant au fil des jours mes cauchemars disparaissent lentement. Cela a beau être pervers, maintenant que je suis à nouveau avec mon ravisseur je commence à me remettre de l'épreuve que j'ai subie quand on m'a enlevée à lui. Même ma peinture est devenue plus paisible. Je suis toujours poussée à peindre les flammes de l'explosion, mais je m'intéresse de nouveau aux paysages et je fixe sur la toile la beauté sauvage de la forêt amazonienne qui empiète sur les limites du domaine.

Comme il l'avait déjà fait, Julian encourage ce passe-temps. En plus de m'avoir installé un atelier, il a engagé un professeur de dessin pour moi, un vieux monsieur très mince du midi de la France qui parle anglais avec un fort accent de sa région. Monsieur Bernard a enseigné dans les meilleures écoles d'Europe avant de prendre sa retraite à près de quatre-vingts ans. J'ignore comment

Julian a pu le persuader de venir au domaine, mais je lui en sais gré. Les techniques qu'il m'apprend sont bien plus sophistiquées que ce que j'ai appris avant par vidéo et je commence à voir les résultats dans ma peinture, tout comme M. Bernard.

— Vous avez du talent, Señora, dit-il avec un fort accent français en examinant ma dernière tentative pour peindre un coucher de soleil dans la jungle. Les arbres paraissent sombres en contraste avec l'orangé et le rose resplendissants du soleil couchant, et les bords du tableau sont flous. Ce tableau possède... comment dites-vous ? Il a presque quelque chose de *sinistre*. Il me jette un coup d'œil, son regard délavé est brusquement ravivé par sa curiosité. Oui, poursuit-il doucement après m'avoir examinée un instant. Vous avez du talent et quelque chose de plus, quelque chose qui vient de l'intérieur et s'exprime dans votre peinture. Quelque chose de sombre que l'on rencontre rarement chez quelqu'un d'aussi jeune que vous.

Je ne sais que lui répondre et je me contente de lui sourire. Je ne sais pas si Monsieur Bernard connait la profession de mon mari, mais je suis presque certaine qu'il ignore comment a commencé ma relation avec Julian.

Désormais pour les autres je suis la jeune femme gâtée d'un bel homme riche et voilà tout.

* * *

— Je t'ai inscrite pour le trimestre d'hiver à Stanford, dit Julian comme si de rien n'était un soir au dîner. Leur nouveau programme en ligne est bon. Il en est encore au stade expérimental, mais les premiers retours sont assez positifs. Les professeurs sont les mêmes que dans les autres cours ; c'est seulement qu'on écoute des cours enregistrés au lieu d'y assister en personne.

J'en suis restée bouche bée. Je suis inscrite à *Stanford* ? Je ne pensais pas qu'une université soit à l'ordre du jour, et encore moins l'une des dix meilleures.

— Pardon ? ai-je demandé avec incrédulité en reposant ma fourchette.

Ana nous avait préparé un délicieux diner, mais ce qu'il y avait dans mon assiette ne m'intéressait plus, toute mon attention se concentrait sur Julian.

Il m'a souri calmement.

— J'ai promis à tes parents que tu ferais de bonnes études, et je tiens cette promesse. Stanford ne te plait-il pas ?

Stupéfaite, je l'ai fixé du regard. Je n'ai aucune opinion sur Stanford parce qu'il ne m'est jamais venu à l'esprit de pouvoir y aller. J'avais de bonnes notes au lycée, mais mes résultats au bac n'étaient pas extraordinaires et de toute façon mes parents ne pouvaient pas se permettre de m'envoyer dans une université aussi chère. Un IUT suivi d'un transfert dans l'une des universités de ma région était le moyen que j'avais envisagé pour avoir une licence, je n'avais donc jamais pensé à Stanford ou à aucune faculté de ce niveau.

— Comment as-tu pu m'y faire entrer ? ai-je finalement demandé. N'ont-ils pas une politique d'admission extrêmement sélective ? À moins que ce ne soit différent pour les programmes en ligne ?

— Non, je pense que c'est encore plus difficile, dit Julian en reprenant du poulet. Il me semble que cette année ils ne prennent qu'une centaine d'étudiants, et il y avait dix mille candidats.

— Alors, comment as-tu… je commence à dire avant de me rendre compte qu'étant données la fortune et les relations de Julian c'est un jeu d'enfant de me faire entrer dans une des meilleures universités des États-Unis. Alors je vais commencer en janvier ? Je demande à la place, enthousiasmée maintenant que ma stupeur commençait à s'estomper. *Stanford. Oh, mon Dieu, je vais aller à Stanford.* Je devrais probablement me sentir coupable de ne pas y avoir réussi grâce à mes propres qualités, ou du moins être outrée de l'autoritarisme de Julian, mais je ne pense qu'à la réaction de mes parents quand je leur annoncerai la nouvelle. *Putain, je vais aller à Stanford !*

Julian hoche la tête et reprend du riz.

— Oui, c'est à ce moment-là que commence le trimestre d'hiver. Dans deux ou trois jours, ils devraient t'envoyer un mail avec le dossier d'orientation pour que tu puisses commander tes livres une fois que tu auras vu les bibliographies. Je ferai en sorte que tu les reçoives à temps.

— Oh la la… d'accord ! Je sais que je n'ai pas une réaction appropriée à un tel évènement, mais je ne peux trouver quelque chose de plus astucieux à dire. Dans moins de quinze jours, je ferai mes études dans l'une des universités les plus prestigieuses du monde, la dernière chose à laquelle je m'attendais quand Julian est venu me retrouver. D'accord, ce sera un programme en ligne, mais c'est quand même mieux que tout ce dont j'aurais pu rêver.

Un certain nombre de questions me viennent à l'esprit.

— Quelle sera ma matière principale ? Qu'est-ce que je vais étudier ? Je demande en pensant que Julian a peut-être également pris cette décision à ma place. Le fait qu'il se soit chargé de mes études universitaires ne m'étonne pas ; après tout, c'est un homme qui m'a enlevée et forcée à l'épouser. Me laisser choisir n'est pas son fort.

Julian me sourit avec indulgence.

— Ce que tu voudras, mon chat. Je pense qu'il y a un tronc commun de matières obligatoires, tu ne seras obligée de te spécialiser que dans un an ou deux. As-tu une idée de ce que tu aimerais étudier ?

— Non, pas vraiment. J'avais l'intention de suivre des cours dans différents domaines pour me décider ensuite et je suis contente que Julian m'ait laissé cette possibilité. Au lycée, j'étais bonne dans pratiquement toutes les matières ce qui ne facilitait pas mon choix d'une future carrière.

— Eh bien, tu as encore le temps de choisir, dit Julian comme s'il était conseiller d'orientation. Rien ne presse.

— D'accord, d'accord. Quelque chose en moi n'arrive toujours pas à croire que nous ayons cette conversation. Il y a moins de deux heures, Julian m'avait dénichée vers la piscine et m'avait baisée comme un fou sur l'une des chaises longues. Il y a moins de cinq heures, il m'a appris comment neutraliser un adversaire en lui enfonçant le doigt dans l'œil. Il y a deux nuits, il m'a attachée au lit et fouettée. Et maintenant, nous parlons de ma matière principale à l'université ? Tout en essayant de m'adapter à un évènement aussi inattendu, je demande machinalement à Julian :

— Et toi, qu'est-ce que tu as étudié à l'université ?

Dès que j'ai prononcé cette phrase, je me rends compte que je ne sais même pas si Julian a fait des études, que je sais encore peu de choses sur l'homme avec lequel je passe mes nuits. En fronçant des sourcils, je fais un peu de calcul mental. Selon Rosa, les parents de Julian ont été tués il y a douze ans, c'est l'époque à laquelle il a repris les affaires de son père. Étant donné qu'il y a vingt mois depuis que Beth m'a dit que Julian avait vingt-neuf ans, il doit avoir environ trente-et-un ans maintenant ce qui veut dire qu'il en avait dix-neuf quand il a pris la tête des affaires de son père.

Pour la première fois, je m'aperçois que Julian avait exactement mon âge quand il a remplacé son père à la tête d'un réseau de trafic de drogue et qu'il l'a transformé en un empire tout aussi illégal de trafic d'armes de pointe.

À ma surprise, Julian répond :

— J'ai fait des études d'ingénieur.

— Comment ? Je ne peux cacher ma surprise. Mais je croyais que tu étais très jeune quand tu as repris les affaires de ton père…

— C'est vrai. Julian me regarde d'un air amusé. J'ai quitté Caltech après un an et demi. Mais quand j'y étais, j'ai étudié pour devenir ingénieur, c'était un programme accéléré.

Caltech ? Je fixe Julian des yeux avec un tout nouveau respect. J'ai toujours su qu'il était intelligent, mais des études d'ingénieur à Caltech ça n'a rien à voir, c'est vraiment brillant.

— C'est la raison pour laquelle tu as choisi le trafic d'armes ? Parce que tu avais fait des études d'ingénieur ?

— Oui, en partie. Et en partie parce que j'y voyais plus de débouchés que dans le trafic de drogue.

— Plus de débouchés ? Je reprends ma fourchette et je la tourne entre mes doigts tout en examinant Julian pour essayer de comprendre pourquoi on quitterait une entreprise illégale pour une autre. Il me semble qu'avec son degré d'intelligence et de motivation il aurait pu choisir quelque chose de mieux, quelque chose de moins dangereux et de plus moral. Pourquoi n'as-tu pas fini tes études à Caltech et fait un travail normal une fois que tu aurais eu tes diplômes ? lui ai-je demandé après quelques instants. Je suis certaine que tu aurais pu avoir le poste que tu aurais voulu ou peut-être fondé une compagnie si tu n'avais pas envie de travailler pour une grande entreprise.

Il me regarde, son expression est impénétrable.

— J'y ai pensé, dit-il, en me stupéfiant une fois de plus.

— Quand j'ai quitté la Colombie après la mort de Maria, je voulais rompre avec le milieu du crime. Pendant le reste de mon adolescence, j'ai fait de mon mieux pour oublier les leçons que mon père m'avait données et pour maîtriser ma violence. C'est la raison pour laquelle je me suis inscrit à Caltech, parce que je voulais prendre une autre voie... devenir quelqu'un d'autre que celui que j'étais destiné à devenir.

Je le fixe des yeux, mon pouls s'accélère. C'est la première fois que j'entends Julian admettre qu'il aurait voulu mener une vie différente de la sienne.

— Et pourquoi ne l'as-tu pas fait ? Rien ne t'attachait plus à ce milieu après la mort de ton père...

— Tu as raison. Julian me fait un sourire forcé. J'aurais pu ne pas tenir compte de la mort de mon père et laisser l'autre cartel s'emparer de son organisation. Ce n'aurait pas été difficile. Ils ignoraient où j'étais et quel nom j'avais pris à cette époque si bien que j'aurais pu recommencer à zéro, terminer mes études et me mettre à travailler dans l'une des start-ups de la Silicon Valley. Et c'est vraisemblablement ce que j'aurais fait s'ils n'avaient pas aussi tué ma mère.

— Ta mère ?

— Oui. Ses beaux traits se sont tordus de haine. Ils l'ont abattue ici, dans ce domaine, avec des douzaines d'autres. Et ça, j'étais forcé d'en tenir compte.

Évidemment, il y était forcé. Surtout pour quelqu'un comme Julian qui avait déjà tué par vengeance. En me souvenant de l'histoire qu'il m'avait racontée au sujet des hommes qui avaient assassiné Maria, je commence à frissonner.

— Alors tu es revenu et tu les as tués ?

— Oui. J'ai rassemblé ceux qui restaient des hommes de mon père et j'en ai engagé de nouveaux. Nous avons attaqué au milieu de la nuit et frappé les chefs du cartel chez eux. Ils ne s'attendaient pas à une riposte aussi rapide et nous les avons pris par surprise. Sur ses lèvres se dessine un sombre sourire. Quand le jour s'est levé, il n'y avait aucun survivant, et je savais qu'il serait absurde de refuser ma véritable nature… d'imaginer être quelqu'un d'autre que le tueur que j'étais destiné à devenir.

Mes frissons se transforment en chair de poule. Cet aspect de Julian me terrifie et je serre les mains sous la table pour les empêcher de trembler.

— Tu m'as dit que tu avais vu un thérapeute après la mort de tes parents. Parce que tu voulais continuer à tuer.

— Oui, mon chat. Il y a une lueur sauvage dans ses yeux bleus. J'ai tué les chefs du cartel et leurs familles, et quand cela a été fait j'avais encore soif de sang… et de mort. Cette soif n'avait fait que s'intensifier pendant mes années à l'étranger ; vivre « normalement » l'avait aggravée au lieu de la calmer. Il s'arrête, et les ombres que je vois dans ses yeux me font trembler. Voir un thérapeute était une ultime tentative pour lutter contre ma propre nature et ça ne m'a pas pris longtemps pour comprendre que ça ne servait à rien, et que la seule manière d'avancer, c'était de l'accepter et d'accepter mon destin.

— Et c'est ce que tu as fait en te lançant dans le trafic d'armes. J'essaie d'empêcher ma voix de trembler. En devenant un criminel.

À ce moment-là, Ana entre dans la salle à manger et commence à débarrasser la table. Tout en la regardant, je me frictionne lentement les bras pour essayer de me réchauffer. D'une certaine manière, le fait que Julian ait eu le choix et qu'il ait consciemment choisi la part la plus ténébreuse de lui-même empire encore la situation. Cela m'indique qu'il n'y a pas d'espoir de rédemption, pas d'espoir de lui faire voir ses erreurs. Ce n'est pas comme s'il ignorait l'existence d'une vie en dehors du crime ; au contraire, il en a fait l'expérience et a décidé de la rejeter.

— Désirez-vous autre chose ? demande Ana. Je secoue la tête en silence, trop bouleversée pour penser au dessert. Par contre, Julian demande un chocolat chaud, il semble aussi imperturbable que d'habitude.

Quand Ana sort de la pièce, Julian me sourit comme s'il sentait la direction que prenaient mes pensées.

— J'ai toujours été un criminel, Nora, dit-il doucement. J'ai tué pour la première fois quand j'avais huit ans, et je savais qu'il n'y avait pas d'autre vie pour moi. J'ai essayé de l'ignorer un moment, mais c'était toujours là, attendant que je revienne à la raison. Il s'adosse à son siège, sa posture est indolente, mais c'est celle d'un prédateur, il ressemble à un félin de la jungle paresseusement vautré. La vérité c'est que j'ai besoin de ce genre de vie, mon chat. Le danger, la violence, et le pouvoir qui les accompagne, tout cela me convient bien mieux qu'un travail normal. Il s'interrompt puis ajoute, les yeux brillants : Cela me donne l'impression de vivre vraiment.

* * *

Quand nous allons dans notre chambre ce soir-là je vais prendre une douche en vitesse tandis que Julian répond sur son iPad à deux ou trois messages urgents concernant son travail. Quand je sors de la salle de bain encore mouillée et enveloppée dans une serviette de toilette, il a reposé sa tablette et commencé de se déshabiller. Quand il enlève sa chemise, je sens une excitation inhabituelle chez lui, il y a une énergie contenue dans ses gestes qui n'y était pas tout à l'heure.

— Qu'est-il arrivé ? ai-je demandé avec prudence, notre récente conversation est encore présente dans ma mémoire. Le plus souvent, ce qui excite Julian me fait trembler. En m'arrêtant près du lit, je rattache la serviette, étrangement réticente à me dénuder tout de suite devant lui.

Il me fait un grand sourire et s'assied sur le lit pour enlever ses chaussettes.

— Tu te souviens quand je t'ai dit que nous avions des renseignements sur deux cellules Al-Quadar ? Quand je hoche la tête, il poursuit : Eh bien? Nous sommes parvenus à les détruire et nous avons même fait prisonniers trois terroristes dans cette opération. Lucas va les amener ici pour les interroger et ils arriveront demain matin.

— Oh ! Je le fixe des yeux, un mélange d'émotions contradictoires me perturbe et me donne la nausée. Je comprends ce qu'« interroger » signifie dans l'univers de Julian. Je devrais être horrifiée et dégoûtée de savoir que mon mari va vraisemblablement torturer ces hommes, et c'est le cas, mais en mon for intérieur je ressens aussi une joie perverse à l'idée de la vengeance. Et cela me trouble beaucoup plus que de savoir que Julian va les torturer demain. Je sais que ces hommes ne sont pas ceux qui ont assassiné Beth, mais ça ne change pas ce que je ressens à leur égard. Une partie de moi veut qu'ils paient pour la mort de Beth… qu'ils souffrent pour ce qu'a fait Majid.

Se trompant visiblement sur ma réaction Julian se lève et me dit doucement :

— Ne t'inquiète pas, mon chat, ils ne te feront aucun mal, je te le promets. Et avant que je puisse répondre il enlève son jean et révèle sa verge en érection.

À la vue de son corps nu, une vague de désir déferle sur moi et me brûle de l'intérieur malgré mon désarroi.

Depuis deux ou trois semaines, Julian a repris les muscles qu'il avait perdus quand il était dans le coma et il est encore plus beau qu'avant avec ses épaules incroyablement larges et sa peau bronzée par le grand soleil. En levant les yeux vers lui, je me demande pour la centième fois comment quelqu'un d'aussi beau peut avoir tant de mal en lui et si une partie de ce mal est en train de me contaminer.

— Je sais qu'ils ne me feront aucun mal ici, ai-je dit à voix basse tandis qu'il s'approche de moi. Je n'ai pas peur d'eux.

Il a un demi-sourire sardonique et il tire sur la serviette de toilette qui tombe par terre.

— C'est de *moi* que tu as peur, murmure-t-il en se rapprochant encore. Il lève les mains, prend mes seins et les presse, ses pouces jouent avec mes tétons. Quand il baisse les yeux vers moi je remarque un certain amusement et une légère lueur de cruauté dans ses yeux bleus.

— Je devrais avoir peur de toi ? Les battements de mon cœur s'accélèrent, je me contracte au plus profond de moi en sentant sa verge dure m'effleurer le ventre. Ses mains sont chaudes et sans douceur sur la peau fine de mes seins et je respire profondément en sentant mes tétons se raidir sous ses caresses. Vas-tu me faire mal ce soir ?

— Est-ce que tu en as envie, mon chat ? Il me pince les tétons sans ménagement puis le roule entre ses doigts, me poussant à réprimer un gémissement de plaisir mêlé à de la souffrance. Sa voix devient plus grave, pleine de séduction et de noirceur. Voudrais-tu que je te fasse mal… que je t'écorche la peau et que je te fasse hurler ?

Je me lèche les lèvres, mon corps brûlant frissonne de désir et d'anxiété. Je devrais avoir peur, spécialement après notre conversation de ce soir, mais à la place je suis terriblement excitée. Même si c'est pervers, c'est aussi ça que je veux, je veux la férocité de son désir, la cruauté de son affection. Je veux me perdre dans les délices pervers de ses étreintes, oublier le bien et le mal et sentir, tout simplement.

— Oui ! ai-je murmuré, admettant pour la première fois ce que mes propres besoins ont de ténébreux ainsi que les désirs aberrants qu'il m'a instillés. Oui, je le veux…

Ses yeux sont attisés, ils deviennent sauvages comme un volcan en éruption et nous roulons sur le lit, chair et membres mêlés dans un geste primitif. La douceur de l'amant a disparu désormais, le sadique sophistiqué qui me manipule corps et esprit tous les soirs aussi. Maintenant, Julian n'est que désir viril à l'état sauvage, totalement incontrôlé.

Sa main me court sur tout le corps, sa bouche est sur moi, il me lèche, me suce et me mord des pieds à la tête. Sa main gauche arrive entre mes cuisses, il me pénètre d'un doigt et j'en perds le souffle, il entre et sort de mon sexe mouillé et vibrant. Julian est brutal, mais cela ne fait qu'intensifier la chaleur qui m'a envahie et je lui griffe éperdument le dos pour en avoir encore plus quand nous roulons sur le dos en nous affrontant comme deux animaux.

Je me retrouve sur le dos, immobilisée par son corps musclé, les bras étendus au-dessus de la tête et les poignets serrés par l'étau de sa main droite. C'est la position de la prisonnière et pourtant mon cœur bat d'impatience au lieu de peur en voyant l'expression de prédateur sur son visage.

— Je vais te baiser, dit-il brutalement tandis que ses genoux m'arrivent entre les cuisses pour les écarter. Sa voix n'est plus une voix de séducteur, je n'y entends que l'agressivité crue de son désir. Je vais te baiser jusqu'à ce que tu implores ma pitié, et puis je vais te baiser de plus belle. Me comprends-tu ?

Je réussis à hocher imperceptiblement la tête en haletant et en le fixant des yeux. Je respire de plus en plus vite et de plus en plus mal et là où il me touche la peau me brûle. Un instant, je sens la vibration de sa longue verge en érection m'effleurer l'intérieur de la cuisse, son gros gland est doux comme du velours, puis il le prend de sa main restée libre et le guide vers mon ouverture.

Je suis mouillée, mais absolument pas prête pour l'assaut brutal par lequel il unit nos deux corps, la souffrance s'abat par surprise sur mes terminaisons nerveuses quand il se jette sur moi et me coupe presque en deux. Un cri de douleur m'échappe de la gorge tandis que mes muscles intimes se contractent pour résister à cette brutale pénétration, mais il ne me donne pas le temps de m'habituer. Au contraire, il m'impose un rythme brutal qui me fait mal et il s'empare de moi avec une violence qui me fait trembler et me coupe le souffle, je ne peux qu'accepter son martèlement impitoyable.

Je ne sais pas combien de temps il m'a baisée comme ça ni combien de fois il m'a fait jouir sous ses coups puissants. Tout ce que je sais, c'est que lorsqu' il a atteint l'orgasme en tremblant au-dessus de moi, je suis enrouée à force de hurler et j'ai tellement mal que je souffre encore plus quand il se retire, son sperme brûle ma chair meurtrie.

Je suis également trop épuisée pour bouger, alors il se lève, va à la salle de bain et en rapporte une serviette mouillée d'eau fraîche. Il l'appuie sur mon sexe gonflé et il me nettoie doucement, puis il descend sur moi, ses lèvres et sa langue obligent mon corps épuisé à jouir encore une fois.

Et puis nous nous endormons enlacés dans les bras l'un de l'autre.

CHAPITRE DOUZE

❖ JULIAN ❖

Le lendemain matin, je me réveille quand la lumière du soleil m'arrive sur le visage. Hier soir, j'ai fait exprès de laisser les rideaux ouverts, je voulais me lever de bonne heure. Je préfère la lumière à un réveil et ça dérange bien moins Nora qui dort allongée sur ma poitrine.

Pendant quelques minutes, je reste couché, en savourant la chaleur de sa peau contre la mienne, les doux soupirs de sa respiration, et les noires arabesques de ses longs cils sur ses joues. Avant elle, je ne voulais pas dormir avec une femme, je ne comprenais pas l'attrait d'avoir une femme dans son lit, si ce n'était pour la baiser. Ce n'est qu'en faisant l'acquisition de ma captive que j'ai appris le plaisir simple de s'endormir en tenant son joli petit corps… et de la sentir à mes côtés pendant toute la nuit.

Je respire profondément et je fais doucement glisser Nora. Il faut que je me lève, bien que la tentation de rester là et de ne rien faire soit forte. Elle ne se réveille pas quand je m'assieds, elle se contente de rouler sur le côté et de continuer à dormir, la couverture dénude son corps et offre presque tout son dos à mes regards. Incapable d'y résister, je me penche pour embrasser une de ses fines épaules et je remarque quelques égratignures et quelques bleus sur sa peau fine, des marques que j'ai dû lui faire hier soir.

Les voir sur elle, ça m'excite. J'aime l'idée de la marquer de cette manière, de laisser les signes du propriétaire dans sa chair délicate. Elle porte déjà mon anneau de mariage, mais ça ne me suffit pas. Je veux plus encore. Chaque jour qui passe voit grandir mon désir pour elle, mon obsession à son égard s'intensifie au lieu de diminuer avec le temps.

Ce changement me gêne. J'espérais qu'en voyant Nora tous les jours et en faisant d'elle ma femme la faim éperdue que j'ai d'elle pourrait se rassasier, mais c'est exactement le contraire qui semble se produire. Chaque minute que je passe loin d'elle, chaque moment où je ne la touche pas me coûtent. Comme pour n'importe quelle forme d'addiction j'ai besoin de doses de plus en plus grandes de la drogue que j'ai choisie, et ma dépendance augmente à tel point que j'ai sans cesse envie de mon prochain shoot.

Je ne sais pas ce que je ferais si jamais je la perdais. Cette peur me réveille la nuit, couvert d'une sueur glacée, et elle vient m'attaquer à différents moments de la journée. Je sais qu'elle est en sécurité ici sur le domaine, à part l'attaque directe d'une véritable armée rien ne peut atteindre mon service de sécurité, mais je ne peux m'empêcher de m'inquiéter, je ne peux m'empêcher d'avoir peur qu'on me la prenne. C'est de la folie, mais je suis tenté de l'avoir enchaînée à mes côtés à tout moment pour être sûr qu'il ne lui arrive rien.

Je jette un dernier coup d'œil à sa silhouette endormie puis je me lève aussi silencieusement que possible et je vais prendre une douche pour m'obliger à ne plus penser à mes obsessions. Je reverrai Nora ce soir, mais d'abord la livraison de cette nuit exige mon attention. Tandis que mon esprit se tourne vers la tâche qui m'attend, je souris d'impatience, une impatience sinistre.

Mes prisonniers d'Al-Quadar attendent.

** * **

Lucas les a conduits dans un hangar à l'extrémité de la propriété. La première chose que je remarque en marchant, c'est la puanteur. C'est un mélange âcre de sueur, de sang, d'urine, et de désespoir. Cette odeur m'indique que Peter a déjà commencé sa tâche ce matin.

Alors que mes yeux s'habituent à la faible lueur à l'intérieur du hangar, je vois deux hommes attachés à des chaises en métal tandis que le troisième pend à un crochet au plafond, il est attaché par les poignets qui sont dressés au-dessus de sa tête. Tous les trois sont couverts de saleté et de sang, ce qui rend la tâche difficile pour savoir leur âge ou leur nationalité.

Je m'approche d'abord de l'un de ceux qui sont assis. Son œil gauche est fermé et boursouflé, ses lèvres sont tuméfiées et couvertes de sang séché. Mais son œil droit me regarde d'un air furieux, plein de défi. C'est un homme jeune, je pense en l'examinant de plus près. À la fin de l'adolescence ou ayant une petite vingtaine d'années, il a essayé de laisser pousser une barbe parsemée et ses cheveux noirs sont coupés très court. Je ne crois pas qu'il s'agisse d'un élément important, mais j'ai quand même l'intention de l'interroger. Même le menu fretin peut quelquefois avaler des renseignements utiles et les recracher si l'on sait s'y prendre.

— Il s'appelle Ahmed, dit une voix grave au léger accent derrière moi. En me retournant, je vois Peter, impassible comme toujours. Je ne suis pas surpris de ne pas l'avoir remarqué avant ; Peter a l'art de se cacher dans le noir. On l'a recruté il y a six mois au Pakistan.

Donc encore moins important que je ne le croyais. Je suis déçu, mais pas surpris.

— Et celui-ci ? ai-je demandé en allant vers l'autre qui est sur une chaise. Il semble un peu plus âgé, proche de la trentaine, son visage maigre est rasé. Comme Ahmed, il a été un peu malmené, mais il n'y a pas de rage dans ses yeux quand il me regarde. Seulement une haine glaciale.

— John, également connu sous le nom de Yusuf. Né aux États-Unis de parents venus de Palestine et recruté il y a cinq ans par Al-Quadar. C'est tout ce que j'ai pu tirer de celui-là jusqu'à présent, dit Peter en montrant l'homme pendu au crochet. Quant à John, pour le moment il ne m'a rien dit.

— Évidemment. Je fixe John des yeux, cette information me fait secrètement plaisir. S'il a été formé pour résister à une certaine quantité de souffrance sous la torture, c'est donc un exécutant de moyenne importance. Si nous réussissons à le faire parler, je suis certain que nous obtiendrons des informations utiles.

— Et celui-là, c'est Abdul. John désigne l'homme au crochet. C'est le cousin d'Ahmed. Il est censé avoir rejoint Al-Quadar la semaine dernière.

La semaine dernière ? Si c'est vrai, cet homme ne nous sera d'aucune utilité. En fronçant les sourcils, je m'approche de lui pour l'examiner de plus près. Il se raidit à mon approche et je vois que son visage est entièrement tuméfié. Et il pue l'urine. Quand je m'arrête devant lui il se met à baragouiner en arabe, la voix empreinte de peur et de désespoir.

— Il dit qu'il nous a dit tout ce qu'il savait. Peter s'approche de moi. Il prétend qu'il est seulement venu rejoindre son cousin parce qu'ils avaient promis de donner deux chèvres à sa famille. Il jure qu'il n'est pas un terroriste, qu'il n'a jamais voulu faire de mal à personne, qu'il n'a rien contre les USA, etc., etc...

Je hoche la tête, j'avais compris tout ça de moi-même. Je ne parle pas arabe, mais je le comprends un peu.

Avec un sourire froid aux lèvres, je prends un couteau suisse dans ma poche arrière et j'en sors une petite lame. En voyant le couteau, Abdul tire frénétiquement sur les cordes qui le retiennent et ses supplications sont plus bruyantes. C'est visiblement un bleu, ce qui m'amène à croire qu'il dit la vérité et qu'il ne sait rien.

Mais ça n'a pas d'importance. La seule chose qu'il puisse me donner ce sont des renseignements, et s'il ne peut pas le faire, il est foutu.

— Tu es sûr de ne rien savoir d'autre ? lui ai-je demandé en faisant lentement tourner le couteau entre mes doigts. Peut-être quelque chose que tu as vu, entendu, trouvé ? Des noms, des visages ? Rien de tout ça ?

Peter traduit ma question et Abdul secoue la tête, des larmes et de la morve coulent sur son visage en bouillie et couvert de sang. Il bafouille encore quelque chose, il ne connait qu'Ahmed, John et ceux qui ont été tués hier pendant l'opération. D'un coin de l'œil je vois Ahmed le regarder d'un sale œil, il est évident qu'il voudrait que son cousin se taise, mais John ne semble pas s'inquiéter de la diarrhée verbale d'Abdul. L'indifférence de John ne fait que confirmer ce que j'ai deviné instinctivement : Abdul dit la vérité, il ne sait rien d'autre.

Comme s'il lisait dans mes pensées, Peter fait un pas vers moi.

— À vous l'honneur ou voulez-vous que je commence ? Il me pose la question banalement, comme s'il me proposait un café.

— Je vais le faire, lui ai-je répondu sur le même ton. Dans mon travail, ni l'apitoiement ni la sentimentalité n'ont de place. Peu importe l'innocence ou la culpabilité d'Abdul ; il s'est allié avec mes ennemis et ce faisant il a signé son arrêt de mort. Mon seul geste de pitié envers lui sera d'en finir rapidement avec sa misérable existence.

Sans entendre ses implorations de terreur, je lui coupe la gorge puis je recule et je le vois se vider de son sang. Quand c'est fini, j'essuie mon couteau sur la chemise du mort et je me tourne vers les deux prisonniers restants.

— Bien, je dis en leur souriant calmement. À qui le tour ?

* * *

Je suis agacé de devoir passer presque toute la matinée pour venir à bout d'Ahmed. Il est étonnamment résistant pour une nouvelle recrue. Évidemment, il cède (ils finissent tous par céder) et j'apprends le nom de celui qui sert d'intermédiaire entre leur cellule et une autre qui est dirigée par un chef plus important. J'apprends aussi qu'il y a un projet pour faire exploser un autobus à

Tel-Aviv, une information qui sera très utile à mes contacts dans le gouvernement israélien.

Je laisse John assister à tout cela jusqu'au moment où Ahmed pousse son dernier soupir. Même si John a appris à résister à la torture, ça m'étonnerait qu'il soit psychologiquement prêt à voir dépecer son camarade, tout en sachant qu'il sera le suivant. Rares sont les hommes capables de garder leur sang-froid dans de telles situations et je comprends que John n'en fait pas partie quand je le surprends à regarder par terre pendant un moment particulièrement atroce. Et pourtant je sais aussi que ça va nous prendre au moins plusieurs heures pour en tirer quelque chose et j'ai du travail à faire aujourd'hui. John devra attendre l'après-midi, après mon déjeuner et une fois que j'aurais eu le temps de travailler.

— Je peux commencer si vous voulez, dit Peter quand je le lui explique. Vous savez que je peux le faire tout seul.

Je le sais. Depuis un an qu'il travaille pour moi, Peter s'est montré particulièrement compétent dans ce domaine. Mais quand c'est possible, je préfère être sur le terrain ; dans mon genre d'activité, le micromanagement est souvent payant.

— Non, ça va, ai-je dit. Pourquoi ne prends-tu pas aussi une pause pour le déjeuner ? Nous reprendrons à trois heures.

Peter hoche la tête puis sort du hangar sans même laver le sang qu'il a sur les mains. Je suis plus soigneux de ce point de vue et je vais vers un seau d'eau à côté du mur pour me rincer les mains et le visage et enlever le plus gros. Au moins, je n'ai pas besoin de m'inquiéter si j'ai du sang sur mes vêtements ; j'ai fait exprès de mettre un tee-shirt et un short noirs aujourd'hui pour qu'on ne voie pas les taches. Comme ça, si je croise Nora avant d'avoir eu le temps de me changer, je ne lui ferai pas faire de cauchemars. Ma petite femme est encore innocente dans certains domaines et autant que possible j'aimerais préserver cette innocence.

Je ne la vois pas sur le chemin de la maison ce qui vaut sans doute mieux. Après avoir tué je me sens toujours plus sauvage, à la fois nerveux et excité. Le plaisir que me donne ce qui horrifie la plupart des gens m'inquiétait autrefois, mais plus maintenant. Je suis, qui je suis, je suis le résultat de l'éducation que j'ai reçue. Douter de soi mène à la culpabilité et aux regrets, et je refuse de me complaire dans des émotions aussi inutiles.

Une fois à la maison je me douche longuement et je mets des vêtements propres. Maintenant que je suis propre et calmé, je descends à la cuisine pour manger un morceau en vitesse.

Ana n'y est pas quand j'y arrive si bien que je me prépare un sandwich et je m'assieds à la table de la cuisine pour le manger. J'ai mon iPad avec moi, et pendant la demi-heure qui suit je règle des problèmes de production dans mon usine de Malaisie, je me mets au courant avec mon fournisseur de Hong-Kong et j'envoie un mail à mon contact en Israël au sujet de l'explosion qui est programmée.

Quand j'ai fini de déjeuner, il me reste encore quelques coups de téléphone à passer et je me dirige vers mon bureau où j'ai fait installer des lignes de communication sûres.

En sortant de la maison, je rencontre Nora sur le perron.

Elle monte les marches en bavardant et en riant avec Rosa. Elle porte une robe imprimée jaune, ses cheveux sont dénoués et lui tombent dans le dos, c'est un véritable rayon de soleil avec son grand sourire radieux.

En me voyant, elle s'arrête au milieu du perron et son sourire se fait un peu timide. Je me demande si elle pense à la nuit dernière ; en tout cas, j'y ai pensé dès que je l'ai vue.

— Salut ! dit-elle doucement en me regardant. Rosa s'arrête aussi et incline respectueusement la tête. Je lui fais un rapide petit signe de tête en retour avant de me concentrer sur Nora.

— Salut, mon chat. Sans le vouloir, ma voix est rauque. Rosa se rend visiblement compte qu'elle est de trop et elle marmonne quelque chose au sujet de ce qu'elle doit aller faire dans la cuisine avant de s'échapper vers la maison, et de me laisser seul avec Nora sur le perron.

Nora sourit en voyant vite partir son amie puis monte les autres marches pour s'approcher de moi.

— J'ai reçu le dossier d'orientation de Stanford et je me suis déjà inscrite pour tous les cours, dit-elle avec un enthousiasme à peine contenu. Je dois reconnaître qu'ils ne perdent pas de temps.

Je lui souris, content de la voir si heureuse.

— Oui, c'est vrai. C'est normal d'ailleurs, étant donnée la généreuse donation d'une de mes sociétés-écrans à leur fond d'anciens étudiants. Pour trois millions de dollars, je m'attends à ce que le bureau des inscriptions de Stanford se plie en quatre pour rendre service à ma femme.

— Je vais appeler mes parents ce soir. Ses yeux brillent. Oh, ils vont être tellement surpris…

— Oui, j'en suis certain, ai-je dit sèchement en m'imaginant les réactions de Tony et de Gabriela à cette nouvelle. J'ai écouté d'autres conversations de Nora avec eux, et je sais qu'ils ne m'ont pas cru quand je leur ai dit que Nora ferait de bonnes études. Il serait utile que mes nouveaux beaux-parents comprennent que je tiens mes promesses, et que je prends au sérieux tout ce qui concerne leur fille. Évidemment, ça ne changera pas l'opinion qu'ils ont de moi, mais au moins ils seront un peu rassurés sur son avenir.

Nora sourit à nouveau, elle pense sans doute à la même chose que moi, puis sans que je m'y attende, son expression s'assombrit.

— Alors sont-ils déjà arrivés ? demande-t-elle. J'entends un soupçon d'hésitation dans sa voix. Les hommes d'Al-Quadar que tu as faits prisonniers ?

— Oui. Je n'essaie pas de dorer la pilule. Je ne veux pas la traumatiser en lui laissant voir cet aspect de mes activités, mais je ne veux pas non plus lui en cacher l'existence. J'ai commencé leur interrogatoire.

Elle me fixe des yeux, son enthousiasme de tout à l'heure a complètement disparu.

— Ah, je vois. Elle me regarde de la tête aux pieds et ses yeux s'attardent sur mes vêtements propres, je suis content d'avoir pris la précaution de prendre une douche et de me changer tout à l'heure.

Quand elle relève les yeux pour croiser mon regard, elle a une expression étrange.

— Et tu as appris quelque chose d'utile ? demande-t-elle doucement. Pendant l'interrogatoire, je veux dire.

— Oui, ai-je répondu lentement. Je suis surpris qu'elle veuille en savoir plus, qu'elle ne soit pas aussi horrifiée que je m'y attendais. Je sais qu'elle déteste Al-Quadar à cause de ce qu'ils ont fait à Beth, mais j'aurais pensé qu'elle aurait été rebutée par l'idée de la torture. Un sourire apparait sur mes lèvres quand je pense à quel point ma petite chérie est prête à s'aventurer vers le mal désormais.

— Veux-tu que je t'en parle ?

De nouveau, elle me surprend en acquiesçant.

— Oui, dit-elle à voix basse en soutenant mon regard. Dis-moi, Julian, je veux savoir.

CHAPITRE TREIZE

❖ NORA ❖

Je ne sais pas quel démon m'a poussée à dire ça et j'ai retenu mon souffle en attendant que Julian se moque de moi et refuse de me répondre. Il n'a jamais eu envie de beaucoup me parler de ses activités et bien qu'il se soit ouvert davantage à moi depuis son retour j'ai l'impression qu'il essaie toujours de me protéger de ce qu'il y a de pire dans son univers.

À ma stupéfaction, il ne se moque pas de moi et ne se dérobe nullement. À la place, il me donne la main.

— D'accord, mon chat, dit-il avec un sourire énigmatique sur les lèvres. Si tu veux en savoir plus, viens avec moi. J'ai des coups de fil à passer.

Le cœur battant, je mets la main dans la sienne en hésitant et je le laisse me conduire en bas des marches. Tout en marchant vers le petit bâtiment qui sert de bureau à Julian, je ne peux m'empêcher de me demander si je fais une erreur. Suis-je prête à renoncer au confort discutable de l'ignorance et à plonger la tête la première dans le cloaque glauque de l'empire de Julian ? En vérité, je n'en sais rien.

Mais je ne m'arrête pas en chemin, je ne dis pas à Julian que j'ai changé d'avis… parce que ce n'est pas le cas. Parce que en mon for intérieur je sais qu'enfouir la tête dans le sable ne change rien. Mon mari est un criminel dangereux et puissant et mon ignorance de ses activités ne change pas le fait que je suis coupable de complicité. En allant volontairement dans ses bras tous les soirs, en l'aimant malgré tout ce qu'il a fait, j'approuve implicitement ses actions et je n'ai pas la naïveté de penser autrement. J'ai eu beau commencer par être la victime de Julian, je ne sais pas si je peux encore prétendre à cette distinction douteuse. Avec ou sans seringue, je l'ai suivi en sachant pertinemment qui il était et dans quelle direction je m'embarquais.

D'ailleurs, je suis poussée par une sombre curiosité. Je veux savoir ce qu'il a appris ce matin, quel genre d'informations il a obtenues avec ses méthodes brutales. Je veux savoir quels coups de fil il a l'intention de passer et à qui il a l'intention de parler. Je veux savoir tout ce qu'il faut savoir sur Julian, même si la réalité de sa vie doit m'horrifier.

Quand nous arrivons au bâtiment où se trouve son bureau, je vois qu'il a une porte métallique. Comme sur l'île, Julian l'ouvre avec son empreinte rétinienne, une mesure de sécurité qui ne m'étonne plus. Étant donné ce que je sais des types d'armes que produit la compagnie de Julian, sa paranoïa semble parfaitement compréhensible.

Nous entrons et je découvre une vaste pièce avec une grande table ovale près de l'entrée et un large bureau au fond où se trouve un certain nombre d'ordinateurs. Les murs sont couverts d'écrans plats et il y a des fauteuils de cuir confortables autour de la table. À mes yeux, le bureau de Julian ressemble à la fois à la salle de conférence d'un PDG et la salle de réunion où j'imagine que la CIA prend ses décisions stratégiques.

Alors que je suis sur le seuil et que j'examine tout en détail, Julian qui est derrière moi met sa main sur mon épaule.

— Bienvenue dans mon antre, murmure-t-il, en serrant brièvement les doigts. Puis il me lâche et va s'asseoir derrière le bureau.

Je le suis, poussée par une curiosité dévorante.

Il y a six ordinateurs posés sur la table. Trois d'entre eux montrent ce qui me semble être des enregistrements en direct pris par des caméras de surveillance, et les deux autres ont des graphiques et des chiffres qui clignotent.

— Tu suis l'évolution de tes investissements ? ai-je demandé en jetant un coup d'œil aux deux derniers. Je suis loin d'être une spécialiste de la bourse, mais j'ai vu deux ou trois films sur Wall Street et l'installation de Julian me rappelle les bureaux des traders qu'on y voyait.

— Tu pourrais dire ça. Quand je me retourne pour le regarder, Julian s'est adossé dans son fauteuil et me sourit. L'une de mes filiales est une sorte de fonds d'investissement. Elle s'occupe d'une multiplicité de choses qui vont des fonds monétaires au pétrole et se concentre sur certaines situations et certains évènements géopolitiques. Mes managers y sont hautement qualifiés, mais ça m'intéresse beaucoup et à l'occasion j'aime bien m'en mêler.

— Ah, je vois… Je le fixe des yeux avec fascination. Voilà encore un autre aspect de Julian que j'ignorais. Si bien que je demande encore combien de strates je vais découvrir avec le temps.

— Alors qui vas-tu appeler ? ai-je demandé en me souvenant des coups de fil dont il a parlé tout à l'heure.

Julian me sourit de plus belle.

— Viens ici, bébé, assieds-toi, dit-il en me prenant par le poignet. Avant que je n'aie eu le temps de m'en rendre compte, il m'a assise sur ses genoux, m'emprisonnant entre son buste et le bord du bureau. Assieds-toi là et tais-toi, me murmure-t-il à l'oreille. Il tapote rapidement quelque chose sur son clavier tandis que je suis assise là en respirant son chaud parfum et en sentant les muscles durs de son corps.

J'entends une sonnerie puis une voix masculine qui vient de l'ordinateur.

— Esguerra. Je me demandais quand vous alliez prendre contact. Son interlocuteur a un accent américain et semble avoir fait de longues études, il semble un peu guindé. Je m'imagine tout de suite un homme d'âge moyen, en costume. Une sorte de bureaucrate, mais qui a un poste de responsabilité à en juger par l'autorité de sa voix. Peut-être l'un des contacts que Julian a au gouvernement ? J'imagine que vos amis israéliens vous ont déjà mis au courant, dit Julian.

En retenant mon souffle, j'écoute attentivement pour ne pas perdre un mot. Je ne sais pas pourquoi Julian a décidé de me renseigner de cette manière, mais peu importe.

— Je n'ai pas grand-chose à ajouter, poursuit Julian. Comme vous le savez déjà, l'opération a été un succès et j'ai maintenant deux ou trois prisonniers dont je vais soutirer des informations.

— Oui, c'est ce qu'on nous a dit. Il y a un silence pendant une seconde, puis l'homme ajoute : La prochaine fois, nous aimerions être les premiers à apprendre ce genre de nouvelle. Il aurait mieux valu que les Israéliens l'apprennent par nous que le contraire.

— Oh, Frank... soupire Julian en mettant le bras autour de ma taille et en me poussant légèrement à gauche. Un peu déséquilibrée je me raccroche à son bras en essayant de ne pas faire de bruit tandis qu'il m'installe plus confortablement sur ses genoux. Vous savez comment ça se passe. Si vous voulez informer directement les Israéliens, j'ai besoin d'un petit encouragement.

— Nous avons déjà effacé toute trace de votre mésaventure avec la fille, dit calmement Franck, et je me raidis en réalisant qu'il veut parler de mon enlèvement.

Une mésaventure ? Vraiment ? Pendant une seconde, je suis folle de rage, mais je respire pour me calmer et me souvenir que je ne veux pas que Julian soit puni pour ce qu'il m'a fait, en tout cas pas si cela implique d'être de nouveau séparée de lui. Mais ça serait quand même bien s'ils reconnaissaient qu'il s'agit d'un crime au lieu de parler d'une foutue « mésaventure ». C'est idiot, mais je trouve que c'est un manque de respect d'une certaine manière, comme si je n'avais même pas la moindre importance.

Sans se rendre compte de la rage qu'il a provoquée avec le choix de son vocabulaire, Franck poursuit :

— Nous ne pouvons rien faire de plus pour vous pour le moment…

— Si, en fait, l'interrompt Julian. Sans me lâcher, il me caresse le bras en propriétaire pour me calmer. Comme toujours, la chaleur de ses caresses me réchauffe de l'intérieur et dissipe une partie de ma tension. Il a sans doute compris pourquoi je suis contrariée ; quoique l'on en pense, c'est insultant d'entendre parler d'une manière si désinvolte de son propre enlèvement. Que diriez-vous d'un échange de bons procédés ? continue doucement Julian en s'adressant à Franck. La prochaine fois, je vous laisse le beau rôle et vous, vous m'informez de ce qui se passe en coulisse en Syrie. Je suis sûr que vous aimeriez divulguer quelques informations… et j'aimerais bien vous y aider.

Il y a encore un moment de silence, puis Franck dit brusquement :

— Entendu, vous pouvez y compter.

— Excellent. À la prochaine fois alors, dit Julian qui se penche en avant pour cliquer sur le coin de l'écran et terminer la communication.

Dès que c'est fait, je me retourne dans ses bras pour le regarder.

— Qui était-ce ?

— Franck est un de mes contacts à la CIA, répond Julian en confirmant ce que j'avais supposé. C'est un bureaucrate, mais il sait ce qu'il fait.

— Ah, c'est ce que je pensais. Je commence à avoir des fourmis dans les jambes et je repousse Julian pour me lever. Il me lâche et me regarde avec un léger sourire tandis que je recule de quelques pas puis je m'appuie sur le bureau et le regarde d'un air interrogateur. C'est quoi cette histoire d'Israéliens et d'autobus ? Et la Syrie ?

— À en croire un de mes invités d'Al-Quadar, un attentat se prépare contre un autobus à Tel-Aviv, explique Julian en s'adossant à son fauteuil. Tout à l'heure, j'en ai informé le Mossad, les Services secrets israéliens.

— Oh ! J'ai froncé les sourcils. Et pourquoi Franck a-t-il fait une objection ?

— Parce que les américains ont le complexe du Sauveur, ou bien ils aimeraient que les Israéliens le pensent. Ils voudraient que l'information vienne d'eux et pas de moi, pour que le Mossad *leur* doive un service.

— Ah, je vois. Et c'est vrai. Je commence à comprendre les règles de ce jeu. Dans le monde mystérieux des services secrets et des coulisses de la politique, les services rendus servent de monnaie d'échange, et mon mari en est largement pourvu. Assez largement pour être sûr de ne pas être poursuivi pour des vétilles comme l'enlèvement ou le trafic d'armes. Et tu voudrais que Franck te fournisse des informations que tu pourras divulguer à la Syrie pour qu'elle *te* doive un service à son tour, c'est ça ?

Julian me sourit, ses dents blanches étincèlent.

— Oui, exactement. Tu apprends vite mon chat.

— Pourquoi as-tu décidé de me laisser écouter tes conversations aujourd'hui ? ai-je demandé, en le regardant avec curiosité. Pourquoi justement aujourd'hui ?

Au lieu de répondre, il se lève et vient vers moi. Il s'arrête tout près, pose les deux mains sur le bureau de part et d'autre, je suis de nouveau prise au piège.

— Qu'en penses-tu, Nora ? murmure-t-il en se penchant vers moi. Je sens la chaleur de son souffle sur ma joue, et ses bras sont comme deux poutrelles d'acier autour de moi. J'ai l'impression d'être un petit animal pris au piège par un chasseur, une sensation déconcertante qui m'excite pourtant.

— Parce que nous sommes mariés ? ai-je répondu d'une voix hésitante. Son visage n'est qu'à quelques centimètres du mien, et mon bas-ventre se contracte violemment de désir quand il avance une hanche et me laisse sentir sa verge en érection.

— Oui, bébé, parce que nous sommes mariés, dit-il d'une voix rauque, les yeux assombris d'excitation quand mes tétons frôlent sa poitrine. Et parce que tu n'es plus aussi vulnérable que tu en as l'air…

Alors il baisse la tête et s'empare de ma bouche dans un baiser avide et possessif tandis que ses mains glissent le long de mes cuisses avec une intention que je connais bien.

* * *

Pendant les quelques jours qui suivent, j'en apprends davantage sur l'empire ténébreux de Julian et je commence à comprendre à quel point la plupart des gens ignorent ce qui se passe en coulisse. Ce que j'entends dans le bureau de Julian n'apparait jamais au journal télévisé… parce que sinon des têtes tomberaient et que des gens très importants se retrouveraient en prison.

Amusé de voir que je continue à m'y intéresser, Julian me permet d'assister à d'autres conversations. Un jour, j'ai même la possibilité de regarder une conférence vidéo du fond de la salle, là où la caméra ne me voit pas. Je suis stupéfaite de reconnaître l'un des hommes sur la vidéo. C'est un général américain de premier rang que j'ai vu deux ou trois fois dans des débats télévisés de grande audience. Il veut que Julian délocalise ses usines de Thaïlande de peur que l'instabilité politique dans ce pays compromette la prochaine livraison d'explosifs, celle qui est destinée au gouvernement américain.

Mon ancien ravisseur n'a pas menti quand il disait qu'il avait des relations ; en fait, il a plutôt minimisé leur importance.

Évidemment, les hommes politiques, les chefs militaires et les autres dirigeants ne constituent qu'une petite partie des gens avec lesquels Julian traite quotidiennement. Il communique surtout avec des clients, des fournisseurs et divers intermédiaires, des individus louches et souvent effrayants du monde entier. Ses relations vont de la mafia russe aux rebelles libyens en passant par les dictateurs d'obscurs pays d'Afrique. Quand il s'agit de vendre des armes, mon mari croit à l'égalité. Les terroristes, les barons de la drogue, les gouvernements légitimes, il fait affaire avec tous.

J'en ai la nausée, mais je ne peux me résoudre à quitter le bureau de Julian. Chaque jour, j'y vais avec lui, conduite par une curiosité morbide. C'est comme regarder une émission consacrée à l'espionnage ; les choses que j'apprends me fascinent tout en m'inquiétant.

Cela prend trois jours à Julian pour venir à bout du dernier prisonnier d'Al-Quadar. Il ne me dit pas comment, et je ne le lui demande pas. Je sais que c'est par la torture, mais j'ignore les détails. Je sais seulement que les informations qu'il en a soutirées permettent à Julian de localiser deux autres cellules d'Al-Quadar et que la CIA a une nouvelle dette envers lui.

Maintenant que Julian a décidé de me laisser pénétrer dans cette partie de sa vie, nous passons encore plus de temps ensemble. Il aime que je sois dans son bureau. Non seulement c'est pratique quand il veut faire l'amour - et c'est au moins une fois par jour -, mais il semble aussi apprécier la vitesse avec laquelle j'apprends. Il dit que je suis astucieuse. Que j'ai de l'intuition. Que je vois les choses telles qu'elles sont au lieu de les voir telles que je voudrais qu'elles soient, une qualité rare selon Julian.

— La plupart des gens ont des œillères, me dit-il un jour pendant le déjeuner, mais pas toi mon chat. Tu ne te voiles pas la face devant la réalité… et ça te permet de voir en profondeur.

Je le remercie de ce compliment, mais intérieurement je me demande si c'est nécessairement positif, voir comme ça en profondeur. Si je pouvais me convaincre qu'au fond Julian est bon, qu'il est seulement incompris et qu'il pourra changer, ce serait tellement plus facile pour moi. Si je ne voyais pas la véritable nature de mon mari, je n'éprouverais pas des sentiments aussi contradictoires envers lui.

Je n'aurais pas peur d'être amoureuse du diable.

Mais je le vois tel qu'il est, un démon sous les apparences d'un bel homme, un monstre au beau masque. Et je me demande si ça veut dire que moi aussi je suis un monstre... si c'est mal de l'aimer.

Si seulement je pouvais en parler avec Beth. Je sais que ce n'était pas vraiment une spécialiste des gens normaux, mais ses idées audacieuses, sa manière de renverser les choses et de leur donner un sens imprévu me manque tout de même. Elle me dirait que j'ai de la chance d'avoir quelqu'un comme Julian, que nous sommes destinés à être ensemble et que tout le reste, ce sont des conneries.

Et elle aurait sans doute raison. Quand je repense à ces mois vides et solitaires qui ont précédé son retour, quand j'étais libre et que je vivais normalement, mais *sans lui*, tous mes doutes s'évanouissent. Peu importe qui il est ou ce qu'il fait, je préférerais mourir plutôt que de revivre cette souffrance dévastatrice pour mon âme.

Pour le meilleur ou pour le pire, je suis comme amputée sans Julian, et aucune autoflagellation ne peut rien y changer.

* * *

Une semaine après la conversation de Julian avec Frank je frappe à la lourde porte métallique et j'attends qu'il me fasse entrer. J'ai passé la matinée avec Rosa et je me suis aussi préparée aux cours qui vont bientôt commencer tandis que Julian est allé sans moi dans son bureau pour remplir des papiers concernant ses comptes offshore. Visiblement, même les barons du crime doivent payer des impôts et s'occuper de problèmes juridiques ; ça a l'air d'être un mal universel auquel personne ne peut échapper.

Quand la porte s'ouvre, je suis surprise de voir un grand homme brun assis à la table ovale en face de Julian. Il a l'air d'avoir une trentaine d'années, juste un peu plus âgé que mon mari. Je l'ai déjà vu marcher dans le domaine, mais je n'ai jamais eu l'occasion de lui parler. De loin, on dirait un prédateur, une panthère noire, cette impression ne fait qu'être accentuée par sa manière de me regarder, ses yeux gris suivent chacun de mes gestes avec un mélange d'attention et d'indifférence.

— Entre, Nora, dit Julian en me faisant signe de me joindre à eux. Voici Peter Solokov, notre spécialiste de la sécurité.

— Oh, salut. Je suis très heureuse de faire votre connaissance. Je me dirige vers la table et souris prudemment à Peter avant de m'asseoir à côté de Julian. Peter est un bel homme à la forte mâchoire, aux pommettes saillantes qui lui donnent un style exotique, mais sans savoir pourquoi, le voir me fait dresser les cheveux sur la tête. Ce n'est ni ce qu'il dit ni ce qu'il fait, il me fait un signe poli et reste assis d'un air détendu, avec un calme trompeur, c'est ce que je lis dans ses yeux couleur d'acier.

De la rage. Une rage pure, sans mélange. Je la sens chez Peter, elle émane de tous les pores de sa peau. Ce n'est ni de la colère ni un accès momentané de mauvaise humeur. Non, cette émotion va plus loin que ça. Elle fait partie intégrante de lui, comme les muscles durs de son corps ou la cicatrice pâle qui lui traverse le sourcil gauche.

Malgré toute la froideur bien contrôlée de son attitude, cet homme est un dangereux volcan prêt à entrer en éruption.

— Nous étions juste en train de finir, dit Julian, et je remarque une note de contrariété dans sa voix. En détournant les yeux de Peter, je vois se contracter un petit muscle dans la mâchoire de Julian. J'ai dû regarder trop longtemps Peter sans m'en rendre compte et mon mari a pris ma fascination involontaire pour de l'intérêt.

Merde ! Ce n'est jamais bon signe quand Julian est jaloux.

Alors que je me torture l'esprit pour essayer de calmer le jeu, Peter se lève.

— Nous pouvons reprendre ça demain si vous voulez, dit-il calmement en s'adressant à Julian. Je ne peux m'empêcher de remarquer que contrairement à la plupart des employés du domaine Peter ne fait pas preuve de déférence envers mon mari. Au contraire, il parle à Julian d'égal à égal, avec respect, mais avec une parfaite assurance. Je détecte un léger accent de l'Est dans ses paroles et je me demande d'où il vient. Pologne ? Russie ? Ukraine ?

— Oui, dit Julian en se levant aussi. Il est toujours sombre, mais sa voix est redevenue parfaitement calme. À demain.

Peter disparait en nous laissant seuls et je me lève lentement, mes mains sont déjà moites. Je n'ai rien fait de mal, mais en convaincre Julian ne va pas être facile. Sa possessivité tourne à l'obsession ; quelquefois, je m'étonne qu'il ne m'enferme pas à clé dans sa chambre pour éviter que d'autres hommes ne me voient.

Effectivement, dès que la porte se referme sur Peter, Julian s'avance vers moi.

— Est-ce que Peter te plait, mon chat ? dit-il doucement en mordant sur mon espace jusqu'à ce que je sois obligée de reculer contre la table. Tu as un faible pour les russes ?

— Non. Je secoue la tête en soutenant le regard de Julian. J'espère qu'il peut voir que je dis vrai. Peter est peut-être beau, mais il me fait peur, et le seul homme qui me fasse peur et dont je veux est juste en face de moi et me jette un regard mauvais. Pas du tout. Ce n'est pas la raison pour laquelle je le regardais.

— Non ? Julian plisse les yeux tout en me prenant par le menton. Alors pourquoi ?

— Il m'a fait peur, ai-je admis en décidant que l'honnêteté était la meilleure conduite à tenir dans cette situation. Il y a quelque chose chez lui qui m'a semblé inquiétant.

Julian m'examine attentivement une seconde puis me lâche le menton et recule, ce qui me fait pousser un soupir de soulagement. *La tempête a été évitée.*

— Aussi perspicace que d'habitude, murmure-t-il avec une note d'amusement et de tristesse dans la voix.

Oui, tu as raison, Nora. Il y a effectivement quelque chose d'inquiétant chez Peter.

— C'est quoi son problème ? Je demande, ma curiosité s'est réveillée maintenant que Julian n'est plus en colère contre moi. Je sais que Julian n'emploie pas des enfants de chœur, mais ce que j'ai décelé chez Peter est différent, plus explosif. Qui est-ce ?

Julian me fait un petit sourire sombre et va s'asseoir à son bureau.

— Il est de Spetnaz, les Forces spéciales russes. C'était l'un des meilleurs jusqu'à ce que sa femme et son fils soient tués. Maintenant, il veut se venger, et il est venu à moi en espérant que je pourrai l'aider.

Je sens un éclair de pitié pour lui. Alors ce n'est pas seulement de la rage. Peter aussi est consumé de douleur et de souffrance.

— L'aider comment ? Je demande en m'appuyant à la table. Le spécialiste de la sécurité de Julian ne m'a pas donné l'impression qu'il avait vraiment besoin d'aide.

— En utilisant mes relations pour lui obtenir une liste de noms. Apparemment, des soldats de l'OTAN étaient impliqués et l'affaire a été remarquablement bien étouffée.

— Oh ! Je fixe Julian des yeux, mal à l'aise. Il est facile d'imaginer ce que Peter fera de ces soldats. Et tu lui as donné cette liste ?

— Pas encore. Je travaille encore dessus. Il semble que beaucoup d'informations soient confidentielles, ce n'est donc pas facile.

— Tu ne peux pas demander à ton contact de la CIA de t'aider ?

— Je le lui ai demandé. Frank se fait prier parce qu'il y a des Américains sur cette liste. Julian semble agacé pendant quelques instants. Mais il finira par s'exécuter. C'est toujours comme ça. Il suffit que j'aie quelque chose dont la CIA a vraiment envie.

— Évidemment, je murmure. Un service en échange d'un autre… C'est pour ça que Peter travaille avec toi ? Parce que tu lui as promis cette liste ?

— Oui, c'est le marché que nous avons conclu. Julian a un sourire dur. Trois ans de bons et loyaux services en échange de cette liste en fin de compte. Je le paie aussi, bien sûr, mais Peter se moque de l'argent.

— Et Lucas ? ai-je demandé en pensant au bras droit de Julian. A-t-il aussi une histoire ?

— Tout le monde a une histoire, dit Julian, mais il semble penser à autre chose maintenant et son attention se tourne vers l'écran de l'ordinateur. Même toi mon chat.

Et avant que je puisse lui poser d'autres questions il s'occupe de ses mails et met un point final à notre conversation pour aujourd'hui.

CHAPITRE QUATORZE

❖ JULIAN ❖

Les quelques semaines suivantes sont ce que j'ai connu qui ressemble le plus au bonheur domestique. À part un voyage d'un jour à Mexico pour une négociation avec le cartel Juárez je suis resté dans le domaine avec Nora.

Maintenant que ses cours ont commencé, ses journées sont consacrées à ses livres, ses dissertations et ses examens. Elle est tellement occupée qu'elle étudie souvent tard le soir, une habitude qui me déplait, mais je la laisse faire. Elle semble tellement déterminée à prouver qu'elle est du même niveau que les étudiants qui sont entrés à Stanford grâce à leurs notes, et je ne veux pas la décourager. Je sais qu'elle le fait en partie pour ses parents, qui continuent à s'inquiéter sur son avenir avec moi, et en partie parce que c'est un défi qui lui plait. Malgré ce stress supplémentaire, ma chérie semble s'épanouir en ce moment, ses yeux brillent d'enthousiasme et ses gestes sont pleins d'énergie et de résolution.

Cette nouvelle situation me fait plaisir. J'aime la voir heureuse et sûre d'elle, satisfaite de sa vie avec moi. Bien que le monstre qui est en moi continue de jouir de sa souffrance et de sa peur, sa force croissante et sa résilience me plaisent. Je n'ai jamais voulu la briser, seulement me l'approprier, et ça me plait de la voir m'égaler dans de nombreux domaines.

Bien que ses études lui prennent beaucoup de temps, Nora continue à travailler sous la direction de M. Bernard, elle dit qu'elle se détend en dessinant et en peignant. Elle insiste également pour que je continue à lui donner des leçons d'autodéfense et de tir deux fois par semaine, une demande que je suis ravi de satisfaire puisque ça nous permet de passer davantage de temps ensemble. Au fil de l'entraînement, je m'aperçois qu'elle est plus douée avec les armes à feu qu'au couteau, bien qu'à ma surprise elle soit vraiment bonne dans les deux cas. Elle commence aussi à bien maîtriser certains mouvements de lutte, lentement mais sûrement son petit corps devient une arme redoutable. Un jour, elle a même réussi à me faire saigner du nez en me donnant un bon coup de coude avant que je n'aie le temps de l'arrêter tant elle a été rapide.

Elle devrait être fière d'un tel succès, mais bien sûr, étant donnée sa gentillesse, elle en est toute de suite horrifiée et pleine de remords.

— Oh, mon Dieu, je suis vraiment navrée ! Elle se précipite vers moi et attrape une serviette pour arrêter le saignement. Elle semble si bouleversée que j'éclate de rire, bien que mon putain de nez me fasse vraiment mal. Voilà ce que je récolte en me laissant distraire pendant l'entraînement. Elle a réussi à me prendre par surprise à un moment où je regardais ses seins et où je fantasmais que je lui soulevais son soutien-gorge de sport.

— Julian, pourquoi ris-tu ? La voix de Nora monte d'une octave en appuyant la serviette sur mon visage. Il faut que tu voies un docteur ! Ton nez est peut-être cassé…

— Ce n'est rien, bébé, l'ai-je rassurée entre deux éclats de rire et en prenant la serviette de ses mains tremblantes. Je t'assure que j'ai connu pire. S'il était cassé, je le saurais. Ma voix semble nasale à cause de la serviette que j'appuie sur le nez, mais je sens le cartilage du doigt et il est intact. J'aurai un œil au beurre noir, et voilà tout. Mais si je n'avais pas esquivé sur la droite au dernier moment elle aurait pu complètement me casser le nez, des fragments d'os auraient pénétré dans mon cerveau et elle m'aurait tué sur le coup.

— Si, c'est grave ! Nora recule, toujours très contrariée. J'aurais vraiment pu te faire très mal !

— Mais je l'aurais mérité, non ? ai-je dit en ne plaisantant qu'à moitié. Je sais qu'il y a encore quelque chose en elle qui m'en veut de son enlèvement, qui m'en voudra toujours. À sa place, je ne m'excuserais pas de me faire souffrir. Je chercherais toutes les occasions de m'en faire voir de toutes les couleurs.

Elle continue de me regarder, mais je m'aperçois qu'elle commence à se calmer maintenant qu'elle a surmonté le premier choc.

— Probablement, dit-elle d'une voix plus sereine, mais cela ne veut pas dire que je veuille te faire souffrir. Tu vois, je suis comme ça, bête et illogique.

Je lui souris en enlevant la serviette ; ça ne saigne presque plus. Comme je m'y attendais, c'était seulement un petit coup.

— Tu n'es pas bête, ai-je dit doucement en m'approchant d'elle. Mon nez continue à me faire mal, mais je sens autre chose de plus en plus gros beaucoup plus bas. Tu es exactement comme je veux que tu sois.

— Amoureuse de mon ravisseur après un lavage de cerveau ? demande-t-elle sèchement en laissant tomber la serviette ensanglantée par terre.

— Oui, exactement, ai-je murmuré en enlevant son soutien-gorge de sport pour dénuder ses deux petits seins parfaits. Et très, très baisable…

En l'entraînant sur le tapis de sol, ma blessure est le dernier de mes soucis.

* * *

Tandis que Nora avance dans son semestre nos habitudes se précisent : en général, je me lève avant elle et je vais m'entraîner avec mes hommes ; à mon retour, elle est réveillée et nous prenons notre petit déjeuner, puis je vais au bureau tandis que Nora va se promener avec Rosa et suit ses cours en ligne. Après quelques heures, je reviens à la maison et nous déjeunons ensemble. Ensuite, je retourne au bureau et Nora suit un cours de dessin avec M. Bernard ou me rejoint au bureau où elle travaille tranquillement tandis que je travaille aussi ou que j'ai des réunions. Même si elle n'a pas l'air de suivre ce qui se passe pendant ce temps-là je sais qu'elle le fait parce qu'elle me pose ensuite des questions sur mes activités pendant le dîner.

Sa curiosité ne me gêne pas, même si je sais qu'elle condamne tacitement ce que je fais.

Savoir que je fournis des armes à des criminels et que j'utilise souvent des méthodes brutales pour contrôler mes affaires est insupportable pour Nora. Elle ne comprend pas que si ce n'était pas moi quelqu'un d'autre le ferait et que le monde ne serait pas nécessairement moins dangereux ou meilleur. La seule question est de savoir qui en profiterait, et je préfère que ce soit moi.

Je sais que Nora n'est pas d'accord avec ce raisonnement, mais peu importe. Je n'ai pas besoin de son approbation, je n'ai besoin que d'elle.

Et elle est à moi. Elle est tellement souvent avec moi que je commence à oublier ce que je ressentais quand elle n'était pas à mes côtés. Nous sommes rarement séparés l'un de l'autre plusieurs heures de suite, et alors elle me manque tellement que c'est comme si j'avais du mal à respirer. Je ne comprends pas comment je pouvais la laisser seule dans l'île plusieurs jours ou même plusieurs semaines de suite. Maintenant, je n'aime même pas la voir partir courir sans moi et je fais de mon mieux pour l'accompagner quand elle fait le tour du domaine à toute vitesse à la fin de l'après-midi.

C'est parce que je veux être avec ma femme, mais aussi pour être sûr qu'elle soit en sécurité. Bien qu'ici mes ennemis ne puissent l'enlever, il y a des serpents, des araignées et des crapauds venimeux. Et dans la forêt amazonienne, il y a des jaguars et d'autres prédateurs de la jungle. Le risque qu'elle soit mordue ou sérieusement blessée par un animal sauvage est faible, mais je ne veux pas le prendre. Je ne peux pas supporter l'idée qu'il lui arrive quoi que ce soit. Quand Nora a eu sa crise d'appendicite, j'ai failli devenir fou de panique, et c'était avant que mon addiction envers elle ait atteint son degré actuel, qui est insensé.

Ma peur de la perdre commence à devenir pathologique. Je l'admets, mais je ne sais comment la contrôler. C'est un mal qui ne semble pas avoir de remède. Je m'inquiète sans cesse pour Nora, de manière obsessive. Je veux savoir où elle est à chaque instant de chaque journée. Elle est rarement hors de ma vue, mais quand elle l'est je ne peux me concentrer, j'imagine des accidents qui pourraient lui arriver et d'autres scénarios effrayants.

— Je veux que tu places deux gardes responsables de Nora, ai-je dit un matin à Lucas. Je veux qu'ils la suivent quand elle se promène dans le domaine pour s'assurer qu'il ne lui arrive rien.

— D'accord. Lucas ne bronche pas quand je lui donne cet ordre inattendu. Je vais me concerter avec Peter pour libérer deux de nos meilleurs hommes.

— Bien. Et je veux qu'ils m'envoient un rapport par SMS toutes les heures, sans faute.

— C'est comme si c'était fait.

Pendant une quinzaine de jours, les rapports que je reçois toutes les heures me rassurent jusqu'à ce que je reçoive un mail qui bouleverse ma vie.

* * *

— Majid est en vie, ai-je annoncé à Nora un soir au dîner, en examinant attentivement sa réaction. Je viens juste de l'entendre d'un contact de Peter à Moscou. Il a été aperçu au Tadjikistan.

Le choc et la consternation lui font ouvrir grands les yeux.

— Comment ? Mais il est mort dans l'explosion !

— Non, malheureusement. Je fais de mon mieux pour maîtriser ma rage. Le fait que le meurtrier de Beth soit en vie me rend fou. On a découvert qu'avec quatre autres il avait quitté le hangar deux heures avant mon arrivée. Tu ne l'as pas vu quand je suis venu te chercher, n'est-ce pas ?

— Non, c'est vrai. Nora fronce les sourcils. Je pensais qu'il était dehors, pour garder le bâtiment ou bien…

— Moi aussi, c'est ce que j'ai pensé. Mais non. Il était loin du hangar quand l'explosion a eu lieu.

— Comment le sais-tu ?

— Les Russes ont capturé un des quatre hommes qui étaient partis avec Majid ce soir-là. Ils l'ont arrêté à Moscou, il allait faire un attentat dans le métro. Malgré tous mes efforts, la fureur s'entend dans ma voix et je sens la même tension chez Nora. S'il y a bien un sujet qui peut mettre ma chérie en colère, c'est le meurtre de Beth. Ils l'ont interrogé et ils ont appris qu'il s'était caché en Europe de l'est et en Asie Centrale ces derniers mois, avec Majid et les trois autres.

Avant que Nora ne puisse réagir, Ana entre dans la pièce.

— Aimeriez-vous un dessert ? nous demande la gouvernante. Nora secoue la tête, les lèvres serrées.

— Non pas pour moi, merci, ai-je répondu sèchement, et Ana disparait pour nous laisser de nouveau seuls.

— Et maintenant ? demande Nora. Vas-tu partir à sa recherche ?

— Oui. Et quand je l'aurai trouvé, je vais le tailler en pièces, le démembrer, mais je n'en parle pas à Nora. Par contre, je lui explique mes plans. Son acolyte a admis que la dernière fois qu'il a vu Majid c'était au Tadjikistan, donc on va commencer par-là. Apparemment, il est parvenu à rassembler un groupe assez important de nouvelles recrues et à renouveler les effectifs d'Al-Quadar.

Ce dernier élément m'inquiète vraiment. Bien que nous ayons infligé de sérieuses pertes aux terroristes depuis deux ou trois mois, l'organisation d'Al-Quadar est tellement dispersée qu'il pourrait y avoir encore une douzaine de cellules en activité à travers le monde. Combinées avec les nouvelles recrues, ces cellules pourraient être assez puissantes pour être dangereuses et selon les informations que Peter a obtenues de ses contacts, Majid prépare une opération d'envergure… en Amérique latine.

Il prépare sa vengeance contre moi.

Évidemment, il ne pourra pas pénétrer le dispositif de sécurité du domaine, mais la possibilité que ces salauds soient à une centaine de kilomètres de Nora me rend vert de rage et réveille la crainte que je ne parviens pas à surmonter.

Une crainte folle, irrationnelle, la crainte de la perdre.

Il y a plus de deux cents hommes d'élite qui gardent l'enceinte du domaine et des douzaines de drones militaires balaient la zone. Ici, personne ne peut l'atteindre, mais ça ne change rien à ce que je ressens, ça ne soulage pas la peur panique qui me ronge de l'intérieur. Je ne veux qu'une chose, prendre Nora et l'emmener aussi loin que possible d'ici, là où ils ne pourront jamais la trouver… où elle sera à moi et à moi seul.

Mais cet endroit n'existe plus. Mes ennemis connaissent l'existence de Nora, et ils savent qu'elle compte pour moi. Je le leur ai prouvé en venant à sa rescousse. S'ils veulent toujours mon système d'explosion, et je suis convaincu que c'est le cas, ils essaieront de s'emparer d'elle et ne s'arrêteront que lorsqu'ils seront complètement décimés.

Que ma réaction soit excessive ou pas, étant données ces nouvelles informations il faut que je prenne de nouvelles dispositions pour assurer la sécurité de Nora.

Je dois m'assurer de pouvoir la joindre à tout moment.

— À quoi penses-tu ? demande Nora avec inquiétude, et je m'aperçois que ça fait deux ou trois minutes que je la fixe des yeux en silence.

Je m'oblige à sourire.

— Rien de spécial, mon chat. Je veux juste être certain que tu es en sécurité, c'est tout.

— Pourquoi ne serais-je pas en sécurité ? Elle semble plus interloquée qu'inquiète.

— Parce qu'il y a une rumeur selon laquelle Majid préparerait quelque chose en Amérique latine, j'explique aussi calmement que possible. Je ne veux pas l'effrayer, mais je veux qu'elle comprenne pourquoi je dois prendre ces précautions.

Et pourquoi je dois faire ce que je vais lui faire.

— Tu crois qu'ils vont venir ici ? Elle pâlit légèrement, mais sa voix reste ferme. Tu crois qu'ils vont essayer d'attaquer le domaine ?

— C'est possible ; ça ne veut pas dire qu'ils réussiront, mais il est très vraisemblable qu'ils essaieront. En tendant la main au-dessus de la table je prends sa petite main dans la mienne, je veux la rassurer à mon contact. Sa peau est glacée et trahit son agitation et je lui masse légèrement la paume de la main pour la réchauffer.

— C'est la raison pour laquelle je veux être sûr de toujours savoir où te trouver, bébé, de toujours savoir où tu es.

Elle fronce les sourcils et je sens sa main devenir encore plus froide quand elle la retire de mon emprise.

— Qu'est-ce que tu veux dire ? Sa voix ne tremble pas, mais je vois son pouls battre plus vite à la naissance de sa gorge. Comme je m'y attendais, cette idée ne la remplit pas de joie.

— Je veux te mettre des localisateurs, je le lui explique en soutenant son regard. Ils seront greffés à deux ou trois endroits de ton corps si bien que si l'on t'enlève je pourrais immédiatement te localiser.

— Des localisateurs ? Tu veux dire quelque chose comme une puce de GPS ? Comme ce qu'on utilise pour marquer le bétail ?

Je serre les lèvres. Je sais déjà qu'elle va faire des difficultés.

— Non pas comme ça, ai-je répondu calmement. Actuellement, ces localisateurs font partie du Secret-Défense et sont conçus exclusivement pour être utilisés sur des êtres humains. C'est vrai qu'ils auront des puces

GPS, mais ils auront aussi des détecteurs pour mesurer tes battements de cœur et ta température. Comme cela, je pourrai toujours savoir si tu es en vie.

— Et tu pourras toujours savoir où je suis, dit-elle à voix basse, ses yeux s'assombrissent dans la pâleur de son visage.

— Oui, je saurai toujours où tu es. Cette pensée m'emplit d'un immense soulagement et d'une immense satisfaction.

Il y a des semaines que j'aurais dû le faire, quand je suis venu la chercher dans l'Illinois.

— C'est pour ta propre sécurité, Nora, ai-je ajouté en souhaitant insister sur ce point. Si tu avais eu ces localisateurs quand Beth et toi avez été enlevées je vous aurais tout de suite retrouvées.

Et Beth serait encore en vie. Je ne l'ajoute pas, mais je n'en ai pas besoin. À ces mots Nora accuse le coup, comme si je venais de la gifler, et la douleur lui traverse le visage.

Mais une seconde plus tard, elle a retrouvé son calme.

— Pour être sûre de bien comprendre… Elle se penche en avant, pose les avant-bras sur la table et je vois ses doigts si serrés que les articulations sont blanches de tension.

— Tu veux me greffer des implants *dans le corps* pour savoir où je suis *en permanence* pour que je sois en sécurité dans une enceinte qui est mieux protégée que la Maison-Blanche.

Son ton est plein de sarcasme et je sens que je vais me mettre en colère. Je lui passe beaucoup de choses, mais je ne prendrai aucun risque avec sa sécurité. Il aurait été plus simple qu'elle accepte de coopérer, mais je ne vais pas laisser ses réticences m'empêcher de faire ce qu'il faut.

— Absolument, mon chat, ai-je dit avec la plus grande douceur en me levant de ma chaise. C'est exactement ce que je veux. On va te les greffer aujourd'hui. C'est-à-dire maintenant.

CHAPITRE QUINZE

❖ NORA ❖

Stupéfaite, je fixe Julian des yeux, mes battements de cœur grondent dans mes oreilles. Une part de moi n'arrive pas à croire qu'il va faire ça contre mon gré, me marquer comme un pauvre animal, me priver de la moindre intimité et de la moindre liberté, et le reste hurle que je suis une idiote, que j'aurais dû savoir qu'il serait toujours le même.

C'est seulement que ces dernières semaines ont été si différentes de ce que nous avons vécu ensemble auparavant. J'avais commencé à imaginer que Julian s'ouvrait à moi, qu'il me faisait vraiment entrer dans sa vie. Malgré sa domination au lit et le contrôle qu'il exerce sur tous les aspects de ma vie j'avais commencé à moins me sentir comme son jouet sexuel et davantage comme sa partenaire. Je m'étais laissée aller à croire que nous devenions davantage comme un couple normal, que je commençais vraiment à compter pour lui… qu'il commençait à me respecter.

Comme une imbécile, j'ai souscrit à l'illusion d'une vie heureuse avec mon ravisseur, avec un homme totalement dénué de conscience ou de sens moral.

Comme c'est bête, comme c'est naïf de ma part. J'ai envie de me donner des coups tout en ayant envie de pleurer en même temps. J'ai toujours su quel type d'homme est Julian, mais je me laisse encore prendre par son charme, par la manière dont il semble me désirer, avoir besoin de moi.

Je m'étais autorisée à croire que je pourrais être davantage que sa chose.

En m'apercevant que j'étais toujours assise là, bouleversée par cette douloureuse désillusion, j'ai poussé ma chaise et je me suis levée pour confronter Julian qui était de l'autre côté de la table. J'ai toujours la sensation d'avoir reçu un coup de poing dans le ventre, mais maintenant la colère s'y ajoute. Pure et violente, elle se répand dans mon corps et élimine ce qui me reste de choc et de souffrance.

Ces localisateurs n'ont aucun rapport avec ma sécurité. Je connais l'étendue des dispositifs de sécurité sur le domaine et je sais que le risque de me faire enlever est infime. Non, le retour du risque terroriste n'est qu'un prétexte, une excuse commode pour que Julian puisse faire ce qu'il avait l'intention de faire de toute façon ; ça lui donne une excuse d'accroître le contrôle qu'il a sur moi, de m'attacher à lui si étroitement que je ne pourrai même pas respirer sans qu'il le sache.

Ces localisateurs vont faire de moi sa captive jusqu'à la fin de mes jours... et j'ai beau aimer Julian, ce n'est pas un destin que je suis prête à accepter.

— Non, ai-je dit, et le calme parfait de ma voix me surprend. Je n'accepte pas d'avoir ces implants.

Julian hausse les sourcils.

— Ah bon, ses yeux brillent, sa colère se mêle à un léger amusement. Et comment pourrais-tu m'en empêcher, mon chat ?

Je lève le menton, les battements de mon cœur s'accélèrent encore. Malgré toutes les heures d'entraînement à la gym je ne suis pas encore de taille à affronter Julian. Il peut m'anéantir en moins de trente secondes, sans parler de tous ces gardes du corps qui sont sous ses ordres. S'il a décidé de m'implanter ces localisateurs, je ne pourrai pas l'en empêcher.

Mais ça ne veut pas dire que je vais renoncer.

— Va te faire foutre ! ai-je dit en articulant chaque syllabe. Va te faire foutre avec tes implants. Et ne suivant que mon instinct et ma poussée d'adrénaline je lui jette les assiettes à la tête avant de me précipiter vers la porte.

Les assiettes se fracassent bruyamment sur le sol et j'entends Julian pousser un juron quand il s'écarte d'un saut pour ne pas être taché par la nourriture. Ce qui détourne un instant son attention, me permettant de me précipiter vers la porte et d'arriver dans l'entrée. Je ne sais où je vais, et je n'ai pas l'ombre d'un plan. Tout ce que je sais c'est que je ne vais pas rester là et subir passivement cette nouvelle violation de ma personne.

Je ne peux plus être la petite victime soumise de Julian.

Je l'entends me poursuivre tandis que je cours dans la maison et ça me rappelle mon premier jour dans l'île. Ce jour-là aussi j'ai couru pour essayer d'échapper à celui qui allait tout devenir pour moi. Je me souviens à quel point j'étais terrifiée, assommée par les médicaments qu'il m'avait fait prendre. C'était aussi le jour où Julian m'avait fait découvrir le plaisir et la douleur dévastatrice de ses caresses, le jour où j'ai compris que ma vie ne m'appartenait plus.

Je ne sais pas pourquoi je me suis laissée surprendre par cette histoire d'implants. Julian n'a jamais exprimé le moindre regret de tout décider à ma place, il ne s'est jamais excusé de m'avoir enlevée ou de m'avoir forcée à l'épouser. Il me traite bien parce qu'il le veut bien, et non parce que ça serait dangereux pour lui de faire autrement. Personne ne peut l'empêcher de faire ce qu'il veut de moi, il n'existe pas un mot que je peux dire pour mettre des limites à ce qu'il fait de moi.

J'ai beau être sa femme, je reste sa captive dans tous les sens du terme.

Maintenant, je suis arrivée à la porte d'entrée et j'attrape la poignée pour l'ouvrir. Du coin de l'œil, j'aperçois Ana près du mur, elle reste bouche bée en me voyant me précipiter dehors avec Julian sur les talons. Je cours si vite que j'ai à peine le temps d'être gênée qu'elle nous voie dans une telle situation. Il me semble que notre gouvernante se doute de la nature sadomasochiste de notre relation, mes vêtements d'été ne cachent pas toujours les marques que Julian me laisse sur la peau, et j'espère qu'elle croit que nous jouons, un jeu pervers.

Je n'ai pas la moindre idée de l'endroit où je vais en me précipitant en bas des marches, mais peu importe. Je veux seulement échapper quelques instants à Julian, gagner un peu de temps. Je ne sais pas ce que j'y gagnerai, mais je sais que c'est nécessaire, que j'ai besoin de sentir que j'ai fait *quelque chose* pour le défier, que je ne me suis pas soumise à l'inévitable sans me battre.

J'ai traversé la grande pelouse quand je sens Julian me rattraper. J'entends sa respiration rauque, lui aussi doit courir aussi vite que possible, et puis ses mains se resserrent sur mon avant-bras gauche, me retournent comme une toupie et m'attirent contre son corps musclé.

Sur le coup, je suis stupéfaite, j'en perds le souffle, mais mon corps réagit par réflexe et mes habitudes d'autodéfense se mettent en place. Au lieu d'essayer de me dégager, je me laisse tomber comme une pierre pour tenter de déséquilibrer Julian. Dans le même temps, je relève les genoux dans la direction de ses testicules et mon poing droit se jette contre son menton.

Comme il a anticipé mes gestes, il se détourne au dernier moment si bien que mon poing le manque et que mon genou ne l'atteint qu'à la cuisse. Avant de pouvoir faire quoi que ce soit d'autre, il me lâche et me laisse tomber sur le dos dans l'herbe, puis m'immobilise immédiatement de tout son poids en se servant de ses jambes pour contrôler les miennes et m'attrapant par les poignets pour me relever les bras au-dessus de la tête.

Je ne peux plus rien faire, je suis plus impuissante que jamais, et Julian le sait bien.

Un petit rire de gorge lui échappe quand il croise mon regard furieux.

— Mais tu es une petite femme dangereuse, non ? murmure-t-il en s'asseyant plus confortablement sur moi. Je suis agacée de constater que sa respiration est déjà redevenue normale et que ses yeux bleus brillent, il ne cache ni son amusement ni son ravissement. Tu sais, mon chat, si ce n'était pas moi qui t'avais appris ce geste, ça aurait pu marcher.

En haletant, je continue à le regarder, je brûle d'envie de lui faire mal. Le voir se réjouir de la situation ne fait qu'intensifier ma rage et je me jette en avant de toutes mes forces pour essayer de le déloger. Évidemment, ça ne sert à rien. Il est deux fois plus lourd que moi, son corps puissant n'est qu'un amas de muscles d'acier. Je n'arrive qu'à le faire rire encore plus.

Et en plus, ça l'excite comme le prouve la bosse qui se raidit contre ma jambe.

— Lâche-moi ! Je siffle entre les dents, je suis parfaitement consciente de la réaction automatique de mon corps à son érection, en le sentant se presser comme ça contre moi. Être maintenue dans cette position c'est quelque chose que j'associe désormais avec le sexe et je suis furieuse de le désirer aussi. Malgré ma colère et mon ressentiment, je me sens brûler et vibrer de désir. Voilà encore une chose sur laquelle je n'ai aucun contrôle ; quoiqu'il arrive, mon corps est conditionné pour obéir à la domination de Julian.

Ses lèvres sensuelles dessinent un demi-sourire satisfait.

— Et sinon, mon chat ? souffle-t-il en me fixant des yeux tout en ouvrant mes jambes raidies de son genou. Que vas-tu faire ?

Je le défie du regard en faisant de mon mieux pour ignorer la menace de sa verge en érection dure comme la pierre qui se presse contre mon ouverture. Seuls son jean et ma petite culotte légère nous séparent maintenant, et je sais que Julian peut se débarrasser de ces obstacles en un clin d'œil. La seule chose qui l'empêche de me baiser sur-le-champ - et je compte là-dessus - c'est le fait que nous sommes parfaitement visibles des gardes et de quiconque pourrait passer vers la maison en ce moment. Julian n'est pas exhibitionniste, il est bien trop possessif, et je suis quasi certaine qu'il ne me prendra pas en plein air comme ça.

Il risque de me faire d'autres choses, mais je devrais être à l'abri de punitions sexuelles pour l'instant.

C'est cette raison, ainsi que ma colère, qui me poussent à lui répondre avec imprudence.

— En fait la vraie question, c'est, que vas-*tu* faire, Julian ? ai-je dis à voix basse avec amertume. Vas-tu me traîner alors que je vais me débattre et te résister pour me mettre ces implants ? Parce que si c'est ça que tu vas faire, tu sais, je ne vais pas me laisser faire comme une bonne petite captive. Je ne vais pas jouer ce rôle.

Son sourire disparait, remplacé par une expression impitoyable, pleine de détermination.

— Je ferai ce qu'il faudra pour que tu sois en sécurité, Nora, dit-il durement, et il se lève en me portant avec lui.

Je me débats, mais c'est inutile. En une seconde, il m'a prise dans ses bras, l'une de ses mains me tient les poignets et l'autre est passée sous mes genoux pour m'immobiliser les jambes. Scandalisée, je cambre la colonne vertébrale pour essayer de desserrer son emprise, mais il me tient trop fort pour que je puisse y parvenir. Je n'arrive qu'à me fatiguer pour rien et après deux ou trois minutes je m'arrête en haletant, épuisée et pleine de frustration tandis que Julian se dirige vers la maison en me portant comme un enfant sans défense.

— Tu peux crier autant que tu veux, me dit-il quand nous arrivons vers le perron. Sa voix est calme et détachée et son visage impassible quand il jette les yeux sur moi. Ça ne changera rien, mais tu peux toujours essayer.

Je sais qu'il fait de la psychologie inversée avec moi et je me tais quand il ouvre la porte d'entrée en la poussant du dos et qu'il entre dans la maison. Ma colère initiale se dissipe, une sorte de résignation et de lassitude la remplace. J'ai toujours su qu'il était inutile d'affronter Julian et ce qui vient de se passer aujourd'hui le confirme. Je peux résister autant que je veux, ça ne sert à rien.

Quand Julian me porte dans l'entrée je vois Ana au beau milieu, elle nous fixe des yeux, choquée et fascinée. Elle a dû rester là pour regarder par la fenêtre et voir comment se terminerait la poursuite et je la sens nous suivre des yeux quand Julian passe devant elle sans dire un mot.

Maintenant que l'effet immédiat de l'adrénaline s'est dissipé, je me rends compte que je rougis de honte. C'est une chose de savoir qu'Ana a remarqué de légers bleus sur mes cuisses, c'en est une autre de nous voir comme ça. Je suis persuadée qu'elle a vu pire, après tout elle travaille pour un baron du crime, mais je ne peux m'empêcher de me sentir mal à l'aise et vulnérable. Je ne veux pas que les gens du domaine sachent la vérité sur ma relation avec Julian ; je ne veux pas qu'ils me regardent avec de la pitié dans les yeux ; ça m'est suffisamment arrivé chez moi à Oak Lawn et je n'ai nulle envie de recommencer cette expérience.

— Tu vas juste me fourrer les implants comme ça ? ai-je demandé à Julian quand il m'emmène dans notre chambre. Sans anesthésie ni quoi que ce soit ? Ma voix est pleine de sarcasme, mais je me demande sincèrement ce qu'il en est. Je sais que mon mari aime quelquefois me faire mal, il n'est donc pas entièrement impossible qu'il en fasse une sorte de jeu sexuel.

Les mâchoires de Julian se contractent quand il me pose par terre.

— Non, dit-il sèchement, en me lâchant et en reculant. Mes yeux vont immédiatement vers la porte, mais Julian s'est interposé entre elle et moi en allant chercher quelque chose dans les tiroirs d'une petite commode. Je vais faire en sorte que tu ne sentes rien. Et sous mes yeux, il en tire la petite seringue que je connais déjà trop bien.

J'en ai froid dans le dos. Je reconnais cette seringue, c'est celle qu'il avait dans la poche quand il est venu me chercher, celle dont il se serait servi pour me piquer si je n'étais pas allée avec lui de mon propre gré.

— C'est ça que tu m'as injecté quand tu m'as enlevée dans le parc ? Ma voix est calme, trahissant à peine le fait que je suis effondrée. C'est quel type de calmant ?

Julian soupire, il semble étrangement las en s'approchant de moi.

— Il a un nom long et compliqué dont je ne me souviens pas sur l'instant, et effectivement c'est ce que j'ai utilisé pour t'amener sur l'île. C'est l'un des meilleurs de ce genre, avec très peu d'effets secondaires.

— Peu d'effets secondaires ? C'est charmant. En reculant, je regarde éperdument tout autour de moi pour chercher quelque chose qui me permettrait de me défendre. Mais il n'y a rien. À part un pot de crème pour les mains et des kleenex sur la table de chevet, la pièce est parfaitement bien rangée, rien n'y traîne. Je continue à reculer jusqu'à ce que mes genoux heurtent le lit et je sais alors que je ne peux aller nulle part.

Je suis prise au piège.

— Nora… Maintenant, Julian est à moins d'un mètre de moi, avec la seringue dans la main droite. Ne me complique pas les choses.

Ne me complique pas les choses ? Putain, il plaisante ? Un nouvel accès de rage me donne un regain d'énergie. Je me jette sur le lit et y roule en espérant arriver de l'autre côté et me précipiter vers la porte. Mais avant que je puisse arriver au bord du lit, Julian est sur moi et son corps musclé m'enfonce dans le matelas. Le visage enfoui dans la couverture moelleuse, je peux à peine respirer, mais avant que je ne me mette à paniquer Julian se soulève et me permet de tourner la tête sur le côté. En inspirant de l'air, je le sens bouger, je comprends avec un frisson glacé qu'il vient d'ouvrir la seringue et je sais qu'il ne me reste plus que quelques secondes avant qu'il ne me drogue une fois de plus.

— Ne fais pas ça, Julian. Ces paroles ressemblent à une prière désespérée, éperdue. Je sais qu'il est inutile de le supplier, mais je ne peux rien faire d'autre au point où j'en suis. En jouant ma dernière carte, mon cœur bat à se rompre dans ma poitrine. Je t'en prie, si je compte tant soit peu pour toi, *si tu m'aimes*, je t'en prie, ne fait pas ça…

Je l'entends un instant retenir son souffle et j'ai un peu d'espoir, comme une étincelle qui s'éteint tout de suite après quand il enlève doucement mes cheveux emmêlés de mon cou pour dégager ma peau.

— Ça ne va vraiment pas te faire mal, bébé, murmure-t-il, puis je sens une vive piqure sur le côté de mon cou.

Immédiatement après mes membres s'engourdissent, ma vision baisse, et le calmant fait son effet.

— Je te déteste, ai-je réussi à murmurer, puis les ténèbres se referment autour de moi.

CHAPITRE SEIZE

❖ JULIAN ❖

Je te déteste… Si tu m'aimes, ne fais pas ça…

Quand je soulève le corps inanimé de Nora, ses paroles résonnent sans cesse dans mon esprit, comme un disque rayé. Je sais qu'elles ne devraient pas me faire autant souffrir, mais elles le font. Avec seulement deux phrases, Nora a réussi à briser ma carapace, celle qui me protégeait depuis la mort de Maria, celle qui m'a permis de garder mes distances à l'égard de tous et de tout, sauf elle.

Ce n'est pas vrai qu'elle me déteste. Je le sais. Elle me désire. Elle m'aime, ou du moins elle croit m'aimer. Quand tout ceci sera terminé, nous reprendrons la vie que nous avons menée pendant les deux ou trois derniers mois, sauf que je me sentirai mieux, davantage en sécurité.

J'aurai moins peur de la perdre.

Si tu m'aimes, ne fais pas ça…

Putain… Je ne sais pas pourquoi ça me préoccupe qu'elle ait dit ça. Il est évident que je ne l'aime pas. Je ne peux pas. L'amour c'est pour ceux qui sont nobles et pleins d'abnégation, pour ceux qui ont un semblant de cœur.

Pas pour moi. Jamais pour moi. Ce que je ressens pour Nora ne ressemble en rien à la douce émotion sentimentale décrite dans les livres et dans les films. C'est plus profond, bien plus viscéral que ça. J'ai besoin d'elle avec une violence qui me tord les boyaux, avec un désir qui me détruit et me donne du courage.

J'ai besoin d'elle comme de l'air que je respire et je ferai ce qu'il faudra pour la garder avec moi.

Je pourrais mourir pour elle, mais je ne la laisserai jamais partir.

En tenant son petit corps inerte dans mes bras, je l'emmène de la chambre au salon. David Goldberg, notre médecin en résidence, est déjà là, il m'attend avec sa trousse et ce dont il a besoin sur le canapé. Plus tôt dans la journée je lui ai demandé de passer pour qu'il puisse faire cette procédure dès que possible après le dîner et je suis content qu'il soit à l'heure. Je n'ai injecté à Nora qu'un quart de la seringue et je veux être sûr que tout sera terminé quand elle se réveillera.

— Elle est déjà endormie ? demande Goldberg en se levant pour nous saluer. C'est un petit homme chauve d'une quarantaine d'années et l'un des plus talentueux chirurgiens que je connais. Je le paie une fortune pour soigner des blessures sans gravité, mais je considère que ça en vaut la peine. Dans mon métier, on ne sait jamais quand on aura besoin d'un bon docteur.

— Oui. Je pose délicatement Nora sur le canapé. Son bras gauche pend sur le côté si bien que je l'installe doucement d'une manière plus confortable en m'assurant que sa robe recouvre ses cuisses fines. Goldberg s'en moque, je risque bien plus de le faire bander que ma femme, mais je ne veux pas exposer inutilement Nora à ses regards même s'il est ouvertement gay.

— Vous savez, j'aurais pu faire seulement une anesthésie locale, dit-il en prenant les instruments dont il a besoin. C'est une simple procédure, elle ne nécessite pas que la patiente ait perdu connaissance.

— C'est mieux comme ça. Je ne lui donne pas plus d'explications, mais je pense que Goldberg a compris parce qu'il n'ajoute rien. À la place, il enfile ses gants, prend une grosse seringue avec une grosse aiguille hypodermique et s'approche de Nora.

Je recule pour lui laisser de la place.

— Combien voulez-vous d'implants ? Un seul ou davantage ? demande-t-il en jetant un coup d'œil dans ma direction.

— Trois. J'y ai déjà réfléchi et c'est ce qui me semble le plus logique. Si jamais on l'enlève, mes ennemis penseront à en chercher un sur elle, mais pas trois.

— D'accord. J'en mettrai un dans son avant-bras, un dans sa hanche et un à l'intérieur de sa cuisse.

— Ça devrait marcher. Les implants sont minuscules, de la taille d'un grain de riz, donc Nora ne les sentira plus après quelques jours. J'ai aussi l'intention de lui faire porter un bracelet spécial qui servira d'appât ; un quatrième localisateur s'y trouvera. De cette manière, si ses ravisseurs le trouvent ils risquent d'être assez bêtes pour s'en débarrasser et de ne rien chercher sur elle.

— Alors c'est ce que je vais faire, dit Goldberg, et après avoir désinfecté l'avant-bras de Nora il appuie la seringue sur sa peau. Une gouttelette de sang apparait quand l'aiguille pénètre sous la peau pour déposer l'implant ; puis il désinfecte de nouveau l'endroit et y met un petit pansement.

Ensuite, c'est l'implant dans la hanche, suivi par celui qui sera à l'intérieur de la cuisse. En tout et pour tout, la procédure ne prend que six minutes et Nora dort paisiblement d'un bout à l'autre.

— C'est fini, dit Goldberg en enlevant ses gants et en prenant sa trousse. Vous pourrez enlever les pansements dans une heure quand ça s'arrêta de saigner et lui mettre des sparadraps ordinaires. Elle aura un petit peu mal à ces trois endroits pendant deux ou trois jours, mais il ne devrait pas y avoir de cicatrices, surtout si vous veillez à ce que l'endroit de la piqure reste bien propre. Appelez-moi au cas où, mais il ne devrait pas y avoir de problème.

— Parfait, merci.

— Je vous en prie. Et sur ces mots, Goldberg range ses affaires et sort de la pièce.

* * *

Nora reprend connaissance vers trois heures du matin.

Mon sommeil est léger si bien que je me réveille dès que je l'entends bouger. Je sais qu'elle aura mal à la tête et que le calmant lui aura donné la nausée et j'ai préparé une bouteille d'eau si elle a soif. Je m'attends à ce que les effets secondaires soient limités puisque je lui ai donné une faible dose. Quand je l'ai enlevée dans le parc, j'ai dû lui donner une dose bien plus importante pour qu'elle reste inconsciente pendant les vingt-quatre heures du voyage pour aller dans l'île, elle devrait donc se remettre bien plus vite aujourd'hui.

Je te déteste.

Putain, ça ne va pas recommencer ! J'avais rejeté le souvenir de ce qu'elle m'avait murmuré en guise d'accusation pour me concentrer sur le présent. Je la sens remuer à côté de moi, une petite plainte lui échappe de la gorge, c'est le matelas qui lui fait mal en frottant l'endroit sensible de son avant-bras. Cette plainte me touche, elle me blesse. Je ne veux pas que Nora souffre, en tout cas pas pour ça, alors je tends la main vers elle pour la rapprocher de moi et l'étreindre par derrière.

Elle se raidit en sentant que je la touche, la tension envahit tout son corps et je sais que maintenant elle est réveillée et qu'elle se souvient de ce qui s'est passé.

— Comment te sens-tu ? lui ai-je demandé en prenant garde de parler à voix basse, de manière réconfortante. Je lui caresse l'extérieur de la cuisse. Veux-tu de l'eau ou autre chose ?

Elle ne dit rien, mais je l'entends bouger un petit peu et j'en conclus qu'elle en veut bien.

— Entendu. Je tends la main derrière moi pour attraper la bouteille d'eau en tâtonnant un peu dans le noir. En me mettant sur le coude, j'allume la lampe de chevet pour y voir clair et je tends la bouteille à Nora.

Elle cligne plusieurs fois des yeux à cause de la lumière et me prend la bouteille des mains en s'asseyant. En bougeant, elle fait glisser la couverture et le haut de son corps est dénudé. Je l'ai déshabillée avant de la mettre au lit et maintenant elle est nue, seuls ses épais cheveux dissimulent ses jolis seins aux petites pointes roses. Comme d'habitude, je suis assailli de désir, mais j'y résiste, je veux d'abord m'assurer qu'elle se sent bien.

Je la laisse boire quelques gorgées d'eau avant de lui demander de nouveau :

— Comment te sens-tu ?

Elle hausse les épaules et ses yeux se dérobent.

— J'imagine que ça va.

Elle lève la main vers son avant-bras, touche le sparadrap qui s'y trouve et je la vois légèrement frissonner comme si elle avait froid.

— Il faut que j'aille aux toilettes, dit-elle tout à coup, et elle se lève sans attendre ma réaction. Avant qu'elle ne disparaisse par la porte de la salle de bain, j'aperçois son petit derrière rond et ma queue sursaute sans obéir à l'ordre que je lui ai donné de rester tranquille pour une fois.

Je me recouche sur l'oreiller en soupirant et je l'attends. Mais je ne me fais pas d'illusions ; ma chérie a toujours le même effet sur moi. Avoir envie d'elle quand je la vois toute nue m'est aussi naturel que de respirer. Presque sans le vouloir, je glisse la main sous la couverture, ma main se replie sur ma verge dure et je ferme les yeux en imaginant ses parois intimes, si chaudes, si veloutées se resserrer autour de moi, et ses plis intimes si délicieusement étroits…

Je te déteste.

Putain ! Mes yeux s'ouvrent, mon ardeur se refroidit un peu. Je continue à bander, mais mon désir est maintenant mitigé par un étrange poids que j'ai dans sur cœur. Je ne sais d'où ça vient. Je devrais être plus heureux maintenant que les implants ont été mis, mais c'est le contraire. J'ai l'impression d'avoir perdu quelque chose… quelque chose dont je ne m'étais pas aperçu.

Je suis agacé et je referme les yeux pour me concentrer exprès sur la tension croissante que je sens dans mes testicules en me masturbant et en laissant monter mon désir. Même si elle me déteste maintenant, que m'importe ? Il *serait* logique qu'elle me déteste, étant donné ce que je lui ai fait. Je n'ai jamais laissé de telles préoccupations m'empêcher de faire ce que je voulais et ce n'est pas maintenant que je vais commencer. Nora s'habituera aux implants comme elle s'est habituée à m'appartenir, et si la sécurité de l'enceinte est en défaut elle remerciera sa bonne étoile de mes précautions.

En entendant s'ouvrir la porte, j'ouvre de nouveau les yeux et je la vois sortir de la salle de bain. Elle ne me regarde toujours pas. À la place, elle garde les yeux fixés au sol en venant vite se recoucher, elle se glisse sous les couvertures qu'elle remonte jusqu'à son menton. Puis elle regarde le plafond sans le voir, comme si je n'existais même pas.

Son indifférence est comme une gifle.

Mon désir s'aiguise, devient méchant. Je n'accepterai pas ce genre de comportement de sa part et elle le sait. J'ai très envie de la punir, une envie presque irrésistible, et la seule chose qui m'empêche de l'attacher et de laisser libre cours à mon instinct sadique, c'est de savoir qu'elle a déjà mal.

Mais elle ne va pas s'en tirer comme ça, ni ce soir ni n'importe quel autre.

En rejetant ma couverture, je m'assieds et lui ordonne :

— Viens ici !

D'abord, elle ne bouge pas puis elle lève les yeux vers moi. Dans son regard, il n'y a ni peur ni émotion d'aucune sorte. Ses immenses yeux noirs sont vides, comme ceux d'une belle poupée.

Mon cœur est de plus en plus lourd.

— Viens ici ! ai-je répété, et la dureté de mon ton cache le désarroi croissant que je ressens. Tout de suite !

Elle m'obéit, retrouvant finalement ses habitudes. Elle pousse la couverture et vient à quatre pattes sur le lit, le dos cambré et les fesses légèrement en l'air. C'est exactement comme ça que je veux qu'elle se déplace dans la chambre et ma respiration s'accélère, ma verge enfle au point de me faire mal. J'ai bien éduqué Nora ; même quand elle est malheureuse, ma chérie sait comment me faire plaisir.

— C'est bien, ai-je murmuré en l'attrapant dès qu'elle est à portée de main. En glissant la main gauche dans ses cheveux, je mets le bras droit autour de sa taille et je la prends sur mes genoux en la rapprochant encore de moi. Puis je pose mes lèvres sur les siennes et je l'embrasse avec une ardeur qui semble venir du plus profond de mon être.

Elle a à la fois un goût de dentifrice à la menthe et son propre goût, ses lèvres sont douces et accueillantes quand je m'acharne dans les profondeurs soyeuses de sa bouche. Pendant notre baiser, elle ferme les yeux et ses mains viennent timidement se poser sur mes hanches. Je sens les petits galets de ses tétons sur ma poitrine et quand je réalise qu'elle réagit comme à l'accoutumée une vague de soulagement m'envahit, et mon étrange malaise se dissipe presque entièrement.

Peu importe son humeur bizarre, elle est encore à moi de la seule manière qui compte. Tout en continuant de l'embrasser, je me penche en avant et nous sommes maintenant tous les deux couchés sur le lit, moi sur elle. Je fais attention à la toucher doucement pour ne pas appuyer sur les endroits recouverts de sparadraps. Le monstre qui est en moi a beau désirer lui faire mal et la faire pleurer, ce désir est négligeable par rapport à mon besoin dévorant de la réconforter, de la débarrasser de ce regard vide.

Tout en contrôlant mon propre désir, je commence à m'occuper d'elle de la seule manière que je connais. Je l'embrasse partout en savourant sa peau chaude et douce tandis que je vais de la courbe délicate de son oreille à ses petits doigts de pieds. Je lui masse les mains, les pieds et les jambes et je recommence, trouvant plaisir à ses petits gémissements de jouissance quand je dissipe toute la raideur de ses muscles. Puis je la fais jouir avec ma bouche et avec mes doigts en retardant mon propre orgasme jusqu'à ce que mes bourses deviennent presque bleues.

Quand je la pénètre enfin j'ai l'impression d'être chez moi. Je suis accueilli par son fourreau chaud et glissant qui me serre si fort que j'explose presque immédiatement. Quand je commence à bouger, ses bras se referment sur mon dos pour m'étreindre et me tenir près d'elle avant de jouir ensemble, c'est une violente détonation où nos corps atteignent ensemble une extase folle.

CHAPITRE DIX-SEPT

❖ NORA ❖

Je me réveille plus tard que d'habitude, avec l'impression d'avoir la tête et la bouche pleines de coton. Pendant un moment, je fais un effort pour me souvenir de ce qui s'est passé, *aurais-je trop bu ?* Puis les souvenirs de la nuit dernière me reviennent, me donnent la nausée et m'envahissent de désarroi et de désespoir.

Julian m'a fait l'amour la nuit dernière. Il m'a fait l'amour après avoir violé mon intégrité, après m'avoir injecté un calmant et fait mettre les implants contre mon gré, et je l'ai laissé faire. Non, je ne me suis pas contentée de le laisser faire, j'ai savouré ses caresses, j'ai laissé leur chaleur ardente consumer le froid que la douleur avait provoqué en moi, pour me faire oublier, ne serait-ce que pour un moment, la blessure et la déchirure qu'il m'avait faites au cœur.

Je ne sais pas pourquoi, mais de toutes les horreurs que Julian a commises celle-ci m'affecte si violemment. Relativement parlant, me faire mettre ces implants sous la peau soi-disant pour assurer ma sécurité n'est rien par rapport à mon enlèvement, au passage à tabac de Jake ou au chantage pour m'épouser. Ces implants ne sont pas forcément définitifs. Théoriquement, si j'échappe un jour au domaine je peux aller voir un médecin et lui demander de me les enlever, si bien que je ne suis même pas forcée de les garder toute ma vie. Mais il y a un élément irrationnel dans ma peur d'hier ; j'ai réagi instinctivement et sans réfléchir.

Pourtant j'ai eu l'impression qu'une part de moi est morte hier, c'est comme si la piqure de cette seringue avait tué quelque chose chez moi. C'est peut-être parce que je commençais à sentir que Julian et moi étions plus proches, que nous devenions davantage comme un couple normal. Ou bien mon syndrome de Stockholm, ou mes problèmes psychologiques, quels qu'ils soient, m'ont fait imaginer que tout serait rose. Quelles qu'en soient les raisons, ce qu'a fait Julian m'a semblé être la pire des trahisons. Quand j'ai repris connaissance hier soir je me suis sentie tellement accablée que je n'ai eu qu'une envie, disparaitre de la surface de la Terre.

Mais Julian ne m'a pas laissé faire. Il m'a fait l'amour. Il m'a fait l'amour quand j'ai cru qu'il allait me fouetter, quand je m'attendais à ce qu'il me punisse de ne pas être son petit animal de compagnie docile. Il a été tendre quand j'ai cru qu'il serait cruel ; au lieu de me mettre en pièces, il m'a aidé à me reconstruire même si ce n'est que pour quelques heures.

Et maintenant… maintenant, il me manque. En son absence, le froid m'envahit de nouveau, la souffrance revient m'étouffer de l'intérieur. Le fait que Julian ait fait ça malgré mes objections, *qu'il l'ait fait alors que je l'ai supplié de ne pas le faire*, est presque au-dessus de mes forces. Parce que ça me dit qu'il ne m'aime pas, qu'il risque de ne jamais m'aimer.

Parce que ça me dit que celui auquel je suis mariée risque de ne jamais être rien d'autre que mon ravisseur.

* * *

Julian n'est pas là au petit déjeuner, ce qui accroît mon sentiment de dépression. Je me suis tellement habituée à prendre presque tous mes repas avec lui que son absence me donne l'impression d'être rejetée, même si je n'arrive pas à comprendre comment je peux encore avoir autant envie d'être avec lui après tout ce qui s'est passé.

— Le Señor Esguerra a déjà mangé en vitesse, m'explique Ana en me servant des œufs avec des haricots sautés et de l'avocat. Il a reçu des nouvelles dont il a dû s'occuper tout de suite et il ne pourra pas se joindre à vous ce matin. Il s'en excuse et m'a dit que vous pouvez aller au bureau quand vous aurez fini de manger. Sa voix est plus chaleureuse et plus gentille que d'habitude et il y a une expression de sympathie sur son visage quand elle me regarde. J'ignore si elle sait en détail ce qui s'est passé hier soir, mais j'ai l'impression qu'elle en a surpris l'essentiel.

Comme je suis gênée, je baisse les yeux vers mon assiette.

— D'accord, merci, Ana, ai-je murmuré en fixant mon petit déjeuner. Comme d'habitude, ça a l'air délicieux, mais ce matin je n'ai pas faim. Je sais que je ne suis pas malade, mais je n'ai pas d'appétit, j'ai la nausée et le cœur gros. Les implants qu'on vient de me mettre dans la cuisse, la hanche et l'avant-bras me font mal et m'élancent. La seule chose dont j'ai envie, c'est de retourner sous la couette et de passer la journée à dormir, mais malheureusement ce ne sera pas possible. J'ai une dissertation à faire pour mon cours de littérature anglaise et je suis en retard de deux cours en calcul. Mais j'ai annulé ma promenade du matin avec Rosa ; je n'ai pas envie de voir mon amie quand je suis dans cet état.

— Aimeriez-vous un chocolat chaud ou quelque chose d'autre ? Peut-être du café ou du thé ? demande Ana qui continue à tourner autour de la table. D'habitude, quand Julian et moi mangeons ensemble, elle disparait, mais elle semble ne pas vouloir me laisser seule ce matin.

Je lève les yeux de mon assiette et je me force à lui sourire.

— Non, ça va, merci, Ana. Je prends ma fourchette et j'essaie d'avaler une bouchée, il faut manger pour calmer l'inquiétude que je vois sur le visage rond de la gouvernante.

Tout en mâchant, je vois Ana hésiter un moment comme si elle voulait me dire quelque chose, mais elle disparait dans la cuisine et me laisse déjeuner. Pendant les quelques minutes qui suivent, je fais un réel effort pour manger, mais rien n'a de goût et finalement je laisse tomber.

Je me lève et je me dirige vers le perron, j'ai envie de sentir le soleil sur ma peau. Le froid que je sens en moi semble sans cesse gagner du terrain, mon sentiment de dépression s'aggrave de plus en plus ce matin.

Je sors par la porte principale et je vais au bout du perron pour me pencher sur la balustrade en respirant l'air humide et chaud. En regardant la grande pelouse verte et les gardes au loin je sens ma vision se brouiller, je pleure à chaudes larmes, elles coulent le long de mes joues.

Je ne sais pas pourquoi je pleure. Personne n'est mort. Il ne s'est rien passé de terrible et il m'est arrivé bien pire depuis deux ans. Et j'y ai pourtant fait face, je m'y suis habituée et j'y ai survécu. Cet incident relativement minime ne devrait pas me donner l'impression que mon cœur est en lambeaux.

Le fait que je sois de plus en plus convaincue que Julian est incapable d'amour ne devrait pas me faire autant de mal.

Une main me touche doucement l'épaule et me fait sursauter dans ma détresse. En m'essuyant vite les joues du dos de la main, je me retourne et j'ai la surprise de voir Ana à côté de moi, l'air hésitant.

— Señora Esguerra… je veux dire, Nora… Elle bute sur mon nom, son accent est plus fort que d'habitude. Je suis désolée de vous déranger, mais je me demandais si je pourrais vous parler une minute ?

Prise de cours par cette demande inhabituelle, je hoche la tête.

— Bien sûr, qu'est-ce qu'il y a ? Ana et moi ne sommes pas particulièrement proches ; elle s'est toujours montrée assez réservée avec moi, polie, mais pas excessivement amicale. Rosa m'a dit qu'Ana est comme ça parce que c'est ce que le père de Julian exigeait de son personnel et qu'elle a du mal à rompre cette habitude.

Ana semble soulagée de ma réaction, elle me sourit et vient me rejoindre vers la balustrade ; elle pose les avant-bras sur le bois peint en blanc. Je la regarde d'un air interrogateur en me demandant de quoi elle veut parler, mais elle semble d'abord se satisfaire de rester là, à regarder la jungle au loin.

Quand elle tourne finalement la tête pour me regarder et se met à parler, ce qu'elle me dit me prend au dépourvu.

— Je ne sais pas si vous le savez, Nora, mais votre mari a perdu tous ceux qu'il a jamais aimés, dit-elle doucement, ayant abandonné toute trace de sa réserve habituelle. Maria et ses parents… Sans parler de tous ceux qu'il a connus ici sur le domaine et ailleurs en ville.

— Oui, il m'en a parlé, ai-je dit lentement en la regardant prudemment. J'ignore pourquoi elle a brusquement décidé de me parler de Julian, mais je suis particulièrement contente de l'écouter. Peut-être qu'en connaissant mieux mon mari il me sera plus facile de maintenir une distance vis-à-vis de lui sur le plan émotionnel.

Peut-être que s'il cesse d'être aussi énigmatique je serais moins attirée par lui.

— Bien… dit Ana à voix basse. Alors j'espère que vous comprenez que Julian n'avait pas l'intention de vous faire du mal hier soir… qu'il a fait ce qu'il a fait parce que vous comptez pour lui.

— Je compte pour lui ? Le rire qui s'échappe de ma gorge est violent et amer. Je ne sais pas pourquoi je parle de ça avec Ana, mais maintenant que les vannes ont été ouvertes je ne semble plus pouvoir les refermer. La seule personne qui compte pour Julian c'est lui-même.

— Non. Elle secoue la tête. Vous vous trompez, Nora. Vous comptez pour lui. Vous comptez beaucoup. Je le vois. Il n'est pas le même avec vous. Pas du tout le même.

Je la fixe des yeux.

— Que voulez-vous dire ?

Elle soupire, puis se tourne pour être complètement face à moi.

— Votre mari était un enfant très sombre, me dit-elle, et je vois une profonde tristesse dans son regard. Un bel enfant avec les yeux de sa mère et ses traits, mais il avait le cœur si dur… Je crois que c'était de la faute de son père. L'ancien Señor ne l'a jamais traité comme un enfant. Dès que Julian a su marcher, son père l'a poussé jusqu'à ses dernières limites, il lui a fait faire des choses qu'aucun enfant ne devrait faire…

Je l'écoute très attentivement, osant à peine respirer tandis qu'elle poursuit.

— Quand Julian était petit, il avait peur des araignées. Il y en a de grosses ici, elles font vraiment peur. Certaines sont venimeuses. Quand Juan Esguerra s'en est aperçu, il a emmené son fils de cinq ans dans la forêt et il l'a obligé à attraper une douzaine de grosses araignées à mains nues. Puis il a obligé le petit garçon à les tuer entre les doigts pour que Julian voie ce que c'est que de surmonter ses peurs et faire souffrir ses ennemis. Elle s'arrête, et serre les dents de colère. Après ça, Julian n'a pas pu dormir pendant deux nuits de suite. Quand sa mère l'a découvert, elle a pleuré, mais elle ne pouvait rien faire. Ici, c'est le Señor qui faisait la loi, et tout le monde devait obéir.

J'avale la bile qui me monte dans la gorge et je détourne les yeux. Ce que je viens d'apprendre ne fait qu'ajouter à mon désespoir. Comment pourrais-je m'attendre à ce que Julian puisse aimer quelqu'un après avoir été élevé comme ça ? Ce n'est pas surprenant que mon mari soit un tueur au cœur de pierre avec des tendances sadiques ; la seule chose qui soit étonnante c'est qu'il ne soit pas pire.

C'est sans espoir. Absolument sans espoir.

En sentant ma détresse, Ana me met une main sur le bras, elle me réconforte en me touchant, comme ma mère.

— Pendant très longtemps j'ai cru que Julian deviendrait exactement comme son père, dit-elle quand je me tourne pour la regarder. Cruel et froid, incapable de sentiments. Je l'ai pensé jusqu'au jour où je l'ai vu avec un chaton quand il avait douze ans. C'était un tout petit chat blanc tout ébouriffé avec de grands yeux, à peine sevré. Quelque chose était arrivé à sa mère, Julian avait trouvé le chaton dehors et l'avait ramené à la maison. Quand je l'ai vu, il essayait de lui faire boire du lait et l'expression de son visage... Elle cligne des yeux, je me demande si elle pleure. Il semblait... si tendre. Il fut si patient avec le chaton, si doux. Et alors j'ai compris que son père n'avait pas complètement réussi à briser Julian, qu'il était encore capable de sentir.

— Et qu'est-ce qui est arrivé au chaton ? Je demande en me préparant à entendre une autre histoire horrible, mais Ana se contente de hausser les épaules en guise de réponse.

— Il a grandi dans la maison, dit-elle en me pressant doucement le bras avant de retirer la main. Julian l'a gardé comme petit animal de compagnie et l'a appelé Lola. Il s'est disputé avec son père à ce sujet, l'ancien Señor détestait les animaux, mais à cette époque Julian était assez grand et assez fort pour affronter son père. Tant que le petit chat fut sous la protection de Julian, personne n'osa y toucher. Et quand il est parti aux États-

Unis, il l'a pris avec lui. Autant que je sache, il a vécu longtemps, il a eu une belle vie, et il est mort de vieillesse.

— Ah bon ! Une partie de la tension que je ressens se dissipe. C'est bien. Ce n'est pas bien que Julian ait perdu son petit animal, mais je veux dire que c'est bien qu'il ait pu vivre longtemps.

— Oui, effectivement c'est bien. Et vous savez, Nora, sa manière de regarder ce chaton… Sa voix se perd, elle me regarde avec un sourire étrange.

— Quoi ? ai-je demandé avec lassitude.

— C'est comme ça qu'il vous regarde parfois. Avec la même sorte de tendresse. Il ne le montre peut-être pas toujours, mais il vous chérit, Nora. À sa manière, il vous aime. J'en suis persuadée.

Je serre les lèvres pour essayer de retenir les larmes qui menacent de nouveau d'envahir mes yeux.

— Pourquoi vous me dites tout ça, Ana ? ai-je demandé quand je suis sûre de pouvoir parler sans me mettre à sangloter.

— Parce que Julian est presque comme mon fils, dit-elle doucement. Et parce que je veux qu'il soit heureux. Je veux que vous soyez heureux tous les deux. Je ne sais pas si ça change quoi que ce soit pour vous, mais j'ai pensé que vous devriez en savoir davantage sur votre mari. Elle tend la main, serre la mienne et rentre dans la maison en me laissant vers la balustrade encore plus désorientée et plus malheureuse qu'avant.

* * *

Cet après-midi, je ne rejoins pas Julian dans son bureau. À la place, je m'enferme dans la bibliothèque pour faire ma dissertation en essayant de ne pas penser à mon mari ni à mon envie d'être à ses côtés. Je sais qu'il suffirait d'être avec lui pour me sentir mieux et que sa présence soulagerait ma peine et ma colère, mais une sorte d'instinct masochiste m'en empêche. Je ne sais pas ce que j'essaie de me prouver, mais j'ai décidé de garder mes distances au moins pendant quelques heures.

Évidemment, ce n'était pas possible de l'éviter au dîner.

— Tu n'es pas venue aujourd'hui, a-t-il fait remarquer en me regardant tandis qu'Ana nous sert de la soupe aux champignons en entrée. Pourquoi ?

Je hausse les épaules en ne tenant pas compte du regard implorant qu'Ana me jette avant de retourner à la cuisine.

— Je ne me sentais pas bien.

Julian fronce les sourcils.

— Es-tu malade ?

— Non, juste un peu barbouillée. En plus, j'ai une dissertation à finir et des cours à rattraper.

— Est-ce bien vrai ? Il me fixe et fronce les sourcils de plus belle. En se penchant en avant il me demande doucement :

— Tu boudes, mon chat ?

— Non, Julian, ai-je répondu aussi gentiment que possible en mettant ma cuiller dans ma soupe. Si je boudais, ça voudrait dire que je suis fâchée à cause de quelque chose que tu aurais fait. Mais je n'ai pas le droit d'être fâchée, n'est-ce pas ? Et en prenant une cuillérée de la soupe à l'arôme savoureux, je lui fais un sourire mielleux en prenant plaisir à sa manière de plisser les yeux en retour. Je sais que je suis sur la corde raide, mais je ne veux pas que Julian soit doux et tendre ce soir. C'est trop trompeur, trop menaçant pour ma paix intérieure.

Je reste frustrée parce qu'il ne mord pas à l'appât. La colère que j'ai réussi à provoquer chez lui est de courte durée et la minute suivante il se penche en avant avec un sourire sexy au coin des lèvres.

— Est-ce que tu essaies de me donner l'impression que je suis coupable, bébé ? Au point où tu en es, tu sais sûrement que j'en suis incapable.

— Bien sûr. J'aurais aimé que mes paroles semblent amères, mais à la place je n'étais qu'à bout de souffle. Même maintenant il a le pouvoir de me bouleverser rien qu'avec un sourire.

Il sourit de nouveau, en sachant parfaitement l'effet qu'il a sur moi, et trempe sa propre cuiller dans la soupe.

— Alors, mange, Nora. Tu pourras me montrer à quel point tu es fâchée au lit, je te le promets. Et avec cette menace pleine de promesses, il commence à manger sa soupe en ne me laissant pas le choix si ce n'est de suivre son exemple.

Tout en mangeant, Julian m'assiège de questions sur mes cours pour savoir comment se passent mes études en ligne pour le moment. Il semble sincèrement intéressé par ce que j'ai à dire et bientôt je lui parle de mes difficultés en calcul (a-t-on jamais inventé une matière plus ennuyeuse ?) et des avantages et des inconvénients de suivre un cours de Lettres au semestre prochain. Je suis sûre qu'il trouve mes préoccupations amusantes, après tout il ne s'agit que de mes études, mais si c'est le cas il ne le montre pas. À la place, il me donne l'impression de parler avec un ami ou peut-être un conseiller en qui j'aurais confiance.

C'est une des choses qui rendent Julian tellement irrésistible : sa capacité d'écoute, de me donner l'impression que je compte pour lui. J'ignore s'il le fait exprès, mais avoir l'attention exclusive de quelqu'un est ce qu'il y a de plus séduisant, et Julian me donne toujours cette impression. Il me l'a donnée depuis le premier jour. Il a beau être un méchant ravisseur, il m'a toujours donné l'impression que j'étais désirée, que je comptais comme si j'étais le centre du monde.

Comme si j'avais vraiment de l'importance.

Au fil du dîner, l'histoire que m'a racontée Ana passe et repasse dans mon esprit et je me réjouis cruellement que Juan Esguerra soit mort. Comment un père peut-il faire une chose pareille à son fils ? Quelle sorte de monstre peut essayer de transformer volontairement un enfant en tueur ? Je m'imagine Julian à douze ans affrontant cette brute pour protéger un chaton sans défense et je sens un soupçon involontaire de fierté pour le courage de mon mari. Il me semble que garder ce petit animal contre la volonté de son père n'a pas dû être facile.

Je suis encore loin de pouvoir pardonner à Julian, mais tout en mangeant le plat principal je prends en considération la possibilité que Julian ait d'autres motivations que son désir de m'épier en voulant me faire mettre ces implants. Serait-il possible que je compte trop pour lui et non pas le contraire ? Serait-il possible que son amour soit à ce point torturé et obsessionnel ? À ce point pervers ? Bien sûr, je connaissais l'histoire de la mort de Maria et de ses parents, mais je n'avais jamais fait le lien entre les deux évènements, jamais pensé que Julian avait perdu tous ceux qu'il avait aimés. Si Ana a raison, si je compte à ce point pour Julian, alors il n'est pas particulièrement étonnant qu'il aille jusque-là pour assurer ma sécurité, surtout étant donné qu'il m'a déjà perdue une fois.

C'est insensé, c'est effrayant, mais ce n'est pas particulièrement surprenant.

— Et qu'est-ce qui était si urgent ce matin ? ai-je demandé en finissant le saumon au four qu'Ana avait préparé et dont je viens de me resservir. J'ai retrouvé tout mon appétit, toutes les traces de mon malaise de ce matin ont disparu. C'est incroyable l'effet que me fait tout de suite la compagnie de Julian ; sa présence me fait plus de bien que n'importe quel euphorisant disponible dans le commerce. Je veux dire, pourquoi ne pouvais-tu pas être avec moi au petit déjeuner ?

— Ah oui, je voulais t'en parler, dit Julian, et je vois un rayon d'excitation cruelle dans ses yeux. Les contacts de Peter à Moscou nous ont obtenu l'autorisation d'intervenir et de mener une opération pour extraire d'Afghanistan Majid et les autres combattants d'Al-Quadar. Dès que nous serons prêts, dans une semaine ou deux je l'espère, nous attaquerons.

— Oh la la ! Je le fixe des yeux, à la fois enthousiasmée et déconcertée par cette nouvelle. Quand tu dis « nous », tu veux parler de tes hommes, c'est ça ?

— Eh bien oui. Julian semble surpris par ma question. Je vais prendre cinquante de mes meilleurs soldats et laisser les autres garder l'enceinte du domaine.

— Tu vas t'engager personnellement dans cette opération ? Mon cœur s'arrête de battre en attendant anxieusement sa réponse.

— Bien sûr. Il semble étonné que je puisse penser le contraire. Si c'est possible, je vais toujours dans ce genre de mission. D'ailleurs, j'ai des affaires à régler en Ukraine et il vaut mieux que je le fasse en personne, comme ça je m'en occuperai au retour.

— Julian… Tout d'un coup, j'ai mal au cœur, tout ce que j'ai mangé me pèse terriblement sur l'estomac. Mais ça a l'air vraiment dangereux… Pourquoi faut-il que tu y ailles ?

— Dangereux ? Il a un petit rire. T'inquiètes-tu pour moi mon chat ? Je t'assure que ce n'est pas la peine. L'ennemi sera en infériorité numérique et technique. Crois-moi, ils n'ont pas la moindre chance.

— Mais tu n'en sais rien ! Et s'ils font exploser une bombe ? J'élève la voix en me souvenant de l'explosion du hangar. Et s'ils te tendent un piège ? Tu sais qu'ils veulent te tuer…

— Eh bien, techniquement ils veulent d'abord me forcer à leur donner le système explosif, rectifie-t-il avec un sombre sourire aux lèvres, et *ensuite* ils veulent me tuer. Mais tu n'as aucune raison de t'inquiéter, bébé. Avant d'y aller, nous passerons leur quartier général au scanneur pour déceler la présence de bombes et nous porterons tous des protections complètes qui résistent à tout sauf à un tir de rocket.

Je repousse mon assiette sans être en rien rassurée.

— Pour être sûre que ce soit clair… Tu m'obliges à avoir des implants ici où personne ne peut toucher à un cheveu de ma personne et tu as l'intention de partir pour le Tadjikistan pour jouer au plus fort avec des terroristes ?

Julian cesse de sourire, l'expression de son visage se durcit.

— Ce n'est pas un jeu, Nora, Al-Quadar représente une véritable menace, une menace que je dois éliminer le plus vite possible. Nous devons les frapper avant qu'ils ne nous attaquent, c'est l'occasion ou jamais d'agir.

Je le regarde, tout ceci est tellement injuste que je sens monter ma tension.

— Mais pourquoi faut-il que tu y ailles en personne ? Tu as tous ces soldats et tous ces mercenaires sous tes ordres, ils n'ont vraiment pas besoin que tu y sois… ?

— Nora… Sa voix est douce, mais ses yeux froids et durs comme des blocs de glace. Cela ne te regarde pas. Si je devais un jour avoir peur de mon ombre, ça serait le moment de renoncer définitivement à mon métier parce que ça voudrait dire que je serais affaibli. Affaibli et paresseux comme celui dont j'ai repris l'usine à mes débuts… il recommence à sourire en voyant à quel point je suis choquée. Mais oui, mon chat, comment crois-tu que je suis passé du trafic de drogue au trafic d'armes ? J'ai repris l'opération déjà existante de quelqu'un d'autre et je l'ai développée. Mon prédécesseur avait aussi des soldats et des mercenaires sous ses ordres, mais il n'était guère plus qu'un bureaucrate, et tout le monde le savait. Il ne contrôlait pas assez bien son organisation et ça m'a été facile de soudoyer quelques personnes pour le détrôner et m'emparer de son usine d'armement. Julian marque une pause pour me permettre d'assimiler ce qu'il vient de me dire, puis il ajoute : je ne serai pas comme lui Nora. Cette mission est importante pour moi et j'ai absolument l'intention de la diriger personnellement. Et cette fois je ferai en sorte que Majid n'en réchappe pas vivant.

CHAPITRE DIX-HUIT

❖ JULIAN ❖

Une fois que le dîner est terminé, j'emmène Nora dans notre chambre, la main posée au creux de ses reins en montant l'escalier. Elle se tait, elle n'a rien dit depuis que je lui ai expliqué notre prochaine mission et je sais qu'elle m'en veut encore, à la fois à cause des implants et à cause du voyage proprement dit.

Je suis touché par son inquiétude, et même par sa gentillesse, mais je n'ai aucune intention de laisser passer l'occasion de mettre la main sur Majid. Ma chérie ne comprend pas la sombre excitation que l'on ressent en pleine action, quand l'adrénaline jaillit et que les balles sifflent. Elle ne réalise pas que pour quelqu'un comme moi, c'est exaltant de voir couler le sang et d'entendre hurler mes ennemis, que j'en ai presque autant envie que faire l'amour. C'est à cause de ce trait de mon caractère qu'un psychologue a pensé que j'étais presque psychopathe… en fait ça et mon absence de remords. Ce n'est pas un diagnostic qui me gêne particulièrement, en tout cas, pas depuis que j'aie surmonté l'illusion de ma jeunesse de pouvoir mener un jour une vie « normale ».

En entrant dans la chambre, l'ardeur que j'ai réprimée depuis hier s'intensifie, le monstre qui est en moi réclame son dû. Sentir que Nora est distante de moi ne fait qu'empirer la situation. Je sens les obstacles qu'elle tente de dresser entre nous, sa manière de me rejeter de ses pensées ; et ça me rend fou tout en alimentant les désirs sadiques enfouis en moi.

Ce soir, je vais faire tomber ces obstacles. Je vais les mettre en pièces jusqu'à ce que plus rien ne la protège, jusqu'à reprendre pleinement le contrôle de son esprit.

Elle s'excuse pour aller prendre une douche rapide et je la laisse faire en allant vers le lit pour attendre son retour. Je suis déjà à moitié en érection, ma verge sursaute d'anticipation de ce que je vais faire à Nora, et mon pantalon commence à être trop serré et à me gêner. En entendant couler l'eau, je me déshabille et je sors un choix d'instruments que j'ai l'intention d'utiliser sur elle ce soir.

Fidèle à sa parole, Nora ne s'attarde pas. Cinq minutes plus tard, elle sort de la salle de bain, enveloppée dans une serviette blanche moelleuse. Ses cheveux sont noués sur le sommet de sa tête dans un chignon ébouriffé, sa peau dorée est encore humide, de petites gouttes d'eau perlent à son cou et à ses épaules. Elle a dû enlever les sparadraps pour se doucher parce que je peux voir une minuscule croûte et des bleus sur son bras à l'endroit de l'implant. La voir m'emplit d'émotions étrangement contradictoires, le soulagement de pouvoir garder un œil sur elle, et quelque chose qui ressemble bizarrement à du regret.

Elle jette un coup d'œil au lit et s'arrête net en écarquillant les yeux quand elle voit les objets que j'ai préparés.

Je souris en savourant son expression de surprise. Il y a longtemps que nous n'avons pas joué avec ces jouets, en tout cas pas avec une telle sélection.

— Enlève la serviette et vient sur le lit, ai-je ordonné en me levant pour prendre le bandeau.

Elle me regarde, ses lèvres s'entrouvrent et elle rougit légèrement, je sais que ça l'excite aussi, que ses désirs reflètent désormais les miens. Il n'y a qu'un soupçon d'hésitation dans ses gestes quand elle dénoue la serviette et la laisse tomber par terre, la laissant entièrement nue.

Tout en savourant du regard son corps mince et harmonieux, mes valseuses se contractent et les battements de mon cœur s'accélèrent. D'un point de vue rationnel, je sais qu'il doit exister des femmes plus belles que Nora, mais s'il y en a, je ne sais pas où. De la tête aux pieds, elle correspond exactement à mes goûts. J'ai envie d'elle avec une intensité qui semble plus grande chaque jour, un désir éperdu qui me consume presque.

Elle vient sur le lit, s'agenouille avec les pieds sous son petit derrière rond. Ses mouvements sont harmonieux et gracieux comme ceux d'un joli petit chat. Je sens à la fois son parfum de femme et son gel de bain floral, un mélange qui me fait tourner la tête et qui fait vibrer mon sexe de désir. Certains soirs, je ne veux que ça d'elle, la douceur de ses réactions, la sentir dans mes bras. Certains soirs, je veux la traiter avec ménagement parce qu'elle est fragile et vulnérable.

Mais ce soir, je veux quelque chose d'autre.

En le tirant, je noue le bandeau sur ses yeux pour être sûr qu'elle ne puisse rien voir. Je veux qu'elle se concentre exclusivement sur les sensations dont elle va faire l'expérience, pour tout ressentir aussi intensément que possible. Ensuite, je prends une paire de menottes rembourrées et les lui passe aux poignets en lui attachant les mains derrière le dos.

— Hum, Julian… Sa langue vient mouiller sa lèvre inférieure. Qu'est-ce que tu vas me faire ?

Je souris, le soupçon de peur que j'entends dans sa voix m'excite encore plus.

— Qu'est-ce que tu crois que je vais te faire, mon chat ?

— Me fouetter ? devine-t-elle, la voix basse et un peu rauque. Je vois ses tétons se dresser quand elle parle et je sais que cette perspective n'est pas pour lui déplaire.

— Non, bébé, ai-je murmuré en tendant la main vers l'un des autres accessoires que j'ai préparés, une paire de pincettes à tétons reliées par une fine chaîne métallique. Tu n'as pas encore suffisamment cicatrisé. J'ai d'autres projets pour toi aujourd'hui. Et en prenant les pincettes je l'entoure d'un bras par-derrière et pince son téton gauche entre mes doigts. Puis je pose la pincette sur le petit bouton de rose raidi, en la serrant jusqu'à ce que j'entende Nora siffler entre ses dents.

— Que sens-tu ? ai-je demandé doucement en me penchant pour lui embrasser le haut de l'oreille tandis que j'attrape son téton droit. Ses mains menottées se referment, ses poings m'appuient sur le ventre, ce qui me rappelle à quel point elle est sans défense. Je veux t'entendre me le décrire...

Elle respire en tremblant, la poitrine haletante.

— Ça me fait mal, commence-t-elle à dire, puis elle pousse un grand cri quand je mets la seconde pincette et que je la resserre de la même manière.

— Bien... Je lui mordille le lobe de l'oreille. Ma verge en érection lui effleure les reins, un contact qui m'envoie des vibrations de plaisir jusque dans les testicules. Et maintenant ?

— Ça... ça me fait encore plus mal... Son murmure est entrecoupé. Son dos se raidit contre moi, et je sais qu'elle dit vrai, que ses tétons très sensibles souffrent sans doute le martyre sous la cruelle morsure des pincettes. J'ai déjà utilisé des pincettes à tétons sur elle dans l'île, mais c'était une version plus douce qui ne serrait que légèrement. Celles-ci sont beaucoup plus hardcore et j'ai un mauvais sourire en pensant à quel point elles vont lui faire mal quand je les enlèverai.

En mettant les mains sous ses seins, je les presse légèrement comme si je modelais leur chair douce.

— Oui, ça te fait mal, n'est-ce pas ? ai-je murmuré tandis qu'elle a un soubresaut de douleur parce que mon geste de la main a tiré sur la chaîne qui relie les pincettes.

— Mon pauvre bébé, si douce et pourtant tellement martyrisée…

En lui lâchant les seins je parcours son ventre plat et doux de la main jusqu'à parvenir entre ses jambes, vers ses plis si doux. Comme je m'y attendais, malgré la douleur, ou plus vraisemblablement à cause d'elle, elle est toute mouillée, sa chatte est déjà trempée de désir. Ma queue vibre en retour. La voir ainsi menottée avec ses délicats tétons meurtris par les pincettes m'attire d'une manière que mon ancien psy aurait sans aucun doute trouvée gênante. Faisant de mon mieux pour contrôler mon ardeur je touche du pouce son petit clitoris, j'appuie légèrement dessus et elle se met à gémir en s'adossant contre ma poitrine et en levant les hanches dans une prière muette pour que je continue.

— Dis-moi ce que tu sens maintenant. Je fais exprès d'effleurer seulement son clitoris. Dis-le-moi, Nora.

— Je… je ne sais pas.

— Dis-moi comment se sentent tes petits tétons. Je veux te l'entendre dire. Et j'accompagne ma demande d'un pincement vigoureux de son clitoris qui la fait tout à coup crier et sursauter de douleur contre moi.

— Ils… ils me font encore mal, réussit-elle à dire en reprenant son souffle, mais c'est une douleur moins vive, c'est plutôt comme un élancement continu…

— C'est bien… Pour la récompenser, je caresse son clitoris tout gonflé. Et que sens-tu quand je te touche comme ça ?

De nouveau, sa petite langue rose vient lécher sa lèvre inférieure.

— C'est bon, murmure-t-elle, vraiment bon… S'il te plait Julian…

— S'il te plait quoi ? Je l'encourage, je veux l'entendre me supplier. Elle a exactement la voix qu'il faut pour ça, une voix douce, innocente et sexy. Quand elle me supplie, elle atteint exactement l'effet inverse de ce qu'elle désire, elle me donne envie de la tourmenter encore plus.

— Touche-moi, s'il te plait… Elle relève de nouveau les hanches en essayant d'accentuer la pression sur son sexe.

— Te toucher où ? J'enlève la main en la privant complètement de mes caresses. Dis-moi exactement où tu veux que je te touche, mon chat.

— Mon… mon clitoris. Elle gémit ces mots, hors d'haleine. Je vois la sueur perler sur son front et je sais l'effet que la torture a sur elle, les sensations que je lui inflige sont aussi intenses que je le désirais.

— D'accord, bébé. Je la touche de nouveau en appuyant les doigts sur ses plis mouillés pour stimuler légèrement et régulièrement le nœud de nerfs. Comme ça ?

Maintenant, elle respire plus vite, sa poitrine se soulève et retombe à l'approche de l'orgasme.

— Oui, exactement comme ça… Sa voix se perd, son corps se tend comme une corde et puis elle se met à crier et se précipite dans mes bras en jouissant. Je continue à la tenir tout en maintenant la pression sur son clitoris jusqu'à ce que son plaisir s'estompe et puis je prends un autre accessoire que j'avais préparé.

Cette fois, c'est un godemiché qui est à peu près de la taille de ma verge. Il est fait d'un mélange spécial de silicone et de plastique et conçu pour provoquer les mêmes sensations que la chair, il a même une texture proche de la peau à l'extérieur. C'est ce que j'autoriserai Nora à goûter de plus comparable à la queue d'un autre.

En la tenant d'une main, j'approche le godemiché de son sexe et j'approche le gros gland vers son ouverture mouillée et tremblante.

— Et maintenant, dis-moi ce que tu sens, lui ai-je ordonné en commençant à la pénétrer avec.

Elle en perd le souffle, sa respiration s'accentue encore, et je la sens se tortiller au fur et à mesure que le godemiché avance dans son vagin. Elle serre et desserre les poings contre mon ventre sur un rythme agité, elle me griffe la peau.

— Je… je ne…

— Quoi donc ? Je lui parle plus sévèrement quand elle ne réussit pas à terminer sa phrase. Dis-moi ce que tu sens.

— C'est gros et dur. Entendre trembler sa voix fait encore durcir ma queue qui tressaute avidement de désir.

— Et alors ? ai-je dit pour l'encourager en enfonçant encore plus loin le godemiché. Il a l'air trop gros pour pouvoir entrer dans son corps délicat et voir son étroit fourreau s'étirer progressivement pour l'accueillir est presque douloureusement érotique.

— Et... elle souffle d'un coup, sa tête retombe sur mon épaule, et ça me donne l'impression de m'étirer et de me remplir...

— Oui, bébé, c'est bien. Maintenant, le godemiché est entré jusqu'au bout, seule son extrémité dépasse un peu. Je la récompense de son honnêteté en lui frottant le clitoris des doigts et en étalant l'humidité de son ouverture trempée sur ses plis si doux. Quand elle se remet à haleter et que ses hanches ondulent contre ma main je m'arrête avant qu'elle ne jouisse, je la relâche et je recule un peu. Puis je la pousse en avant, je lui appuie le visage sur le matelas, et je la tire par les jambes pour qu'elle soit sur le ventre.

J'ai beau avoir envie de continuer à jouer avec elle, je ne peux plus me retenir de la baiser.

Privée de mes caresses et souffrant de sentir ses tétons pris dans les pincettes qui frottent contre le drap, elle se met à gémir et essaie de rouler sur le côté. Alors j'attrape du lubrifiant et j'en mets directement sur le petit trou froncé qu'elle a entre les fesses, juste au-dessus de l'endroit d'où sort le godemiché, son sexe étiré et tout mouillé.

Maintenant, elle se raidit en devinant mes intentions, et je la fesse d'une main pour étouffer ses moindres protestations si elle a l'intention d'en faire.

— Attention ! Tu dois me dire ce que tu sens, tu m'as compris, mon chat ?

Elle gémit quand je la chevauche et que j'appuie mon gland sur son petit trou plissé, mais sous moi je sens qu'elle essaie de se détendre comme je le lui ai appris. Elle ne s'est pas encore complètement habituée au sexe anal et ses réticences me donnent un plaisir pervers. Elles me montrent à la fois jusqu'où je suis parvenu avec elle et tout ce qu'il me reste encore à accomplir.

— M'as-tu compris ? Je le répète plus durement quand elle garde le silence en respirant bruyamment sur le matelas et en serrant ses poings attachés derrière le dos. Je voudrais éperdument m'enfoncer jusqu'au bout, mais je commence par la taquiner pour étaler le lubrifiant tout autour de son anus. Ce soir, je veux pénétrer son esprit tout autant que son corps et je ne me satisferais pas de demi-mesure.

— Oui… Sa voix est étouffée par la couverture parce que j'appuie sur elle en commençant à la pénétrer sans tenir compte de ses tentatives pour se tortiller et se dérober.

— C'est... Oh mon Dieu... ce n'est pas possible... Julian, je t'en prie, c'est trop...

— Dis-moi, ai-je ordonné en continuant de pousser et en passant outre les résistances de son sphincter. Avec le sexe déjà comblé par le godemiché son cul se serre tellement autour de moi que je tremble sous l'effort que je fais pour me contrôler. Ma voix rauque est pleine de désir quand je lui dis :

— Je veux tout savoir.

— Ça... ça me brûle... Elle est haletante et je vois des gouttes de sueur s'accumuler entre ses omoplates, ses longues mèches de cheveux lui collent à la peau. Oh putain... Je suis trop comblée... c'est trop fort...

— Oui, c'est bien... Continue de parler... Maintenant, je suis presque au fond et je sens ma verge frotter contre le godemiché dont il n'est séparé que par une fine paroi. Nora tremble sous mon poids maintenant, son corps est submergé de sensations et je lui frotte le dos pour la réconforter en avançant encore un peu et en m'enfonçant en elle.

Elle fait un bruit incohérent, ses épaules se mettent à trembler et ses muscles se contractent autour de ma verge dans un effort vain pour me rejeter. Ses gestes font bouger le godemiché et elle pousse un cri en tremblant de plus belle.

— Ce n'est pas possible... Julian... Ce n'est pas possible...

Je pousse un grondement, je reçois un plaisir intense dans les bourses quand son cul me serre. Perdant tout contrôle, je me retire à demi et je retourne en elle en savourant la résistance de son corps et à quel point son fourreau brûlant et lisse se serre presque douloureusement autour de ma verge.

Elle hurle dans la couverture quand je commence à vraiment aller et venir en elle, mêlant les sanglots aux halètements et aux supplications qui viennent de sa gorge tandis que je prends un rythme violent. Je me penche en avant, je passe une main autour d'elle et l'autre sous ses hanches pour trouver son sexe. Et maintenant, chaque mouvement de mes hanches lui appuie le clitoris sur mes doigts et ses cris prennent une autre tonalité, celle d'un plaisir involontaire, d'une extase qui rejoint la souffrance. Je sens bouger le godemiché en la baisant et mon orgasme est sur le point de jaillir avec une telle intensité que ma colonne vertébrale se raidit et que mes testicules remontent le long de mon corps. Juste au moment où je vais jouir elle resserre son anus et je m'aperçois avec un sombre plaisir qu'elle jouit aussi, ses muscles tressautent autour de ma verge et elle crie encore plus sous moi. Et puis l'orgasme me frappe de plein fouet, une onde de choc de plaisir qui me parcourt le corps tout entier alors que ma semence jaillit en jets dans ses profondeurs brûlantes, me laissant hors d'haleine et stupéfait de l'intensité de ma jouissance.

Quand mon cœur ne risque plus d'exploser, je me retire et je lui enlève le godemiché. Elle est allongée, pantelante et malléable, encore secouée de petits sanglots quand j'ouvre les menottes et que je masse ses délicats poignets. Ensuite, je détache le bandeau en le faisant glisser sous elle. Le morceau de soie est trempé de larmes et quand je me tourne vers Nora je les vois couler sur ses joues froissées par les couvertures. Elle cligne des yeux à cause de la lumière vive et m'occupant de ses tétons je les libère l'un après l'autre des pincettes. Pendant un moment, elle ne réagit pas, mais elle se cabre de tout son corps quand le sang revient dans les boutons de rose martyrisés. Un gémissement s'échappe de sa gorge et ses yeux s'emplissent de nouveau de larmes quand elle se couvre les seins de la main pour les protéger de la douleur.

— Chut... je murmure pour la réconforter en me penchant pour l'embrasser. Ses lèvres sont salées comme ses larmes ce qui réveille une petite flamme de désir en moi. Ma verge qui est molle maintenant se met à tressaillir, la souffrance et les larmes de Nora m'excitent alors que je viens juste d'être rassasié. Mais je ne suis pas encore prêt pour le deuxième round et au lieu d'approfondir mes baisers je relève la tête à regret pour la regarder.

Elle lève les yeux vers moi pour me fixer du regard, il est encore un peu flou et je sais qu'elle continue à se remettre de l'intensité de l'expérience que je lui ai fait subir. À cet instant précis, elle est totalement sans défense, son esprit et son corps n'ont plus la moindre protection et j'utilise sa faiblesse pour asseoir mon avantage.

— Dis-moi comment tu te sens maintenant, ai-je murmuré en levant une main pour lui caresser tendrement la joue. Dis-le-moi, bébé.

Elle ferme les yeux et je vois une larme unique couler le long de sa joue.

— Je me sens… vide et comblée à la fois, anéantie et pourtant régénérée, murmure-t-elle, et ses paroles sont à peine audibles. C'est comme si tu m'avais mise en pièces et ensuite recousue en quelqu'un d'autre, quelqu'un qui n'est plus moi… quelqu'un qui t'appartient…

— Oui. Je bois ses paroles avec avidité. Et quoi d'autre ?

Elle ouvre les yeux, rencontre les miens et je vois un étrange désespoir se dessiner sur son visage. Et je t'aime, dit-elle à voix basse. Je t'aime même si je te vois comme tu es, même si je sais ce que tu m'infliges. Je t'aime, parce que je ne suis plus capable de ne *pas* t'aimer… parce que tu fais partie de moi maintenant, pour le meilleur et pour le pire.

Je soutiens son regard, les sombres recoins de mon âme boivent ses paroles comme une fleur du désert boit de l'eau. Son amour ne m'est peut-être pas librement consenti, mais il est à moi. Il sera toujours à moi.

— Et toi aussi tu fais partie de *moi*, Nora, ai-je admis d'une voix basse et étrangement enrouée. C'est ce que je peux faire de mieux pour lui dire à quel point elle compte pour moi, de lui dire la profondeur de mes désirs. J'espère que tu le sais, mon chat.

Et avant de lui permettre de répondre je l'embrasse à nouveau puis je glisse le bras sous elle, je la soulève et je l'emporte dans la salle de bain pour nous laver.

CHAPITRE DIX-NEUF

❖ NORA ❖

La semaine qui précède le départ de Julian est douce-amère. Je ne lui ai pas encore tout à fait pardonné ni de m'avoir mis les implants de force, ni pour le bracelet contenant un autre localisateur qu'il m'oblige à porter quelques jours plus tard. Pourtant, depuis qu'il m'a dit ces quelques mots l'autre soir je me sens infiniment mieux.

Je sais que ce n'est pas exactement une déclaration d'amour éternel, mais de la part de quelqu'un comme Julian ça revient au même. Ana a raison. Julian a perdu tous ceux qui comptaient pour lui. Tous, sauf moi en fait. La possessivité brutale avec laquelle il se raccroche à moi est quelquefois écrasante, mais c'est aussi une indication de ses sentiments.

Son amour pour moi est mauvais et pervers à tout point de vue, mais il n'en est pas moins réel.

Évidemment, le savoir ne fait que renforcer mon inquiétude pour sa sécurité pendant le prochain voyage. Tandis qu'approche la date de son départ, la joie que m'a donnée sa confession s'estompe, elle est remplacée par de l'anxiété.

Je ne veux pas que Julian parte. Chaque fois que je pense qu'il va partir pour cette mission, je suis prise d'un sentiment d'appréhension qui m'étouffe. Je sais qu'une part de ma peur n'est pas rationnelle, mais ça ne la diminue en rien. À part les dangers très réels que Julian va affronter, j'ai aussi peur de me retrouver seule. Nous avons été si peu séparés depuis deux ou trois mois que la pensée d'être sans lui, ne serait-ce que pour quelques jours, me stresse et m'angoisse profondément.

Pour ne rien arranger, j'ai une foule de dissertations et d'examens, et mes parents font sans cesse pression sur moi pour que je leur rende visite, ce que Julian ne permettra pas tant que la menace d'Al-Quadar n'est pas complètement éliminée.

— Tu ne peux pas quitter le domaine, mais eux peuvent venir te voir ici si tu veux, me dit-il un après-midi pendant une séance de tir. Mais je ne te le conseille pas. En ce moment, tes parents sont plus ou moins en dehors de la ligne de mire, mais plus je semble être en contact avec ta famille, plus elle est en danger. À toi de décider. Tu n'as qu'un mot à dire et je leur envoie un avion.

— Non, ça va, me suis-je hâtée de répondre. Je ne veux pas attirer inutilement l'attention sur eux.

Et en levant mon fusil, je commence à tirer sur les cannettes de bière au bout du terrain, laissant la secousse désormais familière de mon arme me débarrasser d'un peu de ma frustration.

J'ai compris que mes parents sont en danger deux ou trois jours après mon arrivée dans le domaine. À mon soulagement, Julian m'a dit qu'il avait organisé une surveillance discrète autour d'eux, des gardes du corps bien entraînés dont le travail est de protéger ma famille tout en la laissant vivre tranquillement. Sinon il faudrait qu'ils viennent vivre avec nous dans le domaine, une solution que mes parents ont rejetée dès que je leur en ai parlé.

— Quoi ? Nous n'allons pas vivre en Colombie avec un trafiquant d'armes ! s'est exclamé mon père quand je lui ai parlé des dangers possibles. Pour qui se prend-il, ce salaud ? Je viens juste de trouver un nouvel emploi, sans parler de l'idée de quitter nos amis et notre famille !

Et ce n'est pas allé plus loin. Je ne peux pas dire que j'en veuille à mes parents de ne pas vouloir traverser la moitié du globe pour vivre avec moi dans l'enceinte de mon ravisseur. Ils sont encore jeunes, tous les deux ont une petite quarantaine d'années, et ils ont toujours eu une vie active et bien occupée. Mon père joue à Lacrosse presque tous les week-ends et ma mère rencontre régulièrement son groupe d'amies autour d'un verre de vin pour bavarder. Et mes parents sont encore très amoureux l'un de l'autre, mon père fait sans cesse à ma mère la surprise de lui apporter des fleurs ou des chocolats ou de l'inviter à dîner. En grandissant, je savais qu'ils m'aimaient, mais je savais aussi que je n'étais pas le centre de leur univers.

Non, si Julian avait raison, et j'ai tendance à lui faire confiance à ce sujet, il vaut mieux que mes parents ne donnent pas l'impression d'être trop liés à l'organisation Esguerra.

C'est à ce prix qu'ils peuvent mener une vie normale.

* * *

Le soir précédant le départ de Julian, j'ai demandé à Ana de mettre les petits plats dans les grands. J'ai récemment découvert que Julian avait une faiblesse pour le tiramisu, ça sera notre dessert ce soir. Comme plat principal, Ana a fait des lasagnes comme la mère de Julian les préparait. La gouvernante m'a dit que c'était son plat préféré quand il était petit.

Je ne sais pas pourquoi j'ai fait ça. Ce n'est pas comme si un bon repas pourrait brusquement convaincre Julian de renoncer au cruel plaisir de mettre la main sur Majid. Je connais assez mon mari pour comprendre que rien ne pourra l'en dissuader. Julian a l'habitude du danger. Je pense même qu'il le désire jusqu'à un certain point. Je ne suis pas assez bête pour croire que je vais l'apprivoiser en un dîner.

Et pourtant je veux que ce soir soit une grande occasion. J'en ai besoin. Je ne veux penser ni aux terroristes, ni à la torture, ni aux enlèvements, ni aux perversités mentales. Pendant un seul soir, je veux faire comme si nous étions un couple normal et que je sois simplement une épouse qui veut faire quelque chose de gentil pour son mari.

Avant le dîner je prends une douche et je sèche mes longs cheveux bruns jusqu'à ce qu'ils soient lisses et luisants. Je mets même un peu de fard à paupières et de rouge à lèvres. D'habitude, je ne fais pas de tels efforts avec mon apparence puisque Julian est insatiable de toute façon, mais ce soir je veux me faire encore plus belle pour lui. Ma robe pour la soirée est une petite robe bustier couleur ivoire avec une ceinture noire et je porte des chaussures noires à bout ouvert très sexy. Sous ma robe, j'ai un balconnet bustier noir et un string assorti, la lingerie la plus coquine de ma garde-robe.

Ce soir, je vais séduire Julian, pour une seule et unique raison, j'en ai envie.

Il est retardé par des détails pratiques de dernière minute et je l'attends un moment à table, à la lumière des bougies, partagée entre l'anxiété et l'excitation que je ressens.

L'anxiété parce que penser à demain me rend malade, l'excitation parce que j'ai hâte d'être avec Julian afin de passer du temps avec lui.

Quand il entre enfin dans la pièce, je me lève pour l'accueillir et il me dévisage avec une intensité à couper le souffle. Il s'arrête à quelques mètres de moi et me regarde de la tête aux pieds. Quand il lève les yeux vers mon visage, la flamme qui brûle dans les profondeurs bleues de son regard m'envoie une décharge électrique qui m'atteint au plus profond de mon être. Un sourire sensuel se dessine lentement sur ses lèvres et il dit doucement :

— Tu es ravissante, mon chat... absolument ravissante.

Ses compliments me font rougir de plaisir.

— Merci, ai-je murmuré, les yeux rivés sur son visage. Lui aussi s'est changé pour le dîner, il a mis un polo bleu clair et un pantalon de coton gris qui lui vont si bien qu'ils donnent l'impression d'avoir été taillés sur mesure pour son grand corps athlétique. Maintenant que ses cheveux noirs et luisants ont retrouvé leur longueur habituelle, Julian pourrait facilement passer pour un modèle ou pour une star de cinéma en vacances dans une station de golf. Ma voix semble hors d'haleine quand je lui dis :

— Toi aussi, tu es très beau.

Il me sourit de plus belle en s'approchant de la table et en s'arrêtant devant moi.

— Merci bébé, murmure-t-il. Ses longues mains se posent sur mes épaules nues tandis qu'il baisse la tête et s'empare de ma bouche en un baiser profond, mais incroyablement tendre. Je fonds instantanément, mon cou ploie sous la pression avide de ses lèvres, et ce n'est que lorsqu'Ana s'éclaircit la gorge derrière nous que je retrouve suffisamment mes esprits pour réaliser que nous ne sommes pas dans notre chambre. Un peu gênée, je repousse Julian et il me laisse faire en reculant avec un sourire.

— D'abord, le dîner, j'imagine, dit-il malicieusement, puis en faisant le tour de la table, il s'assied en face de moi.

Ana, qui a légèrement rougi, nous sert les lasagnes et verse à chacun de nous un verre de vin puis elle disparait avant que je n'aie eu le temps de lui dire davantage qu'un bref remerciement.

— Des lasagnes… Julian hume le plat en connaisseur. Je ne me souviens pas de la dernière fois que j'en ai mangé.

— Ana m'a dit que ta mère t'en faisait quand tu étais petit, ai-je dit doucement en le regardant prendre sa première bouchée. J'espère que tu les aimes toujours.

Il relève les yeux de son assiette et ses yeux rencontrent les miens pendant qu'il mange.

— Est-ce toi qui as organisé ça ? demande-t-il après avoir avalé une bouchée. Sa voix prend une étrange intonation et il désigne le vin et les bougies qui flambent aux extrémités de la table. N'est-ce pas Ana ?

— Si, c'est elle qui a tout fait, ai-je admis. Je me suis contentée de lui demander deux ou trois choses. J'espère que tu ne m'en veux pas ?

— T'en vouloir ? Bien sûr que non ! Sa voix est encore un peu étrange, mais il ne me pose pas d'autres questions. À la place, il commence à manger avec appétit et la conversation roule sur mes examens qui approchent.

Quand nous avons fini les lasagnes, Ana apporte le dessert. Il a l'air aussi crémeux et aussi savoureux que dans n'importe quel restaurant italien et je regarde la réaction de Julian quand Ana le pose devant lui sur la table.

S'il est surpris, il le garde pour lui. Mais il sourit chaleureusement à Ana pour la remercier de ses efforts. Ce n'est qu'après son départ de la pièce qu'il se tourne vers moi.

— Du tiramisu ? dit-il doucement. Les flammes dansantes des bougies se reflètent dans ses yeux. Pourquoi Nora ?

Je hausse les épaules.

— Pourquoi pas ?

Il m'examine un moment et son regard est inhabituellement pensif en s'attardant sur mon visage, je m'attends à ce qu'il me pose d'autres questions. Mais non. À la place, il prend sa fourchette.

— Effectivement, pourquoi pas, murmure-t-il, puis il se concentre sur l'appétissant dessert.

Je fais de même et bientôt il ne reste plus rien dans notre assiette.

* * *

Quand nous arrivons au premier étage, Julian me mène vers le lit. Mais au lieu de me déshabiller tout de suite il me prend le visage entre les mains.

— Merci pour cette merveilleuse soirée, bébé, murmure-t-il, les yeux assombris par une émotion indéfinissable.

Je lève les yeux vers lui et lui sourit en le prenant par la taille.

— Je t'en prie... Il me semble que mon cœur va exploser tant il déborde de bonheur. Tout le plaisir est pour moi.

Il me regarde comme s'il allait dire autre chose, mais se contente de poser ses lèvres sur les miennes et de m'embrasser passionnément, d'un baiser profond et presque désespéré. Mes yeux se ferment tandis que le plaisir m'envahit en spirale. Ses lèvres sont incroyablement douces, sa langue caresse habilement la mienne et son goût savoureux et sombre me fait tourner la tête. Pendant que nous nous embrassons sa main me glisse dans le dos pour m'étreindre davantage. La dureté de sa verge en érection contre mon ventre qui me lance et me brûle en plein sexe et je le tiens par le côté, les genoux pantelants, alors que ses lèvres s'aventurent des miennes au lobe de mon oreille et à mon cou.

— Putain, tu es tellement sexy, marmonne-t-il d'une voix enrouée. Son souffle brûle presque ma peau sensible et je me mets à gémir la tête en arrière quand il m'incline sur son bras pour mordiller l'endroit si délicat que j'ai juste au-dessus de la clavicule. Mes tétons se raidissent et mon sexe commence à me faire mal, c'est une tension et une pulsation que je connais bien, pendant que Julian me lèche puis souffle un air frais là où ma peau est humide en me donnant des frissons érotiques dans le corps tout entier.

Avant que j'aie le temps de me remettre, il me relève et me fait tourner comme une toupie si bien que je me retrouve dos à lui. Alors il pose les mains sur ma robe et m'enlève la fermeture éclair. La petite robe tombe par terre, je n'ai plus que mes escarpins noirs, mon balconnet et mon string.

Julian respire d'un coup, j'entends son souffle et je me retourne en lui souriant longuement d'un sourire taquin.

— Ça te plait ? ai-je murmuré en reculant de deux pas pour qu'il puisse mieux me voir. L'expression de son visage m'excite tant que mon pouls s'accélère. Il me regarde comme un homme qui mourrait de faim regarderait un gâteau, avec une envie dévorante et un désir brut. Ses yeux disent qu'il veut me dévorer tout en me savourant… et que je suis la femme la plus sexy qu'il a jamais vue.

Au lieu de me répondre, il fait un pas vers moi et tend la main dans mon dos pour dégrafer mon soutien-gorge. Dès que mes seins sont libres, il les couvre de ses mains chaudes et ses pouces frottent mes tétons raidis.

— Putain, tu es délicieuse, murmure-t-il d'une voix toujours rauque en me fixant et quand j'essaie de respirer, ses paroles et ses gestes me font profondément frissonner. Je ne peux penser qu'à toi, Nora... Je ne peux penser à rien d'autre...

Sa confession me fait fondre complètement. Savoir que j'ai cet effet sur lui, que cet homme puissant et dangereux est aussi fou de moi que je suis folle de lui, fait battre mon cœur à un rythme déchaîné. Peu importe comment tout a commencé, désormais Julian est à moi, et je le désire autant qu'il me désire.

En m'enhardissant, je lui mets les bras autour du cou et je lui baisse la tête vers moi. Quand nos lèvres se rencontrent je mets tout mon cœur dans ce baiser pour lui faire sentir à quel point j'ai besoin de lui, à quel point je l'aime. Mes mains glissent dans ses cheveux épais et soyeux tandis que ses bras se referment sur mon dos et me serrent contre lui. Mes tétons dressés se frottent contre le coton de son polo en me rappelant du contraste tentateur entre lui et moi : je suis presque nue, il est tout habillé. Sa verge en érection toute dure se pousse contre mon ventre et la chaleur de mon corps monte en flèche quand nos deux bouches se rejoignent dans une véritable symphonie de désir, une véritable explosion de désir.

Je ne sais pas comment nous nous sommes retrouvés sur le lit, mais m'y voilà, j'enlève frénétiquement les vêtements de Julian et il me couvre la poitrine et le ventre de baisers. Ses mains se referment sur mon string qu'il arrache d'un seul geste, puis ses doigts poussent dans mon ouverture, deux gros doigts qui me pénètrent avec une brutalité qui me fait perdre le souffle et me cambrer contre lui.

— Putain, tu es toute mouillée, grommelle-t-il en enfonçant encore plus loin les doigts avant de les retirer et de les approcher de mon visage. Goûte à quel point tu as envie de moi.

Terriblement excitée, je ferme les lèvres autour de ses doigts que je suce dans ma bouche. Ils sont tout mouillés à cause de moi, mais ce goût ne me déplait pas. Au contraire, il m'excite encore plus, il me fait encore brûler davantage. Quand je lui suce les doigts, Julian pousse un grondement, je tourne ma langue autour comme si c'était sa verge et il retire la main. Il se relève, enlève d'un coup sa chemise et me révèle ses muscles saillants. Ensuite, c'est au tour de son pantalon et j'entrevois sa verge en érection avant qu'il ne me grimpe dessus, ses mains puissantes se saisissent de mes poignets qu'il remonte vers mes épaules. Puis il me regarde fixement et m'ouvre les jambes du genou en appuyant fort son gland contre mon ouverture.

Les battements de mon cœur sont assourdissants tant je suis impatiente et je le regarde droit dans les yeux. Son visage est tendu de désir, sa mâchoire serrée quand il me pénètre lentement. Je m'attendais à ce qu'il me prenne brutalement, mais il fait attention ce soir, il avance sa grosse verge d'une manière contrôlée qui m'excite tout en me frustrant. Je ne souffre pas quand mon corps s'étire pour l'accepter, rien qu'une plénitude délicieuse, mais une part perverse de moi a maintenant envie de brutalité et de violence.

— Julian… Je passe la langue sur mes lèvres. Je veux que tu me baises. Que tu me baises *vraiment*. Pour appuyer ma demande, j'entoure ses hanches de mes jambes et je l'enfonce tout au bout. Nous grondons tous les deux à cette sensation intense et je vois se dilater ses pupilles jusqu'à ce qu'il ne reste plus qu'un fin cercle bleu autour du disque noir.

— Tu veux que je te baise ? Sa voix est gutturale, tellement pleine de désir que j'ai du mal à comprendre ce qu'il dit. Ses mains se ferment si fort sur mes poignets qu'il me coupe presque la circulation. Que je te baise vraiment ?

Je hoche la tête, mon pouls s'est emballé au-delà de tout. J'ai encore du mal à faire cet aveu sur moi-même, à admettre que j'ai besoin de ce qui me faisait peur autrefois.

À savoir que je *demande* à mon ravisseur d'abuser de moi.

Julian respire fort et je sens céder toute sa retenue, toute sa maîtrise de lui-même. Sa bouche descend vers la mienne, maintenant, ses lèvres et sa langue sont pleines de sauvagerie, presque de cruauté.

Ce baiser est dévorant, il emporte mon souffle et mon âme avec. En même temps, il retire presque entièrement sa verge puis revient d'un coup si fort et si brutal qu'il me coupe presque en deux et met le feu à mes terminaisons nerveuses.

Je pousse un cri dans sa bouche, mes jambes se resserrent encore autour de son cul ferme et musclé quand il commence à me baiser sans la moindre retenue. Sa possession est aussi violente que n'importe quel viol, mais je m'y délecte, mon corps aime cet assaut féroce. C'est ce que je veux désormais, ce dont j'ai besoin. J'aurai peut-être des bleus demain, mais pour le moment je ne sens que cette énorme tension qui croît en moi et la pression tapie au plus profond de mon sexe. Chaque coup impitoyable me serre de plus en plus fort jusqu'à me donner l'impression que je vais voler en éclats... et quand j'y arrive, une explosion de plaisir fulgurante me parcourt le corps et je me jette dans les bras de Julian, totalement submergée par ces sombres délices. Puis il jouit à son tour, la tête rejetée en arrière d'extase et de douleur, chaque muscle de son cou se tend à se rompre alors qu'il me martèle de sa verge avec un grand cri. Quand il appuie son entre-jambe sur mon clitoris, il prolonge mes contractions, jusqu'à la dernière goutte, jusqu'à ce que mon corps ne puisse absolument plus rien sentir, buvant tout ce qu'il reste de force dans mes muscles.

Et après il roule en se retirant de moi puis me reprend contre lui, en m'étreignant par-derrière. Alors, tandis que notre respiration commence à ralentir, nous nous endormons d'un profond sommeil, un sommeil dépourvu de rêves.

CHAPITRE VINGT

❖ JULIAN ❖

Le lendemain matin, je me réveille avant Nora, comme d'habitude. Elle dort dans sa position préférée : allongée sur ma poitrine, l'une de ses jambes sur les miennes. En me dégageant silencieusement de son étreinte, je me dirige vers la douche et j'essaie de ne pas penser à la tentation de son petit corps séduisant qui est couché à côté, tout doux et tout chaud de sommeil. Malheureusement, je ne pourrai pas me rassasier d'elle ce matin ; l'avion m'attend déjà sur la piste.

Elle a réussi à me surprendre hier soir. Pendant toute la semaine, j'avais senti une légère distance de sa part, une distance presque imperceptible. Pendant notre fameuse nuit, j'avais réussi à détruire les obstacles qui me séparaient d'elle, mais elle en avait reconstruit. Elle ne boudait pas et elle acceptait de me parler, mais je savais qu'elle ne m'avait pas complètement pardonné.

Jusqu'à hier soir.

Je croyais ne pas avoir besoin de son pardon, mais la légèreté presque euphorique que j'ai dans le cœur ce matin m'indique le contraire.

Je prends moins de cinq minutes pour me doucher. Une fois habillé, je vais vers le lit pour embrasser Nora avant de partir. En me penchant sur elle je lui effleure la joue des lèvres et à ce moment-là, elle ouvre les yeux.

Ses lèvres dessinent un sourire endormi.

— Salut…

— Salut toi-même, ai-je dit d'une voix enrouée, en tendant la main pour dégager une mèche emmêlée de son visage. Putain, elle me fait un de ces effets… un de ces effets qu'aucune jeune fille ne devrait me faire. Je suis sur le point de me venger de celui qui a tué Beth et qui m'a pris Nora, et la seule chose à laquelle je suis capable de penser, c'est de retourner au lit avec elle.

Elle cligne plusieurs fois des yeux et je vois disparaitre son sourire quand elle se souvient qu'aujourd'hui n'est pas un jour comme les autres. Toute trace de sommeil a disparu de son visage quand elle s'assied et me fixe des yeux sans prendre garde à la couverture qui est tombée et qui lui dénude le buste.

— Tu pars déjà ?

— Oui, bébé. En essayant de détourner les yeux de ses seins ronds qui se dressent, je m'assieds dans le lit à côté d'elle et je prends ses mains dans les miennes pour les frotter doucement. L'avion a déjà fait le plein, il m'attend.

Elle avale sa salive.

— Quand reviens-tu ?

— Si tout se passe bien, dans une semaine environ. Je dois d'abord rencontrer deux ou trois fonctionnaires en Russie, je n'irai donc pas directement au Tadjikistan.

— En Russie ? Pourquoi ? Elle fronce légèrement des sourcils. Je croyais que tu avais quelque chose à faire en Ukraine au retour.

— C'est vrai, mais la situation a changé. Hier après-midi, j'ai reçu un appel de l'un des contacts de Peter à Moscou. Ils veulent d'abord me rencontrer, sinon ils ne me laisseront pas aller au Tadjikistan.

— Ah bon. Nora semble encore plus inquiète maintenant et fronce davantage des sourcils. Sais-tu pourquoi ?

Je m'en doute, mais je ne peux pas lui en parler pour le moment. Elle est déjà bien trop inquiète. Les Russes ont toujours été imprévisibles et l'instabilité croissante de cette région n'arrange pas les choses.

— J'ai eu à faire à eux dans le passé, ai-je dit sans m'engager davantage, et je me lève avant qu'elle puisse me poser d'autres questions. Il faut que j'y aille maintenant, bébé, mais je reviens dans quelques jours. Bonne chance avec tes examens, d'accord ?

Elle hoche la tête, les yeux brillants comme si elle pleurait en me regardant, et, incapable de résister, je me penche vers elle et je l'embrasse une dernière fois avant de quitter la pièce.

* * *

Il fait un froid de canard à Moscou au mois de mars. Le froid traverse tous mes vêtements qui sont pourtant épais et va jusqu'à la moelle de mes os en me donnant l'impression que je n'aurai plus jamais chaud. Je n'ai jamais particulièrement aimé la Russie et cette visite ne fait que confirmer l'impression négative que j'en ai.

Glaciale. Sale. Corrompue.

Je peux faire face aux deux derniers, mais les trois à la fois, c'est beaucoup trop. Pas étonnant que Peter ait été content de rester à l'arrière pour garder l'enceinte du domaine. Ce salaud savait exactement ce qui m'attendait. J'ai vu son sourire ironique quand il a regardé décoller l'avion. Après la chaleur tropicale de la jungle, les températures glaciales de Moscou dans les derniers assauts de l'hiver sont vraiment pénibles, et mes négociations avec le gouvernement russe aussi.

Il faut presque une heure, dix amuse-gueules différents et une demi-bouteille de vodka avant que Buschekov en vienne à l'objet de la réunion. La seule raison pour laquelle je tolère cette situation c'est que ça me prend tout ce temps pour me dégeler les pieds après la température négative à l'extérieur. La circulation était si mauvaise pour aller au restaurant que Lucas et moi avons fini par laisser la voiture et avons marché pendant un bon moment, et on s'est gelé le cul pendant le trajet.

Mais maintenant, je peux de nouveau bouger les doigts de pied, et Buschekov semble prêt à parler affaires. Ici, c'est un fonctionnaire officieux : quelqu'un qui a une certaine influence au Kremlin, mais dont le nom n'apparait jamais au journal télévisé.

— Il s'agit de quelque chose de délicat dont je voudrais parler avec vous, dit Buschekov une fois que le garçon a commencé à desservir la table. Ou plutôt c'est ce que dit notre interprète après que Buschekov a dit quelque chose en russe. Comme Lucas et moi ne comprenons que quelques mots de cette langue, Buschekov a engagé une jeune femme pour nous servir d'interprète. Yiula Tzakova est une jolie blonde aux yeux bleus qui n'a que deux ou trois ans de plus que ma Nora, mais le fonctionnaire russe m'a assuré qu'elle savait se montrer discrète.

— Allez-y, ai-je dit en guise de réponse à Buschekov. Lucas est assis à côté de moi, il s'est resservi des blinis au caviar et les mange en silence. Je n'ai amené que lui pour ce rendez-vous. Le reste de mes hommes est stationné à proximité en cas de problème. Je ne pense pas que les Russes essaient de faire quoi que ce soit en ce moment, mais on n'est jamais trop prudent.

Buschekov me fait un demi-sourire et répond en russe.

— Je suis certain que vous êtes conscient des difficultés que traverse notre région, traduit Yulia. Nous aimerions que vous nous aidiez à les résoudre.

— Vous aidez de quelle manière ? Je me doute de ce que veulent les Russes, mais je veux quand même l'entendre dire.

— Certaines parties de l'Ukraine ont besoin de notre aide, dit Yulia en anglais après la réponse de Buschekov. Mais étant donné l'état actuel de l'opinion internationale, il serait problématique pour nous d'intervenir directement.

— Vous voulez donc que je le fasse à votre place.

Il hoche la tête et ses yeux ternes s'attardent sur mon visage tandis que Yulia traduit ma réponse.

— Oui, dit-il, nous aimerions qu'une certaine quantité d'armes et d'autres équipements soient livrés aux combattants de la liberté à Donetsk. Il ne faut pas qu'un lien entre ces livraisons et nous puisse être établi. En échange, vous recevrez votre prix habituel et vous pourrez vous rendre en toute sécurité au Tadjikistan.

Je lui souris d'un air perplexe.

— Rien de plus ?

— Nous préférerions aussi que vous évitiez de traiter avec l'Ukraine pour le moment, dit-il, imperturbable. Vous connaissez le dicton « un cul sur deux chaises »...

J'imagine que ça a plus de sens en russe, mais je comprends ce qu'il veut dire. Bushekov n'est pas le premier client à exiger cela de moi, et il ne sera pas le dernier.

— Pour cela, j'aurai besoin de compensations supplémentaires, j'en ai bien peur, je dis calmement. Comme vous le savez, d'habitude je ne prends pas parti dans ce genre de conflit.

— Oui, nous en avons entendu parler. Buschekov prend un morceau de poisson fumé avec sa fourchette et se met lentement à le mâcher tout en me regardant. Mais vous pourriez reconsidérer votre position en ce qui nous concerne. L'Union Soviétique a beau avoir disparu, notre influence dans la région reste considérable.

— Oui, je m'en rends compte. Pourquoi croyez-vous que je suis ici aujourd'hui ? Le sourire qu'il m'adresse alors est plus dur. Mais renoncer à la neutralité a un prix. Je suis certain que vous le comprenez.

Quelque chose de glacial scintille dans le regard de Bushekov.

— Oui, je le comprends. J'ai l'autorisation de vous offrir vingt pour cent de plus que d'habitude en échange de votre coopération dans cette affaire.

— Vingt pour cent ? Alors que vous diminuez de moitié les profits que je pourrais obtenir ? J'ai un petit rire. Je ne crois pas que ce soit possible.

Il se sert une nouvelle rasade de vodka et la fait virevolter dans son verre en me regardant d'un air pensif.

— Vingt pour cent de plus, et le terroriste d'Al-Quadar vous sera livré pieds et poings liés, dit-il quelques moments plus tard. C'est notre dernier mot.

Je l'examine tout en me versant de la vodka à mon tour. En vérité, je n'avais pas imaginé obtenir autant de lui et je suis assez avisé pour ne pas aller trop loin avec les Russes.

— Alors c'est d'accord, je dis et je lève mon verre pour porter ironiquement un toast avant d'en avaler le contenu.

* * *

Ma voiture nous attend dans la rue quand nous sortons du restaurant. Le chauffeur a finalement réussi à arriver malgré la circulation ce qui veut dire que nous n'allons pas nous geler pour retourner à l'hôtel.

— Est-ce que ça vous ennuierait de me déposer à la station de métro la plus proche ? demande Yulia quand Lucas s'approche de la voiture. Je vois qu'elle commence déjà à frissonner. Ce n'est pas trop loin d'ici.

Je la regarde en y réfléchissant puis je fais un geste rapide pour demander à Lucas de venir.

— Fouille-la.

Lucas s'approche et la tapote de haut en bas.

— Elle est réglo.

— Alors d'accord, je fais en lui ouvrant la portière. Montez !

Elle monte dans la voiture et s'assied à côté de moi sur le siège arrière tandis que Lucas s'installe devant avec le chauffeur.

— Merci, dit-elle avec un joli sourire. Je vous en suis vraiment reconnaissante. Cet hiver est l'un des pires depuis plusieurs années.

— Pas de problème. Je ne suis pas d'humeur à bavarder, je prends donc mon téléphone et je commence à répondre à mes mails. Il y en a un de Nora qui me donne le sourire. Elle veut savoir si je suis bien arrivé. *Oui*, j'écris. *Maintenant, j'essaie d'éviter de me geler à Moscou.*

— Vous allez rester longtemps ici ? La voix douce de Yulia m'interrompt au moment où je vais ouvrir un rapport détaillé sur ce que fait Nora dans le domaine en mon absence. Quand je lui jette un coup d'œil, la jeune Russe me sourit et croise ses longues jambes.

— Si vous voulez, je pourrais vous faire visiter la ville.

Son invitation est aussi claire que si elle venait de me prendre la queue dans les mains. Je vois la lueur avide qui brille dans ses yeux en me regardant et je comprends que c'est une de ces femmes que le pouvoir et le danger excitent. Elle a envie de moi à cause de ce que je représente, à cause de l'ivresse qu'on a en jouant avec le feu. Je suis persuadé qu'elle me laisserait faire ce que je voudrais avec elle, rien ne serait trop sadique ou trop pervers pour elle, et qu'elle demanderait encore son reste.

C'est exactement le type de femme que j'aurais baisée avec plaisir avant d'avoir rencontré Nora. Malheureusement, sa pâle beauté ne me fait aucun effet.

La seule femme dont j'ai envie est la brune qui est à des milliers de kilomètres de moi.

— Merci de votre invitation, dis-je en souriant froidement à Yulia. Mais nous allons bientôt partir, et je suis trop épuisé pour rendre justice à votre ville ce soir, j'en ai bien peur.

— Bien sûr. Yulia me sourit à son tour, sans être troublée par mon refus. Visiblement, elle a suffisamment confiance en elle pour ne pas être vexée. Si vous changez d'avis, vous savez où me trouver. Et quand la voiture s'arrête en face de la station de métro, elle en descend gracieusement en laissant derrière elle un léger sillon de parfum de luxe.

Quand la voiture redémarre, Lucas se retourne vers moi.

— Si elle ne vous fait pas envie, je serai content de m'occuper d'elle ce soir, dit-il simplement. Si vous en êtes d'accord, évidemment.

Je souris. Lucas a toujours eu un faible pour les blondes sexy.

— Pourquoi pas ? Elle est toute à toi si tu en as envie. Nous ne partons pas avant demain matin et le dispositif de sécurité en place est amplement suffisant. Si Lucas veut passer la nuit à baiser notre interprète, ce n'est pas moi qui vais le priver de ce plaisir.

Quant à moi j'ai l'intention de me masturber dans la douche en pensant à Nora et puis de bien dormir.

La journée de demain risque d'être mouvementée.

* * *

Dans mon Boeing C-17, le vol de Moscou au Tadjikistan est censé prendre un peu plus de six heures. C'est l'un de mes trois avions militaires, il est assez grand pour cette mission et pour y mettre tous mes hommes avec leur équipement.

Nous sommes tous en tenue de combat de pointe, moi compris. Nous portons des tenues pare-balles et ignifugées et nous sommes armés jusqu'aux dents de fusils d'assaut, de grenades et d'explosifs. C'est peut-être exagéré, mais je ne veux pas mettre la vie de mes hommes en danger. J'aime le danger, mais je ne suis pas suicidaire et je calcule toujours soigneusement les risques que je prends dans mon métier. Venir à la rescousse de Nora en Thaïlande est sans doute l'une des opérations les plus périlleuses dans lesquelles j'ai été impliqué ces dernières années et je ne l'aurais fait pour personne d'autre.

Pour elle seule.

Pendant l'essentiel du vol, je m'occupe des spécificités de production dans une nouvelle usine de Malaisie. Si tout se passe bien, j'y transférerai la production de missiles qui se fait actuellement en Indonésie. Là-bas, les fonctionnaires locaux deviennent trop gourmands, chaque mois ils exigent des pots-de-vin plus importants et je n'ai pas l'intention de leur céder plus longtemps. Je réponds aussi à quelques questions de mon courtier de Chicago ; il prépare un fonds de fonds par l'intermédiaire de l'une de mes branches et il a besoin que je lui donne quelques paramètres d'investissement.

Nous survolons l'Ouzbékistan et ne sommes plus qu'à quelques centaines de kilomètres de notre destination quand je décide d'aller voir Lucas qui est aux manettes.

Dès que j'entre dans la cabine il se tourne vers moi.

— Nous devrions arriver dans une heure et demie environ, dit-il sans que je le lui demande. Il y a de la glace sur la piste d'atterrissage, ils sont en train de la dégager pour nous en ce moment. Les hélicoptères ont fait le plein et sont prêts à partir.

— Excellent. Notre plan prévoit d'atterrir à une vingtaine de kilomètres de la cachette des terroristes dans les monts du Pamir et de faire le reste du trajet en hélicoptère. Rien d'anormal dans la zone ?

Il secoue la tête.

— Non, tout est calme.

— Bien. En entrant dans la cabine je m'assieds à côté de Lucas sur le siège du copilote et je boucle ma ceinture. Comment était la Russe hier soir ?

Contrairement à ses habitudes, Lucas me fait un petit sourire, mais son visage reste impassible.

— Très bien. Elle vous aurait plu.

— Oui, j'en suis certain, je fais bien que je n'éprouve pas le moindre soupçon de regret. Une aventure d'une nuit ne peut en aucun cas rivaliser d'intensité avec le lien que j'ai avec Nora, et je n'ai pas l'intention de rabaisser mes prétentions.

Lucas me fait un large sourire, ce qui est encore plus contraire à ses habitudes.

— Je dois dire que je ne me serais jamais attendu à vous voir en mari modèle.

Je hausse les sourcils.

— Vraiment ? C'est sans doute l'observation la plus personnelle qu'il ne m'ait jamais faite. Lucas travaille depuis des années dans mon organisation, mais il n'a jamais franchi la distance qui sépare un employé loyal d'un ami, bien que je l'y ai encouragé. Il ne m'est jamais facile de donner ma confiance, et ceux que je peux appeler mes « amis » se comptent sur les doigts d'une main.

Il hausse les épaules et son visage redevient un masque impassible et parfaitement lisse, bien qu'une lueur d'amusement lui reste dans les yeux.

— Bien sûr. En général, les gens comme nous ne sont pas ce que l'on considère comme des maris parfaits.

Sans le vouloir, un ricanement m'échappe de la gorge.

— Eh bien, je ne sais pas si à strictement parler Nora me considère comme « un mari parfait ». Un monstre qui l'a enlevée et qui l'a rendue folle, évidemment. Mais un mari parfait ? Ça m'étonnerait bien.

— Alors si ce n'est pas le cas, elle a tort, dit Lucas en se concentrant de nouveau sur le tableau de bord. Vous êtes fidèle, vous prenez bien soin d'elle, et vous avez déjà risqué votre vie pour elle. Si ça n'est pas un mari parfait, alors je ne sais pas ce que c'est.

Tout en parlant, je le vois légèrement froncer des sourcils quand il remarque quelque chose sur l'écran radar.

— Qu'est-ce qui se passe ? Instinctivement je suis tout à coup sur le qui-vive.

— Je n'en suis pas sûr, commence Lucas, et au même moment l'avion fait une telle embardée que j'ai failli tomber de mon siège. Seule la ceinture que j'ai bouclée par habitude m'a empêché d'être projeté contre le plafond de la cabine tant la descente de l'avion a été brutale.

Lucas s'empare des manettes de contrôle en jurant comme un charretier tandis qu'il tente désespérément de rétablir notre trajectoire.

— Merde, putain, merde, merde, putain de merde…

— Qu'est-ce qui nous a touchés ? Ma voix est ferme, je reste étrangement calme tout en évaluant la situation. Un bruit grinçant et grésillant vient des moteurs. Je sens de la fumée et j'entends des cris à l'arrière, je sais donc qu'il y a un incendie. Ce doit être une explosion. Cela signifie que soit un autre avion nous a bombardés, soit qu'un missile sol-air vient d'exploser tout près et a endommagé un ou plusieurs moteurs. Ça ne peut pas être un tir de missile direct parce que le Boeing est équipé d'une protection antimissile destinée à empêcher les attaques les plus sophistiquées, et parce que nous sommes encore en vie au lieu d'avoir été réduits en miettes.

— Je n'en suis pas sûr, parvient à me dire Lucas en bataillant avec les manettes de contrôle. L'avion se redresse un bref instant puis plonge à nouveau. Putain, qu'est-ce que ça peut foutre ?

Franchement, je n'en sais rien. L'analyste que je suis veut savoir ce qui sera responsable de ma mort et qui est derrière tout ça. Je ne pense pas que ce soit Al-Quadar ; selon mes sources, ils n'ont pas d'armes aussi sophistiquées. Ce qui laisse la possibilité d'une erreur commise par un soldat d'Ouzbékistan qui a eu la gâchette facile ou d'une frappe internationale venue d'ailleurs. Peut-être les Russes, mais il est impossible de savoir pourquoi.

Et pourtant Lucas a raison. J'ignore pourquoi ça m'importe de le savoir. Savoir la vérité ne changera rien au résultat. Je vois les sommets enneigés du Pamir au loin et je sais que nous n'y parviendrons pas.

Lucas continue de jurer tout en se battant avec les manettes de contrôle et je m'agrippe au bord de mon siège, les yeux baissés sur le sol qui se rapproche de nous à une vitesse absolument terrifiante. J'entends un hurlement, et je me rends compte que ce sont mes propres battements de cœur, qu'en fait j'entends le sang couler à flots dans mes veines, c'est la montée d'adrénaline qui exacerbe toutes mes sensations.

L'avion fait encore quelques tentatives pour cesser de plonger, chacune d'entre elles retarde notre chute de quelques secondes, mais rien ne semble pouvoir arrêter notre descente fatale.

Tout en voyant que nous nous précipitons vers la mort je n'ai qu'un seul regret.

Jamais plus je ne tiendrai Nora entre mes bras.

TROISIEME PARTIE : LA CAPTIVE

CHAPITRE VINGT-ET-UN

❖ NORA ❖

Deux jours sans Julian.

Je n'arrive pas à croire que je viens de passer deux jours entiers sans Julian. J'ai fait ce que je fais d'habitude, mais sans lui tout semble différent.

Plus vide. Plus sombre.

C'est comme si le soleil s'était caché derrière un nuage et me laisse dans l'ombre.

C'est insensé. Complètement fou. J'ai déjà été sans lui. Quand j'étais sur l'île, il partait tout le temps en voyage. En fait, il passait plus de temps *loin* de l'île qu'*avec moi* et pourtant j'arrivais quand même à vivre. Mais cette fois, je passe mon temps à me battre contre une impression de désarroi et d'anxiété qui s'aggrave d'heure en heure.

— Je ne sais vraiment pas ce qui ne va pas, ai-je dit à Rosa pendant notre promenade matinale. J'ai vécu dix-huit ans sans lui et tout à coup je ne peux pas rester seule deux jours ?

Elle me sourit.

— Évidemment. Vous êtes inséparables tous les deux, mais ça ne me surprend pas du tout. Je n'ai jamais vu deux personnes aussi amoureuses l'une de l'autre.

Je souris en secouant tristement la tête. Malgré ses apparences pragmatiques, Rosa est follement romantique. Il y a une quinzaine de jours, je me suis confiée à elle et je lui ai raconté comment Julian et moi nous étions rencontrés quand il m'avait emmenée sur l'île. Elle avait été choquée, mais bien moins que je l'aurais été à sa place. En fait, elle semblait trouver toute l'histoire assez poétique.

— Il vous a enlevée parce qu'il ne pouvait pas se passer de vous, dit-elle d'un air rêveur quand j'ai essayé de lui expliquer pourquoi j'avais encore des réserves envers Julian. C'est le genre d'histoires qu'on lit dans les livres ou que l'on voit au cinéma… Et tandis que je la fixais des yeux, incapable d'en croire mes oreilles, elle a ajouté pensivement : J'aimerais bien que quelqu'un tienne suffisamment à *moi* pour m'enlever.

Oui, Rosa n'est vraiment pas la personne qui risque de me rendre raisonnable. Elle pense que je dépéris loin de Julian à cause de notre grand amour, au lieu d'avoir besoin d'être aidée par un psychiatre.

Et bien sûr, Ana ne peut pas m'aider non plus.

— C'est normal que votre mari vous manque, dit la gouvernante quand je peux à peine me forcer à manger au dîner. Je suis certaine que vous manquez tout autant à Julian.

— Je ne sais pas, Ana, ai-je dit d'un air dubitatif en poussant les grains de riz sur mon assiette. Il ne m'a donné aucun signe de vie aujourd'hui. Il a répondu à mon mail hier, mais je lui en ai envoyés deux autres aujourd'hui et toujours rien. C'est surtout ça qui me contrarie, je pense. Ou bien Julian se moque de me savoir inquiète, ou bien il ne peut me répondre et il est en plein combat contre les terroristes.

Dans tous les cas, je suis mal à l'aise.

— Peut-être qu'il est en avion, dit raisonnablement Ana en prenant mon assiette. Ou bien dans un endroit sans réception. Vraiment, vous ne devriez pas vous inquiéter. Je connais Julian, il sait se protéger.

— Oui, bien sûr, mais il n'est pas surhumain. Il peut quand même être tué par une balle perdue ou par une bombe qui explose par hasard.

— Je sais, Nora, dit Ana pour me réconforter en me tapotant le bras, et je vois au fond de ses yeux bruns qu'elle s'inquiète aussi. Je sais, mais vous ne pouvez pas vous laisser aller à ces pensées morbides. Je suis sûre que vous aurez bientôt de ses nouvelles. Il va prendre contact avec vous. Au plus tard demain matin.

* * *

Mon sommeil est agité, je me réveille toutes les deux heures pour vérifier mes mails et mon téléphone. Le matin, je n'ai toujours pas de nouvelles de Julian et je sors du lit avec lassitude, les yeux bouffis, mais déterminée à agir.

Si Julian ne me contacte pas, c'est moi qui vais m'en charger.

La première chose que je fais est de partir à la recherche de Peter Sokolov. Quand je le trouve, il est en train de parler avec quelques gardes au fond du domaine et semble surpris que je vienne vers lui et lui demande de lui parler en tête-à-tête. Mais il est tout de suite d'accord.

Dès que les autres ne peuvent plus nous entendre, je lui demande :

— Avez-vous des nouvelles de Julian ? Il continue à m'intimider, mais il est le seul qui puisse me renseigner.

— Non, répond-il avec son accent russe. Pas depuis hier quand leur avion a décollé de Moscou. Il y a une légère tension dans son regard quand il me parle et mon anxiété s'intensifie quand je m'aperçois que Peter est inquiet lui aussi.

— Ils étaient censés entrer en contact, non ? ai-je dit en fixant des yeux ses beaux traits exotiques. Je suis oppressée. Il y a eu un problème, n'est-ce pas ?

— On ne peut pas encore en être certain. Il s'efforce de parler d'un ton neutre. Il est possible qu'ils ne répondent pas à nos appels pour des raisons de sécurité, parce qu'ils ne veulent pas qu'on puisse intercepter leurs communications.

— Vous ne le croyez pas vraiment.

— C'est peu vraisemblable, admet Peter qui me dévisage froidement de ses yeux bleus. Ce ne serait pas la procédure habituelle dans ce genre de situation.

— D'accord, bien sûr. Faisant de mon mieux pour réprimer la peur et la nausée qui m'envahissent je lui demande calmement : alors qu'est-ce qu'on fait maintenant ? Allez-vous envoyer une équipe à leur rescousse ? Avez-vous d'autres hommes prêts à partir en renfort ?

Peter secoue la tête.

— On ne peut rien faire avant d'en savoir plus, explique-t-il. J'ai déjà envoyé des messages en Russie et au Tadjikistan pour tâter le terrain, on devrait donc bientôt en savoir davantage. Pour le moment, tout ce que nous savons, c'est que leur appareil a décollé sans aucun problème de Moscou.

— Quand pensez-vous avoir une réponse de vos contacts là-bas ? J'essaie de contrôler ma panique, mais elle se trahit dans ma voix. Aujourd'hui ? Demain ?

— Je ne sais pas, Madame Esguerra, et je vois un peu de pitié dans ses yeux gris inflexibles. Ça peut arriver n'importe quand. Dès que j'ai des nouvelles, je vous le dirai.

— Merci, Peter, ai-je dit, ne sachant que faire d'autre, je rentre à la maison.

* * *

Les six heures suivantes sont interminables. Je fais les cent pas dans la maison, allant de pièce en pièce, incapable de me concentrer sur quoi que ce soit. Quand je m'assieds pour travailler ou pour peindre j'imagine des douzaines de scénarios, tous plus horribles les uns que les autres. Je veux croire que tout va bien se passer, que l'avion de Julian a disparu des radars pour une raison banale, mais je sais qu'il n'en est rien.

Dans le monde où nous vivons Julian et moi, il n'y a pas de place pour les contes de fées, seulement une violente réalité.

Je n'ai rien pu manger de la journée bien qu'Ana ait essayé de me tenter avec toutes sortes de choses, du steak aux gâteaux. Pour lui faire plaisir, je grignote des petits morceaux de papaye à midi et je recommence à aller et à venir dans la maison.

Au début de l'après-midi, je suis littéralement malade d'anxiété. J'ai un violent mal de tête et le ventre en feu, l'acide me brûle les entrailles.

— Allons nager, propose Rosa quand elle me trouve dans la bibliothèque. Je lis l'inquiétude sur son visage et je sais qu'Ana l'a sans doute envoyée pour me distraire. D'habitude, Rosa a trop à faire pour laisser son travail en

281

plein après-midi, mais visiblement elle fait une exception aujourd'hui.

Nager, c'est vraiment la dernière chose dont j'ai envie, mais je lui dis d'accord. Il vaut mieux être en compagnie de Rosa que devenir folle toute seule dans la bibliothèque.

En sortant toutes les deux, je vois Peter venir dans notre direction, l'air grave.

Mon cœur s'arrête un instant de battre, puis commence à frapper frénétiquement mes côtes.

— Qu'est-ce qu'il y a ? J'ai du mal à le dire. Avez-vous des nouvelles ?

— L'avion s'est écrasé en Ouzbékistan, à trois cents kilomètres environ de la frontière du Tadjikistan, dit-il à voix basse. Il semble qu'il y ait eu une erreur de communication et l'armée d'Ouzbékistan l'a abattu.

Les ténèbres envahissent mon champ de vision.

— Abattu ? Ma voix semble venir de très loin, comme si c'était quelqu'un d'autre qui parlait. J'ai vaguement conscience que Rosa me soutient en mettant son bras derrière mon dos, mais le sentir n'empêche pas un froid glacial de se répandre dans mon corps.

— En ce moment, on recherche l'épave, dit Peter presque doucement. Je suis navré, Madame Esguerra, mais je ne pense pas qu'il puisse y avoir de survivants.

CHAPITRE VINGT-DEUX

❖ NORA ❖

Je ne sais pas comment je me suis retrouvée dans ma chambre, mais m'y voilà, roulée en boule en silence, souffrant le martyre sur le lit que je partageais avec Julian.

Je sens des mains douces dans mes cheveux, des voix qui murmurent en espagnol et je sais qu'Ana et Rosa sont toutes les deux avec moi. J'ai l'impression que la gouvernante pleure. Moi aussi je voudrais pleurer, mais je ne peux pas. Ma peine est trop vive, trop profonde pour permettre le réconfort des larmes.

Je croyais savoir ce que l'on sent quand on a le cœur déchiré. Quand j'ai cru à tort que Julian était mort, j'étais dévastée, anéantie. Ces mois sans lui ont été les pires de ma vie. Je croyais savoir ce que c'était que le deuil, savoir que je ne reverrai plus jamais son sourire ou que je ne sentirai plus jamais ses étreintes.

C'est seulement maintenant que je comprends qu'il y a plusieurs degrés dans l'horreur. Que les souffrances de l'âme peuvent aller de l'accablement à l'anéantissement. Quand j'ai perdu Julian la première fois il était le centre du monde pour moi. Mais maintenant, il est tout au monde pour moi et je ne sais comment vivre sans lui.

— Oh, Nora… La voix d'Ana est pleine de larmes tandis qu'elle me caresse les cheveux. Je suis navrée, mon enfant. Je suis tellement navrée…

Je voudrais lui dire que je suis navrée aussi, que je sais que Julian comptait pour elle aussi, mais je ne peux pas. Je ne peux pas parler. Même respirer me demande un effort insurmontable, comme si mes poumons avaient oublié comment faire. Une minuscule inspiration, une minuscule expiration, c'est tout ce dont je semble capable pour le moment.

Seulement respirer. Seulement ne pas mourir.

Après un moment, le petit murmure s'arrête ainsi que les caresses réconfortantes aussi, et je me rends compte que je suis seule.

Elles ont dû me recouvrir d'une couverture avant de partir parce que je sens sa douceur moelleuse peser sur moi. Elle devrait me réchauffer, mais elle n'y arrive pas.

Je ne sens qu'un vide glacial là où se trouvait mon cœur.

* * *

— Nora, mon enfant… Allez, buvez quelque chose…

Ana et Rosa sont revenues, de leurs mains douces elles m'aident à m'asseoir. Elles m'offrent une tasse de chocolat chaud et je l'accepte machinalement en la prenant entre mes mains glacées.

— Juste une gorgée m'encourage Ana. Vous n'avez rien mangé de la journée. Julian ne le voudrait pas, vous le savez.

Le choc affreux d'entendre prononcer son nom est si violent que j'en laisse presque échapper la tasse. Rosa la rattrape, m'aide à la tenir et doucement, mais inexorablement pousse la tasse vers mes lèvres.

— Allez-y, Nora, murmure-t-elle, les yeux pleins de sympathie. Buvez-en un peu.

Je me force à boire quelques gorgées. La boisson savoureuse et chaude me coule dans la gorge, le mélange de sucre et de chocolat me donne un coup de fouet et chasse une partie de mon épuisement et de mon apathie. En me sentant très légèrement plus consciente qu'avant je jette un coup d'œil par la fenêtre et je suis stupéfaite de voir qu'il fait déjà nuit, j'ai dû rester couchée là pendant plusieurs heures sans sentir le temps passer.

— Avons-nous des nouvelles de Peter ? ai-je demandé en regardant Ana et Rosa. A-t-on retrouvé l'épave ?

Rosa semble soulagée de m'entendre parler de nouveau.

— Nous ne l'avons pas vu depuis cet après-midi, dit-elle, et Ana hoche la tête, les yeux gonflés et ourlés de rouge.

— Entendu. Je prends encore quelques gorgées de chocolat chaud puis je rends la tasse à Ana.

— Merci.

— Puis-je vous apporter quelque chose à manger ? demande Ana avec espoir. Peut-être un sandwich ou un fruit ?

Mon ventre se rebelle à l'idée de manger, mais je sais que je n'ai pas le choix. Je ne peux pas mourir avec Julian, même si l'idée me tente beaucoup en ce moment.

— Oui, s'il vous plait. J'ai du mal à parler. Juste un toast avec du fromage si ça ne vous ennuie pas.

Rosa saute du lit et m'adresse un grand sourire d'approbation.

— Voilà qui est bien. Tu vois, Ana, je t'avais bien dit qu'elle se battrait. Et avant que je puisse changer d'avis pour manger elle sort en courant de la chambre pour aller me chercher ce que j'ai demandé.

— Je vais prendre une douche, ai-je dit à Ana en me levant aussi. Tout à coup, j'en envie d'être seule, de ne plus voir l'inquiétude oppressante que je lis sur le visage d'Ana. J'ai froid et mon corps me donne l'impression d'être une stalactite de glace prête à se briser à tout instant, et mes yeux brûlent des larmes que j'ai retenues.

Concentre-toi seulement sur ta respiration. Juste une petite inspiration après l'autre.

— Bien sûr, mon enfant. Ana me sourit avec gentillesse et lassitude. Allez-y. Le toast et le fromage seront là quand vous aurez fini.

Et en m'échappant de la chambre, je la vois en sortir silencieusement aussi.

* * *

— Nora ! Oh mon Dieu, Nora !

Les cris de Rosa qui frappe comme une folle à la porte de la salle de bain me font sortir de ma torpeur, de l'état presque catatonique où je suis plongée. Je ne sais pas combien de temps je suis restée sous les jets d'eau chaude, mais j'en sors immédiatement. Puis, après m'être enveloppée dans une serviette, je me précipite vers la porte, mes pieds nus glissent sur les carreaux froids.

Mon cœur bat à se rompre et j'ouvre la porte d'un coup sec.

— Qu'est-ce qu'il y a ?

— Il est vivant ! Les cris de Rosa sont assourdissants tellement sa voix est aiguë. Nora, Julian est vivant !

— Vivant ? D'abord, je n'arrive pas à comprendre ce qu'elle me dit, la faim et la peine empêchent mon cerveau de fonctionner normalement. Julian est vivant ?

— Oui ! crie-t-elle d'une voix perçante en m'attrapant les mains et en sautant sur place. Peter vient juste d'apprendre qu'on l'a retrouvé en vie ainsi que certains de ses hommes. On les emmène à l'hôpital en ce moment même.

Mes genoux cèdent et mes jambes flageolent.

— À l'hôpital ? ai-je murmuré. Il est vraiment en vie ?

— Oui ! Rosa me serre si fort dans ses bras que j'ai l'impression qu'elle va me casser quelque chose puis recule avec un immense sourire sur le visage. C'est incroyable, non ?

— Oui, bien sûr… Je suis tellement heureuse que j'en reste incrédule et que la tête me tourne. Mon pouls s'emballe comme un fou. Tu dis qu'on l'emmène à l'hôpital ?

— Oui, c'est ce qu'a dit Peter. Rosa s'assombrit légèrement. Il est en train de parler en bas avec Ana. Je ne suis pas restée l'écouter, je voulais te donner tout de suite la nouvelle.

— Bien sûr, merci ! Brusquement, je suis comme électrifiée, toute trace de mon engourdissement et de mon désespoir a disparu. *Julian est en vie, on l'emmène à l'hôpital !*

En me précipitant vers l'armoire je prends la première robe qui me tombe sous la main et je l'enfile en laissant tomber la serviette sur le sol. Puis je cours vers la porte et je dévale les escaliers avec Rosa sur les talons.

Peter est dans la cuisine à côté d'Ana. La gouvernante écarquille les yeux en me voyant me jeter sur eux, pieds nus, et les cheveux encore dégoulinants après ma douche. Je dois sans doute avoir l'air d'une folle, mais ça m'est complètement égal. La seule chose qui compte est d'en savoir plus sur Julian.

— Comment va-t-il ? ai-je demandé en haletant après m'être arrêtée tout près d'eux. Dans quel état est-il ?

À ma stupéfaction, un sourire apparait sur le dur visage de Peter quand il me voit.

— On va lui faire des examens à l'hôpital, mais pour le moment il semblerait que votre mari ait survécu au crash de l'avion avec rien de plus qu'un bras cassé, deux ou trois côtes fêlées et une vilaine plaie au front. Il est inconscient, mais ça semble essentiellement dû au sang qu'il a perdu à cause de sa blessure à la tête.

Tandis que je fixe Peter des yeux sans réussir à le croire il m'explique :

— L'avion est tombé dans un endroit très boisé, si bien que les arbres ont amorti presque tout l'impact de sa chute. La cabine de pilotage où Esguerra et Kent étaient assis a été arrachée par la force de l'impact, et c'est ce qui semble leur avoir sauvé la vie. Puis il cesse de sourire et ses yeux d'acier s'assombrissent. Mais la plupart des autres ont trouvé la mort. Le carburant était à l'arrière, il a explosé et détruit cette partie de l'appareil. Seuls trois soldats qui s'y trouvaient ont survécu, et ils sont gravement brûlés. S'ils n'avaient pas tous porté leur tenue de combat, ils seraient morts aussi.

— Oh mon Dieu ! Je suis remplie d'horreur. Julian est en vie, mais presque cinquante de ses hommes sont morts. J'ai eu très peu affaire avec la plupart des gardes, mais je les ai souvent vus dans le domaine. Je les connaissais, ne serait-ce que de vue. Ils semblaient tous forts, indestructibles. Et maintenant, ils sont morts. Ils ont disparu, et c'est ce qui serait arrivé à Julian s'il ne s'était pas trouvé à l'avant.

— Et Lucas ? ai-je demandé en commençant à trembler, mes réactions sont comme retardées. Je commence à réaliser que l'avion de Julian s'est écrasé et qu'il a *survécu* à la catastrophe. Comme un chat doté de neuf vies, il a de nouveau vaincu le destin.

— Kent a une jambe cassée et une grave commotion cérébrale. Lui aussi était inconscient quand on l'a retrouvé.

Le soulagement tourbillonne en moi et mes yeux qui brûlaient d'être restés secs s'emplissent tout à coup de larmes. Des larmes de gratitude, des larmes d'une joie si intense qu'il est impossible de la réprimer. J'ai envie de rire et de sangloter à la fois.

Julian est en vie, et celui qui lui avait sauvé la vie aussi.

— Oh, Nora, mon enfant… Le bras grassouillet d'Ana se resserre sur moi tandis que je pleure à chaudes larmes. Tout ira bien maintenant… Tout ira bien…

En tremblant de sanglots que j'essaie d'étouffer, je la laisse me garder un moment dans son étreinte maternelle. Puis je me dégage en souriant à travers mes larmes. Pour la première fois, je crois que tout *ira* bien. Que maintenant le pire est derrière nous !

— Quand décollons-nous ? ai-je demandé à Peter en m'essuyant les joues. Est-ce que l'avion pourra être prêt à partir dans une heure ?

— Décoller ? Il me regarde d'un air bizarre. Nous ne pouvons pas partir, Madame Esguerra. J'ai l'ordre formel de rester dans le domaine et de m'y assurer de votre sécurité.

— Quoi ? Je le regarde avec incrédulité. Mais Julian est blessé ! Il est à l'hôpital, et je suis sa femme…

— Oui, je comprends. Peter reste impassible, les yeux froids et impénétrables quand il me parle. Mais j'ai bien peur qu'Esguerra risque de me tuer si je vous faisais courir le moindre danger.

— Est-ce que vous me dites que je ne peux pas aller voir mon mari qui vient juste d'avoir un accident d'avion ? J'élève la voix en sentant une vague de rage monter brusquement en moi. Que je suis censée rester ici sans rien faire pendant que Julian est sur un lit d'hôpital, qu'il est blessé et qu'il est à l'autre bout du monde ?

Peter ne semble nullement impressionné par mon accès de colère.

— Je vais faire de mon mieux pour organiser une conversation téléphonique sécurisée et peut-être un lien vidéo pour vous, dit-il calmement. Et je vous informerai de l'évolution de son état de santé. À part ça, j'ai peur de ne rien pouvoir faire d'autre pour le moment. Je m'occupe actuellement de renforcer la sécurité autour de l'hôpital où Esguerra et les autres ont été emmenés, j'espère qu'il reviendra sain et sauf et que vous le reverrez bientôt.

Je veux hurler, crier, le contredire, mais je sais que ça ne servira à rien. J'ai autant d'influence sur Peter que je n'en ai sur Julian, c'est-à-dire aucune.

— Bien, ai-je dit en respirant profondément pour me calmer. Vous vous en chargez et je veux être avertie dès qu'il reprend connaissance.

Peter incline la tête.

— Bien sûr Madame Esguerra. Vous en serez immédiatement informée.

CHAPITRE VINGT-TROIS

❖ JULIAN ❖

J'ai d'abord pris conscience des bruits. De petits murmures, des voix de femmes mêlées au rythme des bips. En arrière fonds, un bourdonnement électrique. Auquel s'ajoute une douleur lancinante au front et une forte odeur d'antiseptique dans les narines.

Un hôpital. Je dois être à l'hôpital quelque part.

Je souffre, j'ai l'impression d'avoir mal partout. Instinctivement, j'ouvre d'abord les yeux pour répondre aux questions que je me pose, mais je reste sans bouger et je laisse les souvenirs me revenir.

Nora. La mission. Le vol vers le Tadjikistan. Je revis tout cela, les sensations dont je me souviens sont vives et précises. Je me revois parler avec Lucas dans la cabine de pilotage, puis je sens les secousses de l'appareil. J'entends les grésillements et les sifflements des moteurs et je revis la sensation qu'on a en tombant du ciel en chute libre, la nausée provoquée par l'angoisse. Je suis paralysé par la peur de ces derniers instants quand Lucas essaie de redresser l'avion au-dessus de la cime des arbres pour gagner de précieuses secondes, puis je sens l'impact du crash qui nous fracasse les os.

Après il n'y a plus rien, rien que du noir.

Ç'aurait pu être le noir permanent de la mort, et pourtant je suis en vie. C'est la douleur de mon corps saccagé qui m'en fait prendre conscience.

Tout en continuant à rester immobile, j'examine ma nouvelle situation. Les voix autour de moi, on parle une langue étrangère. Elle ressemble à un mélange de russe et de turc. Sans doute de l'ouzbek, étant donné l'endroit où nous étions quand l'appareil s'est écrasé.

Ce sont deux femmes qui parlent, une conversation banale, presque des commérages. Logiquement, elles doivent être infirmières dans cet hôpital. Je les entends bouger quand elles se mettent à bavarder avec une troisième personne et j'entrouvre avec précaution un œil pour voir où je suis.

C'est une salle triste peinte en vert clair, avec une petite fenêtre sur le mur du fond. Les lampes fluorescentes du plafond font un petit bourdonnement, celui de l'électricité que j'ai déjà remarqué. Je suis branché sur un moniteur et j'ai une intraveineuse au poignet. Je peux voir les infirmières à l'extrémité de la pièce. Elles changent les draps d'un lit vide qui s'y trouve. Un mince rideau sépare ma section de ce lit, mais il est resté ouvert, ce qui me permet de voir toute la pièce.

À part les deux infirmières, je suis seul. Aucun signe de mes hommes. En m'en apercevant, je sens mon pouls s'accélérer d'un coup et je fais de mon mieux pour calmer ma respiration avant qu'elles ne le remarquent. Je veux qu'elles continuent à me croire inconscient. Il ne semble pas y avoir de menace claire, mais tant que j'ignore ce qui est arrivé à l'avion et de quelle manière je suis arrivé ici, je dois rester sur mes gardes.

En repliant avec précaution mes doigts et mes orteils, je referme les yeux et je fais le bilan de mes blessures. Je me sens faible, comme si j'avais perdu beaucoup de sang. La tête me fait mal et je sens un gros bandage sur mon front. Mon bras gauche, qui ne me laisse aucun répit, est immobilisé, comme s'il était plâtré. Par contre, mon bras droit a l'air intact. J'ai mal en respirant, je suppose donc que mes côtes ont dû être atteintes d'une manière ou d'une autre. Par ailleurs, je sens tout le reste de mon corps et la douleur que j'éprouve correspond plutôt à des égratignures et à des contusions qu'à des fractures.

Après quelques minutes, l'une des infirmières s'en va et l'autre se dirige vers mon lit. Je reste immobile et silencieux, faisant toujours semblant d'être inconscient. Elle arrange le drap qui me recouvre puis jette un coup d'œil au bandage qui m'entoure la tête. Je l'entends fredonner doucement quand elle se retourne pour partir et à ce moment-là des pas plus lourds se font entendre dans la pièce.

Une voix d'homme, grave et autoritaire, pose une question en ouzbek.

J'entrouvre les yeux pour jeter un coup d'œil à la porte. Le nouvel arrivant est un homme mince d'âge moyen en uniforme d'officier. Si j'en juge par ses insignes il doit avoir un grade assez élevé.

L'infirmière lui répond d'une voix douce et hésitante, puis l'homme s'approche de mon lit. Je me raidis et je me prépare à me défendre si besoin est malgré la faiblesse de mes muscles. Mais l'homme ne fait ni le geste de s'armer ni celui de me menacer. À la place, il m'examine, avec une étrange curiosité.

Écoutant mon instinct j'ouvre complètement les yeux et je le regarde, le corps encore replié pour attaquer s'il le faut.

— Qui êtes-vous ? ai-je demandé sans préambule, j'ai décidé qu'il vaut mieux être direct. Où suis-je ?

Il semble surpris, mais reprend presque immédiatement toute sa contenance.

— Je suis le colonel Sharipov, et vous êtes à Tachkent, en Ouzbékistan, répond-il en reculant d'un demi-pas. Votre avion s'est écrasé et on vous a amené ici. Son accent est fort, mais son anglais est étonnamment bon. L'ambassade de Russie nous a contactés à votre sujet. Vos employés vont envoyer un autre avion pour venir vous chercher.

Donc il sait qui je suis.

— Où sont mes hommes ? Qu'est-il arrivé à mon avion ?

— Nous continuons d'enquêter sur les causes de l'accident, dit Sharipov dont les yeux se tournent légèrement sur le côté. Pour le moment, ce n'est pas clair…

— Ce sont des conneries. Je chuchote presque. Je sais quand quelqu'un ment, et ce salaud est clairement en train d'essayer de m'enfumer. Vous savez ce qui s'est passé.

Il hésite.

— Je ne suis pas autorisé à parler de l'enquête…

— Votre armée nous a envoyé un missile ? J'utilise mon bras droit pour m'asseoir. Mes côtes s'en ressentent, mais je passe outre la douleur. Je n'ai peut-être pas plus de forces qu'un nouveau-né, mais ce n'est jamais judicieux de le montrer à l'ennemi. Vous devriez me le dire maintenant parce que d'une façon ou d'une autre je saurai la vérité.

En entendant cette menace implicite, son visage se tend.

— Non, ce n'était pas nous. Pour le moment, il semblerait qu'un de nos lance-missiles ait été engagé, mais personne n'a donné l'ordre d'abattre votre appareil. Nous avions été informés par les Russes que vous traverseriez notre espace aérien et nous avions reçu l'ordre de vous laisser passer.

— Mais vous savez qui est responsable, ai-je observé froidement. Maintenant que je suis assis, je ne me sens plus aussi vulnérable, même si je me sentirais mieux si j'étais armé. Vous savez qui a utilisé le lance-missile.

De nouveau, Sharipov hésite puis admet malgré lui :

— Il est possible que l'un de nos officiers ait reçu un pot-de-vin de la part du gouvernement ukrainien. C'est un scénario que nous examinons en ce moment.

— Je vois. Maintenant, tout s'explique. L'Ukraine a été informée d'une manière ou d'une autre de ma coopération avec les Russes et a décidé de m'éliminer avant que je ne devienne une menace pour elle. *Putain, les salauds !* C'est la raison pour laquelle j'essaie de ne pas prendre parti dans ces conflits mesquins, le prix en est trop élevé, dans tous les sens du terme.

— Nous avons placé quelques soldats à votre étage, dit Sharipov en changeant de sujet. Vous serez en sécurité ici jusqu'à ce que l'envoyé des Russes arrive ici pour vous ramener à Moscou.

— Où sont mes hommes ? Je répète la question que je lui ai déjà posée, et je plisse des yeux en voyant Sharipov détourner une nouvelle fois le regard. Sont-ils ici ?

— Il y en a quatre, admet-il à voix basse en me regardant de nouveau. Malheureusement, les autres ne s'en sont pas tirés.

Je garde mon impassibilité, mais c'est comme si une lame acérée me transperçait les entrailles.

Je devrais y être habitué maintenant, voir les gens mourir autour de moi, mais cela me pèse quand même.

— Qui sont les survivants ? ai-je demandé en m'efforçant de garder une voix ferme. Vous avez leurs noms ?

Il hoche la tête et énumère une liste. À mon soulagement, Lucas Kent y figure. Il a brièvement repris connaissance, explique Sharipov et il nous a aidés à identifier les autres. À part vous, c'est le seul qui n'ait pas été brûlé dans l'explosion.

— Je vois. À mon soulagement succède une rage qui monte lentement. Presque, une cinquantaine de mes meilleurs hommes sont morts. Des hommes avec lesquels je m'entraînais. Des hommes que j'avais appris à connaitre. Tout en assimilant ces nouvelles, je me rends compte qu'il n'y avait qu'un seul moyen pour que le gouvernement ukrainien connaisse mes négociations avec les Russes.

La jolie interprète russe. C'était la seule personne de l'extérieur qui avait eu connaissance de notre conversation.

— J'ai besoin d'un téléphone, ai-je dit à Sharipov en mettant les pieds par terre et en me levant. Mes genoux flageolent un peu, mais mes jambes sont capables de me porter. C'est bon signe. Je vais pouvoir sortir d'ici de mon plein gré.

— J'en ai besoin immédiatement, j'ajoute, quand il me regarde bouche bée, enlever l'intraveineuse avec les dents et débrancher le moniteur branché sur ma poitrine. Évidemment ma chemise d'hôpital et mes pieds nus ont l'air ridicule, mais je m'en fous complètement. J'ai été trahi et je dois réagir.

— Bien sûr, dit-il en se remettant du choc. Il met la main dans sa poche, en sort un portable qu'il me tend. Peter Sokolov voulait vous parler dès que vous reprendriez connaissance.

— Bien. Merci. Avec le téléphone dans la main gauche qui sort du plâtre, je commence à faire le numéro de la main droite. C'est une ligne sécurisée qui emprunte tant de relais qu'il faudrait un hacker de premier ordre pour en retrouver la destination. En entendant les clics habituels et les bips de la communication, je reprends le téléphone de la main droite et je dis à Sharipov :

— Pouvez-vous demander à l'une des infirmières de me procurer des habits classiques. J'en ai assez de porter ça.

Le colonel hoche la tête et sort de la pièce. Une seconde après, Peter est en ligne.

— Esguerra ?

— Oui, c'est moi. Je serre plus fort le téléphone. J'imagine que vous connaissez les nouvelles.

— Oui, je sais ce qui s'est passé. Une pause sur la ligne. Yulia Tzakova vient d'être arrêtée à Moscou. Visiblement, elle avait des contacts que nos amis du Kremlin ignoraient.

Peter s'est donc déjà occupé de ça.

— Oui, ça doit être ça. Ma voix est calme même si je suis fou de rage. Il va sans dire que la mission est annulée. Quand serons-nous rapatriés ?

— L'avion est déjà parti. Il devrait arriver dans quelques heures. J'ai envoyé Golberg au cas où vous auriez besoin d'un médecin.

— Vous avez bien fait. Nous attendons l'avion. Comment va Nora ?

Il y a un bref moment de silence.

— Bien mieux depuis qu'elle sait que vous avez survécu. Dès qu'elle a su ce qui s'était passé, elle a voulu vous rejoindre.

— Mais vous l'en avez empêchée. C'est une affirmation, pas une question. Peter sait bien qu'il vaut mieux ne pas faire ce genre de connerie.

— Oui, évidemment. Voulez-vous la voir ? Je devrais pouvoir obtenir une communication vidéo avec l'hôpital.

— Oui, occupez-vous-en, s'il vous plait. Je préfèrerais vraiment la voir en visuel, mais il faut me contenter de la vidéo pour le moment. Entre-temps, je vais voir Lucas et les autres.

* * *

Comme je suis gêné par mon bras plâtré j'ai du mal à enfiler les vêtements que l'infirmière m'a apportés. Pas de problème avec le pantalon, mais pour la chemise je finis par déchirer la manche gauche pour faire passer le plâtre par l'emmanchure. Mes côtes me font affreusement mal, chaque mouvement me demande d'immenses efforts, mon corps n'a qu'une envie, se recoucher et se reposer. Mais je persiste, et après quelques tentatives j'arrive finalement à m'habiller.

Heureusement, c'est plus facile de marcher. J'arrive à garder un rythme régulier. En sortant de la pièce, je vois les soldats dont Sharipov vient de me parler. Ils sont cinq, tous en treillis et armés de pistolets mitrailleurs. En me voyant sortir dans le couloir, ils font la file derrière moi et me suivent tandis que je me dirige vers l'unité des soins intensifs. En voyant leurs visages impassibles, je me demande s'ils sont là pour me protéger ou protéger quelqu'un d'autre *de moi*. Je n'imagine pas que le gouvernement ouzbek soit ravi d'avoir un trafiquant d'armes dans leur hôpital civil.

Lucas n'y est pas, je vais donc d'abord voir les autres. Comme me l'a dit Sharipov ils ont tous de graves brûlures et les bandages les recouvrent presque tout entiers. Ils sont également sous calmants. Je me dis qu'il faudra penser à transférer un énorme bonus sur le compte bancaire de chacun d'entre eux en guise de compensation, et leur faire rencontrer les meilleurs chirurgiens esthétiques. Ces hommes savaient les risques qu'ils prenaient en venant travailler pour moi, mais je veux quand même m'assurer qu'ils sont correctement soignés.

— Où est le quatrième ? ai-je demandé à l'un des soldats qui m'accompagne et il m'indique une autre pièce.

En y arrivant, je vois que Lucas est endormi. Il n'a pas l'air aussi atteint que les autres, c'est un soulagement. Il pourra rentrer en Colombie avec moi quand l'avion arrivera alors que les grands brûlés devront rester ici au moins quelques jours de plus.

En revenant dans ma chambre, j'y retrouve Sharipov qui pose un ordinateur portable sur le lit.

— On m'a demandé de vous donner ça, dit-il en me le tendant.

— Parfait, merci. Je prends l'ordinateur de la main droite et je m'assieds sur le lit. Ou plutôt je m'effondre sur le lit, mes jambes tremblent de l'effort que j'ai fait en parcourant tous les couloirs de l'hôpital. Heureusement, Sharipov ne s'aperçoit pas de mes gestes maladroits, il se dirige déjà vers la porte.

Dès qu'il est parti, je vais sur internet et je charge un programme destiné à masquer mes activités en ligne. Puis je vais sur un site spécial et j'y entre mon code personnel. Cela fait apparaitre un écran vidéo pour converser en ligne, j'inscris un autre code qui me relit à un ordinateur du domaine.

C'est Peter qui apparait le premier sur l'écran.

— Vous voilà enfin, dit-il, et je vois à l'arrière-plan le salon de ma maison. Nora descend tout de suite.

Un instant plus tard, le petit visage de Nora apparait à son tour.

— Julian ! Oh mon Dieu ! J'ai cru ne jamais te revoir ! Sa voix est pleine des larmes qu'elle a du mal à réprimer et ses joues sont encore mouillées. Mais son sourire est illuminé de joie.

Je lui souris aussi et j'oublie toute ma colère et toutes mes douleurs physiques tellement je suis heureux tout à coup.

— Salut, bébé, comment ça va ?

Elle en reste bouche bée.

— Comment ça va ? Quelle question ! C'est toi qui viens d'échapper à un accident d'avion ! Comment *vas-tu* ? C'est un plâtre à ton bras ?

— On dirait. Je hausse brièvement l'épaule droite. Mais c'est au bras gauche et je suis droitier, donc ce n'est pas grave.

— Et ta tête ?

— Oh, ça ? Je touche l'épais bandage que j'ai autour du front. Je n'en sais rien, mais puisque je peux marcher et parler ça ne doit pas être grave non plus.

Elle secoue la tête et me fixe des yeux avec incrédulité et je lui souris de plus belle. Nora pense sans doute que je joue au dur devant elle. Ma chérie ne comprend pas que ce genre de blessures est insignifiant pour moi ; mon père m'en a infligé de bien pires en me donnant des coups de poing quand j'étais petit.

— Quand reviens-tu à la maison ? demande-t-elle en rapprochant son visage de la caméra. Ses yeux semblent alors immenses, ses longs cils sont encore hérissés de larmes. Tu reviens tout de suite, non ?

— Oui, bien sûr. Je ne risque pas d'aller à la poursuite d'Al-Quadar dans cet état. Je lui désigne mon plâtre. L'avion est déjà parti pour venir nous chercher Lucas et moi, donc je vais te revoir très bientôt.

— J'ai tellement hâte, dit-elle doucement, et ma poitrine se contracte en voyant la vive émotion qu'il y a sur son visage. Un sentiment qui ressemble beaucoup à de la tendresse m'envahit, il accroit l'envie que j'ai de la revoir au point de me faire mal.

— Nora… ai-je commencé avant d'être interrompu par un brusque fracas à l'extérieur. Il est suivi de plusieurs autres, une rafale de bruits que je reconnais immédiatement.

Des coups de feu. Les armes ont des silencieux, mais rien ne peut étouffer le bruit assourdissant d'une mitrailleuse en action.

On entend immédiatement des hurlements et d'autres coups de feu leur répondent. Sans silencieux cette fois. Les soldats qui montent la garde à mon étage doivent répliquer à la menace, quelle qu'elle soit.

En une fraction de seconde, je me suis levé en faisant tomber l'ordinateur. L'adrénaline a jailli dans mon corps, accélérant tout, mais ralentissant ma perception du temps. J'ai l'impression que tout se passe au ralenti, mais je sais qu'il s'agit seulement d'une illusion, c'est mon cerveau qui essaie de faire face à l'intensité du danger.

J'agis d'instinct, mais j'ai aussi des années d'entraînement derrière moi. En un instant, j'examine la pièce et je vois qu'il n'y a nulle part où se cacher. La fenêtre du mur d'en face est trop petite pour que je puisse sortir par-là, même si je voulais prendre le risque de tomber du troisième étage. Il n'y a donc que la porte et le couloir, et c'est de là que viennent les coups de feu.

Je ne prends pas la peine de me demander d'où vient l'attaque. À cet instant précis, c'est sans importance. La seule chose qui compte est de survivre.

Encore des coups de feu, suivis d'un hurlement à l'extérieur. J'entends le bruit sourd d'un corps qui tombe non loin d'ici et je choisis ce moment pour partir.

Je pousse la porte pour l'ouvrir et je me jette dans la direction du bruit lancinant des armes, mon élan me permet de glisser sur le linoléum. Mon plâtre heurte le mur quand je me cogne contre le cadavre d'un soldat, mais je ne me rends pas compte de la douleur. À la place, je le plaque contre moi et j'utilise son corps comme bouclier pour me protéger des balles qui volent autour de moi. En voyant son arme par terre, je l'attrape de la main droite et je commence à tirer au bout du couloir où je vois des hommes masqués et armés accroupis derrière une civière.

Ils sont trop nombreux. Je l'ai déjà compris. Putain, ils sont trop nombreux et je n'ai pas assez de cartouches. Je vois les cadavres gisant dans le couloir, les cinq soldats ouzbeks ont été fauchés ainsi que certains des attaquants masqués, et je sais qu'il est inutile de tirer. Ils m'atteindraient aussi. En fait, je suis surpris de ne pas être déjà criblé de balles, bouclier humain ou pas.

Ils ne veulent pas me tuer.

Je le comprends quand mon arme tire pour la dernière fois en envoyant ses dernières cartouches. Le sol et les murs autour de moi sont en piteux état à cause des tirs, mais je suis intact. Étant donné que je ne crois pas aux miracles, cela signifie que ce n'est pas *moi* qui suis visé par les attaquants.

Ils visent tout autour de moi pour que je reste sur place.

Laissant tomber le cadavre je me relève lentement en continuant de regarder les hommes armés au bout du couloir. Dès que je bouge, les tirs s'arrêtent, et ce silence est assourdissant après tout ce vacarme.

— Que voulez-vous ? J'élève juste assez la voix pour être entendu à l'autre bout du couloir. Que faites-vous ici ?

Un homme se lève derrière la civière, il me vise de son arme en commençant à marcher dans ma direction. Lui aussi porte un masque, mais il me semble que je l'ai déjà vu. Quand il s'arrête à quelques mètres, je vois l'éclat sombre de ses yeux au-dessus du masque et je le reconnais en un éclair.

Majid.

Al-Quadar a dû apprendre que j'étais ici, à leur portée.

Je bouge sans réfléchir. Je tiens toujours la mitrailleuse qui est désormais vide et je me jette sur lui en balançant l'arme comme une batte de base-ball, feignant de la lever très haut avant de l'abaisser d'un coup. Même avec mes blessures mes réflexes sont excellents et l'arme frappe les côtes de Majid avant que je ne me retrouve projeté contre le mur, mon épaule gauche fracassée me fait souffrir le martyre. Mes oreilles résonnent de la détonation tandis que je me laisse glisser au pied du mur et je m'aperçois qu'on vient de me tirer dessus, qu'il a réussi à tirer avant que je ne lui fasse vraiment mal.

J'entends hurler en arabe puis des mains brutales s'emparent de moi et me traînent sur le sol. Je me débats de toutes mes forces, mais je sens que mon corps va renoncer et mon cœur peine à pomper ce qui lui reste de sang. Quelqu'un m'appuie sur l'épaule, ce qui rend la douleur encore plus insupportable, et je ne vois plus que des taches noires.

Ma dernière pensée avant de perdre connaissance c'est que la mort serait sans doute préférable à ce qui m'attend si je survis.

CHAPITRE VINGT-QUATRE

❖ NORA ❖

Je ne me rends pas compte de mes hurlements avant qu'une main ne vienne se plaquer sur ma bouche pour étouffer mes cris hystériques.

— Nora, Nora, arrêtez ! La voix calme de Peter m'arrache au tourbillon de l'horreur et me ramène à la réalité. Calmez-vous et dites-moi exactement ce que vous avez vu. Pouvez-vous vous calmer et me parler ?

Je parviens à lui faire un petit signe de tête et il me relâche puis recule de quelques pas. Du coin de l'œil, je vois Rosa et Ana qui sont tout près aussi. Ana serre les mains sur sa bouche, des larmes coulent à nouveau sur ses joues, Rosa a l'air terrifiée et bouleversée.

— Je n'ai rien... J'ai du mal à le dire, ma gorge est gonflée. Je n'ai rien *vu*. J'ai seulement entendu quelque chose. On se parlait, et brusquement il y a eu des coups de feu et... et des hurlements, et puis encore des coups de feu. Julian... Ma voix se brise en disant son nom. Julian a dû laisser tomber l'ordinateur parce que tout était sens dessus dessous sur l'écran, et puis, je n'ai plus rien vu sauf le mur, mais j'ai entendu les coups de feu, les hurlements, encore des coups de feu... Je m'aperçois que je sanglote et je ne peux m'arrêter que lorsque Peter me prend par l'épaule et m'emmène doucement vers le canapé.

Il m'oblige à m'asseoir et je me mets à trembler, c'est la scène terrifiante à laquelle je viens d'assister qui s'ajoute à mes souvenirs d'il y a quelques mois quand j'ai été enlevée par Al-Quadar aux Philippines. Pendant un moment d'horreur, le passé vient rejoindre le présent et je me retrouve à la clinique, j'entends ces coups de feu et la peur est si intense que mon cerveau renonce à réagir. Mais cette fois, ce n'est plus Beth et moi qui sommes en danger.

C'est Julian.

Ils sont venus le chercher, et je sais exactement qui *ils* sont.

— C'est Al-Quadar. En me levant, ma voix est rauque, mais je passe outre les tremblements qui continuent de me parcourir le corps. Peter, c'est Al-Quadar.

Il hoche la tête, il pense la même chose, et je le vois déjà au téléphone.

— Da. Da, eto ya, dit-il. Je comprends que c'est du russe. V gospitale problema. Da, seychas-zhe. Il laisse le téléphone et me dit : Je viens juste de prévenir la police ouzbek de ce qui s'est passé à l'hôpital. Ils y vont, d'autres soldats aussi. Ils y seront dans quelques minutes.

— Mais ça sera trop tard. Je ne sais pas pourquoi j'en suis si sûre, mais je le sens dans la moelle de mes os. Ils se sont emparés de lui, Peter. S'il n'est pas déjà mort, ça ne saurait tarder.

Il me regarde, et je vois qu'il le sait aussi, qu'il sait à quel point toute la situation est désespérée. On a affaire à l'une des plus dangereuses organisations terroristes au monde, et ils ont entre les mains celui qui les a traqués et qui a décimé leurs rangs.

— Nous allons les retrouver, Nora, dit calmement Peter. S'ils ne l'ont pas encore tué, il y a peut-être encore une chance de le libérer.

— Vous n'y croyez pas vraiment. Je peux le voir sur son visage. Il ne le dit que pour me calmer. Les troupes de Majid ont pu se cacher pendant des mois, et seule l'arrestation fortuite de ce terroriste à Moscou a permis de découvrir leur cachette. Ils vont de nouveau disparaître, aller se cacher ailleurs maintenant qu'ils savent qu'ils ne sont plus en sécurité au Tadjikistan.

Ils vont disparaître, et Julian aussi.

Peter me regarde d'un air impénétrable.

— Peu importe ce que je pense. Toujours est-il qu'ils veulent obtenir quelque chose de votre mari : les explosifs. C'est ce qu'ils voulaient avant et je suis certain que c'est toujours ce qu'ils veulent. Ils seraient vraiment stupides de le tuer tout de suite.

— Vous croyez qu'ils vont d'abord le torturer. J'ai la nausée en me souvenant des hurlements de Beth, du sang qui jaillissait partout quand Majid l'avait soigneusement démembrée. Oh, mon Dieu, vous croyez qu'ils vont le torturer jusqu'à ce qu'il n'en puisse plus et qu'il leur donne l'explosif.

— Oui, dit Peter en me fixant de ses yeux gris tandis qu'Ana commence à sangloter en silence sur l'épaule de Rosa. Oui, c'est ce que je crois, et ça nous donne du temps pour les retrouver.

— Pas assez. Je le regarde fixement à mon tour, malade de terreur. Vraiment pas assez, Peter, ils vont le torturer et le tuer pendant que nous sommes à leur recherche.

— Nous n'en savons rien, dit-il en reprenant son téléphone. Je vais y consacrer toutes nos ressources. S'il y a le moindre bip d'Al-Quadar quelque part sur un radar, nous le saurons.

— Mais ça va prendre des semaines, peut-être des mois ! J'élève la voix, de nouveau en proie à l'hystérie. Je suis sur le point de devenir folle, ça fait deux jours que je passe du chagrin à la joie et à la terreur, de vraies montagnes russes, et maintenant je m'enfonce dans un abîme de désespoir. C'était seulement hier que je croyais avoir perdu Julian pour toujours avant d'apprendre qu'il était finalement en vie. Et maintenant, alors que le pire semble être derrière nous, le destin vient de nous infliger le plus cruel des coups.

Les monstres qui ont assassiné Beth vont aussi me prendre Julian.

— C'est notre seule option, Nora. La voix de Peter est apaisante, comme s'il parlait à un enfant grognon. Il n'y a pas d'autre solution. Esguerra est résistant. Il pourra sans doute tenir un certain temps, quoi qu'ils lui fassent.

Je respire profondément pour essayer de retrouver le contrôle de moi-même. Je pourrai m'effondrer plus tard, quand je serai seule.

— Personne n'est assez résistant pour supporter une torture continuelle. Je parle presque calmement. Vous le savez.

Peter incline la tête, il me le concède. D'après ce que j'ai entendu dire de ses compétences particulières, il connait mieux que personne l'efficacité de la torture. En le regardant, une idée me vient en tête, une idée à laquelle je n'aurais jamais prêté attention avant.

— Le terroriste qu'on a arrêté, ai-je dit lentement en continuant à fixer Peter des yeux, où se trouve-t-il maintenant ?

— On est censé le remettre sous notre garde, mais pour le moment il est encore à Moscou.

— Vous pensez qu'il sait quelque chose ? Je tords la main dans la jupe de ma robe en regardant fixement le principal bourreau au service de Julian. Quelque chose en moi n'arrive pas à croire que je vais lui poser cette question, mais ma voix reste ferme quand je lui demande : Vous croyez que vous pourriez le faire parler ?

— Oui, j'en suis certain, dit lentement Peter en me regardant avec une expression qui semble empreinte de respect. J'ignore s'il sait quelle sera leur prochaine destination, mais on peut toujours essayer. Je vais tout de suite partir à Moscou et voir ce que je peux y apprendre.

— Je viens avec vous.

Il réagit instantanément.

— Non, ce n'est pas possible, dit-il en fronçant les sourcils. Les ordres que j'ai reçus sont formels, vous devez rester ici en sécurité, Nora.

— Votre patron vient d'être fait prisonnier, on va le torturer et le tuer. Je lui parle d'une voix dure et mordante en insistant sur chaque syllabe. Et vous croyez que la priorité en ce moment c'est ma sécurité ? Maintenant que Julian est entre leurs mains, vos ordres n'ont plus lieu d'être. Ils n'ont plus besoin de moi pour faire pression sur lui.

— Au contraire, ils aimeraient beaucoup vous avoir pour faire pression sur lui. Ils pourraient en venir à bout beaucoup plus vite si vous étiez aussi entre leurs mains. Peter secoue la tête, il a une expression de regret sur le visage, mais il reste déterminé. Je suis navré, Nora, mais vous devez rester ici. Si nous réussissons à sauver votre mari, il sera très mécontent d'apprendre que je vous ai permis de prendre des risques.

Je me détourne en tremblant, la terreur se mêle maintenant à la frustration, elles s'alimentent mutuellement et il me semble que je vais exploser. Je me sens impuissante. Et totalement, absolument inutile. Quand on m'a enlevée, Julian est venu à ma rescousse. Il m'a délivrée, mais je ne peux pas en faire autant pour lui.

Je ne peux même pas sortir du domaine.

— Nora… C'est Rosa. Je sens son bras se poser sur mon épaule tandis que je regarde sans rien voir par la fenêtre et que mon esprit se heurte à des culs-de-sac comme un rat dans un labyrinthe. Nora, s'il vous plait… Venez, on va vous donner quelque chose à manger…

Je secoue la tête pour refuser sèchement et je retire le bras, les yeux toujours sur le vert de la pelouse. Il y a quelque chose qui me titille l'esprit, une pensée vague, à demi formulée que je n'arrive pas encore à saisir. Quelque chose qu'a dit Peter, qu'il a mentionné en passant… Je l'entends quitter la pièce, ses pas discrets dans le couloir, et tout à coup je sais ce que c'est.

Je fais volte-face et je lui cours après sans prêter attention à la surprise sur le visage de Rosa quand je la bouscule et l'écarte du chemin.

— Peter ! Peter ! Attendez !

Il s'arrête dans le couloir et me regarde froidement quand je m'arrête pile à côté de lui.

— Qu'est-ce qu'il y a ?

— Je sais ! ai-je dit en haletant, je sais exactement ce qu'il faut faire. Je sais comment libérer Julian.

Il reste impassible.

— Qu'est-ce que vous racontez ?

Je respire tant bien que mal et je commence à lui expliquer mon plan en parlant si vite que j'en bafouille. Je le vois secouer la tête pendant que je parle, mais je continue quand même, je n'ai jamais eu l'impression que le temps m'était compté à ce point. Je dois convaincre Peter que j'ai raison. La vie de Julian en dépend.

— Non, dit-il quand j'ai fini. C'est de la folie. Julian me tuerait…

— Mais s'il vous tue, ça veut dire qu'il est *en vie*. Je lui ai coupé la parole. Il n'y a pas d'autre solution. Vous le savez aussi bien que moi.

Il secoue encore la tête et il me regarde avec un air de regret vraiment sincère.

— Je suis navré, Nora…

— Je vous donnerai la liste, ai-je lâché en jouant ma dernière carte. Si vous le faites, je vous donnerai la liste de noms avant que les trois ans soient écoulés. Julian vous la donnera dès qu'il mettra la main dessus.

Peter me fixe des yeux, pour la première fois son visage change d'expression.

— Vous avez entendu parler de la liste ? demande-t-il. Sa voix tremble d'une telle colère que je dois lutter contre le désir de reculer. La liste que m'a promise Esguerra ?

Je hoche la tête.

— Oui. Dans n'importe quelle autre circonstance, j'aurais bien trop peur de provoquer un tel homme, mais en ce moment je suis au-delà de la peur. Je suis désormais poussée par une témérité née du désespoir qui me donne un courage inhabituel. Et je sais que si Julian meurt vous n'aurez pas cette liste, ai-je continué en insistant. Vous aurez travaillé pour lui pendant tout ce temps pour rien. Vous ne pourrez jamais vous venger de ceux qui ont tué votre famille.

Son impassibilité a complètement disparu, son visage est déformé par une rage folle.

— Vous ne savez rien de ma famille, merde ! hurle-t-il, et cette fois je recule d'un pas, mon instinct de conservation s'est réveillé tardivement en le voyant serrer les poings. Putain, vous osez me provoquer en me parlant d'elle ?

Il s'avance vers moi et je recule encore, le cœur battant. Alors il donne un violent coup de poing dans le mur et son bras passe à travers. En tressaillant, je bondis en arrière et il donne un nouveau coup de poing dans le mur contre lequel il exerce une agressivité qui est évidemment dirigée contre moi.

— Peter… Je parle lentement et d'une voix apaisante, comme si je m'adressais à une bête sauvage. Je vois Rosa et Ana dans l'embrasure de la porte, elles ont l'air terrifiées et j'essaie de calmer le jeu. Peter, je ne cherche pas à vous provoquer, je décris seulement la situation telle qu'elle est. Je veux vous aider, mais il faut d'abord que vous m'aidiez.

Il me regarde, haletant de rage, et je le vois lutter pour se maîtriser. Je tremble de l'intérieur, mais je continue de le regarder calmement. *Quoiqu'il arrive, ne montre pas ta peur.* À mon immense soulagement, il commence à respirer moins vite, la rage qui tord ses traits se calme, il revient de l'horreur dans laquelle il était plongé.

— Je suis navré, dit-il après quelques instants, la voix tendue. Je n'aurais pas dû réagir comme ça. Il respire profondément plusieurs fois de suite et je vois son masque habituel reprendre sa place. Comment puis-je savoir que vous tiendrez votre promesse pour cette liste ? demande-t-il d'une voix plus normale, sa colère semble avoir disparu. Vous me demandez de faire quelque chose qui déplaira profondément à Esguerra. Comment puis-je savoir qu'il me donnera cette liste si je fais ça ?

— Je l'y obligerai. Je ne sais pas comment je m'y prendrai pour *obliger* Julian à faire quelque chose, mais je ne laisse aucun doute transparaître. Je vous le jure, Peter. Aidez-moi et vous pourrez vous venger avant que les trois ans se soient écoulés.

Il me fixe des yeux et je peux pratiquement voir qu'il pèse le pour et le contre. Il sait que mes arguments sont justes. S'il fait ce que je lui demande, il a une chance d'avoir la liste plus vite. Si Julian meurt, il ne l'aura jamais.

— Entendu, dit-il, ayant visiblement pris sa décision. Allez-vous préparer. Nous partons dans une heure.

* * *

Quand nous atterrissons dans un petit aéroport proche de Chicago, il y a une épaisse couche de neige sur le sol et je suis contente d'avoir mis mes vieilles bottines. C'est déjà le soir et le vent est terriblement froid, il transperce mon manteau. Mais je m'en aperçois à peine, toutes mes pensées se concentrent sur l'épreuve à affronter.

Il n'y a pas de voiture blindée pour nous accueillir. Il ne faut pas attirer l'attention sur notre arrivée. Peter m'appelle un taxi et je m'assieds seule sur le siège arrière tandis qu'il retourne vers l'avion.

Le chauffeur, un homme gentil d'âge moyen, essaie de lier conversation avec moi pour essayer de savoir qui je suis. Je suis sûre qu'il pense que je suis une personnalité quelconque puisque je suis arrivée en jet privé. Je réponds à toutes ses questions par des monosyllabes et il comprend vite que je souhaite qu'il me laisse tranquille. Le reste du trajet se passe en silence, je regarde la route dans l'obscurité de la nuit. Le stress et le décalage horaire font battre mon cœur plus vite que d'habitude et j'ai la nausée. Si je ne m'étais forcée à manger un sandwich dans l'avion je me serais sans doute évanouie tant je suis épuisée.

Quand nous arrivons à Oak Lawn, j'explique au chauffeur où se trouve la maison de mes parents. Ils ne savent pas que je suis là, mais ça vaut mieux. La situation sera plus crédible, elle risque moins de sentir la manigance.

Le chauffeur m'aide à prendre la petite valise que j'ai emportée et je le paie en lui donnant un pourboire de vingt dollars pour m'excuser d'avoir été impolie avec lui au début. Il s'en va, et je fais rouler la valise jusqu'à la porte de la maison de mon enfance.

Devant la familière porte marron, j'appuie sur la sonnette. Je sais que mes parents sont chez eux parce que je vois de la lumière dans le salon. Ils mettent deux ou trois minutes à venir à la porte, des minutes qui me semblent des heures tant je suis épuisée.

— Salut, maman, ai-je dit d'une voix tremblante. Je peux entrer ?

CHAPITRE VINGT-CINQ

❖ JULIAN ❖

D'abord, il n'y a que l'obscurité et la douleur. Une douleur déchirante. Une douleur qui me met en pièces. L'obscurité est moins pénible. Moins douloureuse, c'est seulement l'oubli. Mais je hais le vide qui me consume tandis que je suis dans cet abîme de ténèbres. Je hais la vacuité de cette mort vivante. Au fil du temps, j'ai même envie de souffrir parce que c'est le contraire de la vacuité, parce que sentir quelque chose vaut mieux que ne rien sentir.

Progressivement, le vide et l'obscurité reculent, ils ont moins prise sur moi. Et maintenant, avec la souffrance reviennent les souvenirs. Des bons et des mauvais, ils arrivent par vague. Le doux sourire de ma mère quand elle me lisait une histoire avant de m'endormir. La voix dure de mon père et ses poings plus durs encore. Courir dans la jungle à la poursuite d'un papillon bariolé, aussi heureux et aussi insouciant que peut l'être un enfant. La première fois que j'ai tué quelqu'un toujours dans la jungle. Jouer avec Lola, ma chatte, puis pêcher et rire avec une jeune fille de douze ans aux yeux brillants, Maria…

Le corps meurtri et violenté de Maria, sa légèreté et son innocence détruites pour toujours.

Du sang sur mes mains, la satisfaction d'entendre hurler les meurtriers. Manger des sushis dans le meilleur restaurant de Tokyo. Des mouches qui volent sur le cadavre de ma mère. La griserie d'obtenir mon premier contrat, l'attrait de l'argent qui rentre à flots. Encore la mort et la violence. La mort que j'ai infligée, la mort dont je me délecte.

Et puis il y a *elle*.

Ma chère Nora. La jeune fille que j'ai enlevée parce qu'elle me rappelait Maria.

Celle qui est désormais ma raison d'être. C'est l'image que je garde à l'esprit, laissant toutes les autres s'évanouir à l'arrière-plan. Je ne veux penser qu'à elle, ne me concentrer que sur elle. Elle fait disparaître la peine, elle fait disparaître les ténèbres. Je l'ai peut-être fait souffrir, mais elle m'a donné le seul bonheur que j'ai connu depuis l'enfance.

Tandis que le temps passe lentement je prends conscience d'autres choses. En plus de la douleur, il y a des bruits et des sensations. J'entends des voix, et je sens une brise fraîche sur mon visage. Mon épaule gauche me brûle, mon bras cassé m'élance et je meurs de soif. Mais j'ai l'impression d'être en vie.

Je bouge les doigts pour vérifier que c'est vrai. Oui, en vie. Presque trop affaibli pour bouger, mais en vie.

Putain ! D'autres souvenirs m'envahissent, et avant d'ouvrir les yeux je me souviens où je suis et je me dis que je n'aurais sans doute pas dû lutter contre l'obscurité. L'oubli aurait mieux valu.

— Bienvenue ! dit doucement une voix d'homme et j'ouvre les yeux pour voir le visage souriant de Majid penché sur moi. Tu as perdu connaissance assez longtemps comme ça. Il est temps pour nous de commencer.

* * *

Ils me traînent sur un sol dur en ciment, j'ai l'impression d'être sur un chantier. Apparemment quand ça sera fini ça sera une usine, et la pièce dans laquelle ils m'emmènent n'a pas de fenêtre, seulement une porte. Je pense résister, mais mes blessures m'affaiblissent tant que je n'ai aucune chance de réussir, je décide donc de prendre mon mal en patience et de conserver mon peu de forces. J'imagine que j'en aurai besoin pour faire face à ce qu'ils me préparent.

Ils commencent par me déshabiller entièrement, et m'attacher avec une corde qu'ils nouent à une poutre du plafond en construction. Ils font preuve de brutalité et cassent le plâtre de mon bras gauche en me ligotant les poignets et en me passant les bras au-dessus de la tête. La souffrance atroce de mon bras cassé et de mon épaule est telle que je m'évanouis et je ne reprends connaissance que quand ils me jettent de l'eau glacée au visage.

D'une certaine manière, j'admire leurs méthodes. Ils savent ce qu'ils font. En déshabillant quelqu'un, on le rend tout de suite plus vulnérable. S'il a froid et qu'il est faible et blessé, il est déjà désavantagé, l'esprit aussi atteint que le corps. Ils commencent bien. Si je n'avais pas infligé la même chose à d'autres, je serais déjà en train d'implorer sans demander mon reste.

Dans l'état actuel des choses, mon corps est prêt à jouer le tout pour le tout. Savoir la mort si proche, ou en tout cas une douleur insupportable, accélère mes battements de cœur à un rythme épouvantable. Je ne veux pas leur donner la satisfaction de me voir trembler, mais je sens de petits frissons sur la peau, c'est à la fois l'eau froide qu'ils m'ont jetée dans une pièce déjà glacée et un surplus d'adrénaline. Ils m'ont attaché si haut que seule la pointe de mes pieds touche le sol, et comme l'essentiel de mon poids est porté par mes poignets ligotés mon bras cassé et mon épaule me font déjà horriblement mal.

Tandis que je suis pendu comme ça en essayant de respirer malgré la souffrance, Majid s'approche de moi avec un sourire de satisfaction sur le visage.

— Eh bien, n'est-ce pas Esguerra en personne ? dit-il d'une voix traînante. Son accent anglais sonne comme celui d'un James Bond du Moyen-Orient. Comme c'est aimable de ta part de rendre visite à notre région.

Je ne dis rien, je me contente de le regarder avec mépris, je sais que ça l'irritera plus que tout. Je sais ce qu'il va exiger et je n'ai aucune intention de le lui accorder, étant donné que de toute façon il va me tuer de la manière la plus cruelle possible.

Comme prévu, mon absence de réaction l'exaspère. Je vois ses yeux briller de rage. Majid Ben-Harid se délecte de la peur et du malheur d'autrui. Je le comprends parce que je suis pareil. Et parce que nous sommes tellement semblables l'un à l'autre, je sais comment gâcher son plaisir.

Il va me torturer, mais il n'y trouvera pas autant de plaisir qu'il se l'imagine.

Je ne le laisserai pas faire.

C'est une piètre consolation étant donné que je vais mourir sous la torture, mais c'est tout ce qu'il me reste.

Majid cesse de sourire et s'avance vers moi.

— Je vois que tu n'es pas d'humeur à bavarder, dit-il en approchant un gros couteau de boucher près de mon visage. Alors, allons droit au fait. Il passe la lame le long de ma joue, la coupant juste assez pour la faire saigner goutte à goutte jusqu'au menton. Tu m'indiques où se trouve ton usine d'explosifs, ainsi que les détails de son dispositif de sécurité et je... Il se penche si près de moi que je vois le noir de ses pupilles dans l'iris marron comme la boue de ses yeux. Je te donnerai une mort rapide. Sinon… eh bien, je suis sûr que je n'ai pas besoin d'entrer dans les détails. Qu'en dis-tu ? Tu veux nous faciliter la tâche ou pas ? De toute façon, le résultat sera le même.

Je ne réagis pas et je ne bronche pas non plus, même quand la lame continue d'avancer cruellement et de me couper le cou, la poitrine et le ventre et laisse une traînée sanglante partout où elle me touche la peau.

Peu importe mon choix, Majid n'a pas l'intention de tenir les promesses qu'il me fera. Il n'a pas l'intention de me donner une mort rapide, même si je lui offre le système explosif sur un plateau. J'ai infligé trop de dégâts à Al-Quadar depuis ces derniers mois, déjoué trop souvent leurs plans. Dès que je lui donnerai ce qu'il veut, il me dépècera de la manière la plus cruelle possible, ne serait-ce que pour montrer à ses troupes quel châtiment il réserve à ceux qui s'opposent à lui.

En tout cas, c'est ce que je ferais à sa place.

Le couteau s'arrête juste sous mes côtes, sa pointe acérée s'enfonce dans ma chair et je vois les yeux de Majid briller d'une joie malfaisante.

— Eh bien ? murmure-t-il en appuyant un peu plus. On joue ou pas, Esguerra ? Je peux commencer par prélever quelques organes, rien que pour que ça soit plus profitable pour nous, ou si tu préfères je peux commencer plus bas, à l'endroit préféré de ta femme…

Je réprime un désir masculin instinctif de frissonner à ce moment-là et je garde mon calme, je semble presque amusé. Je sais qu'il ne va rien m'infliger de trop grave au début, parce que dans ce cas j'aurai tout de suite une hémorragie. J'ai déjà perdu trop de sang, il ne m'en faudrait pas beaucoup pour m'achever. La dernière chose que souhaite Majid c'est de se priver d'une victime consciente. S'il veut sérieusement cet explosif, il devra commencer avec modération et accroitre sa brutalité comme il vient de m'en menacer.

— Allez-y, ai-je dit froidement, faites de votre mieux.

Et en le regardant avec un sourire moqueur, j'attends le début de la torture.

CHAPITRE VINGT-SIX

❖ NORA ❖

Le soir de mon arrivée chez mes parents, se passe à pleurer, à s'embrasser et à répondre à des questions sur ce qu'il s'est passé et comment j'ai réussi à revenir.

Autant que possible, je dis la vérité à mes parents, je leur explique que l'avion de Julian s'est écrasé en Ouzbékistan et qu'il a été fait prisonnier par le groupe terroriste contre lequel il combattait. Tout en parlant, je les vois lutter contre le choc et l'incrédulité. Le terrorisme et les avions abattus par des missiles sont tellement loin de leur vie habituelle que je sais que c'est difficile pour eux de comprendre. Pour moi aussi, autrefois.

— Oh, Nora, ma chérie… Ma mère me parle d'une voix douce, pleine de sympathie. Je suis vraiment navrée… Je sais que tu l'aimes, malgré tout. Est-ce que tu sais ce qui se passe en ce moment ?

Je hoche la tête en essayant de ne pas regarder mon père. Il pense que ce sont de bonnes nouvelles ; je le vois sur son visage. Il est soulagé que je sois débarrassée d'un homme qu'il considère comme mon bourreau. Je suis certaine qu'ils pensent tous les deux que Julian mérite son sort, mais au moins ma mère essaie d'être compréhensive. Par contre, mon père a du mal à cacher sa satisfaction de voir le tour que prennent les évènements.

— Eh bien, quoi qu'il en soit, je suis contente que tu sois revenue à la maison. Ma mère me prend la main. Quand elle me regarde, ses yeux sombres sont pleins de larmes fraîchement versées. Nous sommes là pour toi, ma chérie, tu le sais, n'est-ce pas ?

— Oui, maman, ai-je murmuré, le cœur gros. C'est pour ça que je suis revenue. Parce que vous me manquez… et parce que je ne pouvais pas rester seule dans le domaine.

C'est vrai, mais ce n'est pas la seule raison pour laquelle je suis ici. Je ne peux pas dire à mes parents la vraie raison.

S'ils savaient que je suis revenue pour me faire kidnapper par Al-Quadar ils ne me le pardonneraient jamais.

* * *

Malgré mon épuisement, j'ai à peine dormi cette nuit. Je sais qu'Al-Quadar ne va pas immédiatement s'apercevoir de ma présence à Chicago, mais je suis pleine d'appréhension, de nervosité, et d'impatience. Chaque fois que je suis sur le point de m'assoupir, j'ai des cauchemars, et ce n'est plus Beth qui est coupée en morceaux, c'est Julian. Ces images sanglantes sont si réelles que j'ai la nausée en me réveillant, je tremble, et mes draps sont trempés de sueur. Finalement, je renonce une bonne fois pour toutes à dormir et je sors mon matériel de peinture de ma valise. J'espère qu'en peignant je ne penserai plus que mes cauchemars risquent de se réaliser en ce moment même dans une cachette d'Al-Quadar à des milliers de kilomètres d'ici.

Quand la lumière du soleil pénètre dans ma chambre, je m'arrête pour examiner ce que j'ai fait. D'abord, on a l'impression que c'est abstrait, rien que des volutes rouges, noires et brunes, mais y regardant de plus près, on voit quelque chose d'autre. Toutes ces formes sont des visages et des corps entrelacés dans un paroxysme d'extase et de violence. Les visages révèlent autant la douleur que le plaisir, le désir que le tourment.

C'est probablement ce que j'ai fait de mieux jusqu'ici, et ça me déplait profondément.

Ça me déplait profondément parce que cela me montre à quel point j'ai changé. Et le peu qu'il reste de celle que j'étais.

— Oh la la, ma chérie, c'est extraordinaire… La voix de ma mère m'arrache à ma rêverie et je me retourne pour la voir sur le seuil de la porte, elle regarde mon tableau avec une sincère admiration. Ton maître de dessin français doit être vraiment bon.

— Oui, Monsieur Bernard est excellent, ai-je répondu en essayant de ne pas laisser paraître la lassitude dans ma voix. Je suis si fatiguée que je voudrais m'effondrer, mais ce n'est pas possible en ce moment.

— Tu n'as pas bien dormi, c'est ça ? Ma mère plisse le front, elle a l'air inquiet et je sais que je ne suis pas parvenue à lui cacher ma fatigue. Tu pensais à lui ?

— Bien sûr que oui. Une bouffée de colère durcit ma voix. C'est mon mari, tu sais.

Elle cligne des yeux, visiblement prise de cours et je regrette immédiatement la dureté de mon ton. Ce n'est pas la faute de ma mère si je suis dans cette situation ; s'il y a quelqu'un qui n'a rien à se reprocher, ce sont bien mes parents. Ils ne méritent vraiment pas ma mauvaise humeur… surtout quand je pense que mon projet va les angoisser encore plus.

— Je suis navrée maman, fais-je en allant la prendre dans mes bras. Ce n'est pas ce que je voulais dire.

— Je t'en prie, ma chérie. Elle me caresse les cheveux avec tant de gentillesse pour me réconforter que j'ai envie de pleurer. Je comprends.

Je hoche la tête tout en sachant qu'elle ne peut pas comprendre à quel point je suis stressée. Ce n'est pas possible, puisqu'elle ne sait pas ce à quoi je m'attends.

Je m'attends à être enlevée par les monstres qui se sont emparés de Julian.

J'attends qu'Al-Quadar morde à l'hameçon.

* * *

La matinée traîne en longueur. C'est samedi, et mes parents restent tous les deux à la maison. Ils en sont contents, mais pas moi. Je préférerais qu'ils soient au travail aujourd'hui. Je veux être seule, si, non, *quand* les cinglés de Majid arriveront. J'étais relativement en sécurité pendant la nuit, Al-Quadar a besoin de temps pour mettre son plan en action, mais maintenant c'est le matin. Je ne veux pas que mes parents soient dans les parages. Le dispositif de sécurité que Julian a mis en place les protégerait, mais ces gardes du corps interviendraient pour empêcher mon enlèvement et c'est la dernière chose que je souhaite.

— Faire des courses ? Mon père me regarde d'un air bizarre quand je lui annonce mon intention d'aller dans les magasins après le petit déjeuner. Tu en es sûre, chérie ? Tu viens seulement d'arrivée et avec tout ce qui se passe en ce moment…

— Papa, ça fait des mois que je suis loin de tout. Je le regarde d'un air de dire « C'est quelque chose que les hommes ne peuvent pas comprendre ». Tu ne te rends pas compte de ce que c'est pour une fille. Voyant qu'il n'est pas convaincu, j'ajoute : Sérieusement, papa, j'ai besoin de me changer les idées.

— Elle a raison, chantonne ma mère. Et elle se tourne vers moi avec un clin d'œil complice en disant à mon père : rien de tel que de faire des courses pour qu'une femme se change les idées. J'irai avec Nora, ça sera exactement comme au bon vieux temps.

Mon cœur s'est serré. Ma mère ne peut pas venir avec moi puisque l'essentiel est d'éloigner mes parents d'un éventuel danger.

— Oh, je suis désolée, maman, ai-je dit à regret, mais j'ai déjà donné rendez-vous à Leah. Ce sont les vacances de Pâques, tu sais, et elle est rentrée chez elle. J'avais vu un message qui l'indiquait sur Facebook le matin même, ce n'est donc qu'un demi-mensonge. C'est vrai que mon amie est à Chicago, tout simplement je n'avais pas l'intention de la voir aujourd'hui.

— Bon, d'accord. Ma mère semble triste un instant, mais elle retrouve toute sa contenance et me sourit gaiement. Ne t'inquiète pas ma chérie, nous te verrons après ton rendez-vous avec tes amis. Je suis contente que tu te changes les idées comme ça. C'est vraiment une bonne idée…

Mon père continue d'avoir l'air soupçonneux, mais il n'a pas son mot à dire. Je suis adulte et je n'ai pas à demander la permission à mes parents.

Dès que le petit déjeuner est terminé je les embrasse et je vais à l'arrêt du bus rue 95 pour aller au centre commercial de Chicago Ridge.

* * *

Allez, enlevez-moi tout de suite. Putain, enlevez-moi tout de suite.

J'ai erré pendant des heures dans le centre commercial et je suis agacée de constater que Al-Quadar n'a toujours pas donné signe de vie. Ou bien ils ignorent que je suis ici, ou bien je ne compte plus pour eux maintenant qu'ils ont mis la main sur Julian.

Je refuse de croire cette dernière hypothèse, parce que si c'est vrai, autant dire que Julian est mort.

Il faut que mon plan réussisse. Il n'y a pas d'autre alternative. C'est juste que Majid a besoin de davantage de temps. Du temps pour s'apercevoir que je suis seule ici, sans protection, et qu'ils peuvent facilement se servir de moi pour forcer Julian à leur donner ce qu'ils veulent.

— Nora ? Merde alors, Nora, c'est toi ? Une voix familière me surprend dans mes pensées et je me retourne pour voir mon amie Leah, bouche bée sous la stupéfaction.

— Leah ! Pendant une seconde, j'oublie le danger et j'embrasse celle qui a été ma meilleure amie pendant si longtemps. Je ne savais pas que tu étais là ! Et c'est vrai, malgré le mensonge que j'ai fait à mes parents ce matin, je ne m'attendais pas à rencontrer Leah comme ça. Pourtant, rétrospectivement, j'aurais pu m'y attendre puisque nous allions dans ce centre commercial presque tous les week-ends quand nous étions plus jeunes.

— Mais qu'est-ce que tu fais là ? me demande-t-elle une fois que nous nous sommes embrassées. Je croyais que tu étais en Colombie !

— J'y étais... je veux dire, j'y suis. Après les premières minutes de surprise, je m'aperçois que je pourrais compromettre la sécurité de Leah. Je ne veux surtout pas que mon amie souffre à cause de moi. Je suis seulement venue pour une petite visite, lui ai-je expliqué en hâte en regard d'un air inquiet autour de moi. Tout semble normal et je poursuis donc : Je suis désolée de ne pas t'avoir dit que j'étais rentrée, mais les évènements se sont précipités, et tu sais ce que c'est...

— Bien sûr, tu dois être très occupée avec ton nouveau mari, etc., dit-elle lentement. Je sens grandir la distance entre nous bien que nous n'ayons pas bougé d'un centimètre. Nous ne nous sommes pas parlé depuis que je lui ai annoncé mon mariage, seulement échangé de brefs mails, et je vois qu'elle continue à penser que j'ai perdu la tête... et qu'elle ne comprend plus celle que je suis devenue.

Je ne lui en veux pas. Quelquefois moi non plus je ne comprends pas cette personne.

— Leah, bébé, te voilà donc ! Une voix d'homme interrompt notre conversation, et mon cœur sursaute quand une silhouette que je connais bien s'approche de Leah par-derrière.

C'est Jake, le garçon pour lequel j'avais le béguin autrefois.

Le garçon auquel Julian m'a arrachée cette fameuse nuit dans le parc.

Mais ce n'est plus un garçon. Désormais, ses épaules sont plus larges, son visage plus mince et plus dur. Durant ces derniers mois, il est devenu un homme, et un homme qui n'a d'yeux que pour Leah. Il s'arrête à côté d'elle, se penche pour lui donner un baiser et lui dire en la taquinant à voix basse :

— Bébé, j'ai un cadeau pour toi…

Les joues pâles de Leah deviennent rouges comme une tomate.

— Hum, Jake, bafouille-t-elle, regarde qui je viens juste de rencontrer…

Il se tourne vers moi et écarquille ses yeux bruns tant il est surpris.

— Nora ? Qu'est-ce que tu fais là ?

— Oh, tu sais, juste des courses… J'espère ne pas paraître aussi abasourdie que je le suis. Leah et Jake ? *Ma meilleure amie, Leah, et mon ancien flirt, Jake ?* C'est comme si tout mon univers était sens dessus dessous. Je savais que Leah avait rompu avec son ancien petit ami il y a deux ou trois mois parce qu'elle m'en avait parlé dans un mail, mais elle ne m'avait pas dit qu'elle était avec Jake.

En les regardant tous les deux (ils ont la même expression gênée sur le visage), je m'aperçois que c'est assez logique : ils vont tous les deux à l'université du Michigan, et ils ont des amis communs depuis le lycée. Ils ont eu une expérience traumatisante en commun, l'enlèvement de leur amie et de leur flirt, et ça les a peut-être rapprochés l'un de l'autre.

Et je me rends aussi compte en les regardant que mon seul sentiment est le soulagement.

Le soulagement de les voir heureux ensemble, de voir que ce qu'il y a de tragique dans ma vie n'a pas définitivement gâché celle de Jake. Je n'ai pas de regret sur ce qu'il y aurait pu y avoir entre nous ni de jalousie, rien que de l'anxiété qui s'accroit à chaque minute que Julian passe aux mains d'Al-Quadar.

— Je suis navrée, Nora, dit Leah en me regardant avec circonspection. J'aurais dû te dire que nous étions ensemble. C'est juste que…

— Leah, je t'en prie. Sans tenir compte de mon stress et de mon épuisement, je parviens à lui sourire pour la rassurer. Tu n'as rien à m'expliquer. Vraiment. Je suis mariée maintenant, Jake et moi ne sommes sortis qu'une seule fois ensemble. Tu n'as rien à m'expliquer… J'ai été juste surprise, c'est tout.

— Tu veux, hum, prendre un café avec nous ? Propose Jake en mettant le bras autour de la taille de Leah dans un geste qui me semble excessivement protecteur. Je me demande si c'est de moi qu'il cherche à la protéger. Dans ce cas, il est encore plus astucieux que je ne le pensais. Nous pourrions passer un moment ensemble puisque tu es à Chicago… continue-t-il, et je secoue la tête en signe de refus.

— J'aimerais bien, mais ce n'est pas possible, et je le regrette sincèrement. J'aimerais tant passer un moment avec eux, mais il ne faut pas qu'ils soient dans les parages au cas où Al-Quadar choisit justement ce moment pour frapper. J'ignore comment des terroristes pourraient se saisir de moi dans la foule d'un centre commercial, mais je suis certaine qu'ils en trouveraient le moyen. Je jette un coup d'œil à mon téléphone et je fais semblant d'être contrariée de voir qu'il est si tard, puis je leur dis en m'excusant : Je suis déjà en retard, j'en ai bien peur…

— Ton mari est-il ici avec toi ? demande Leah, et je vois Jake pâlir. Il n'avait sans doute pas pensé à la possible présence de Julian en m'invitant à prendre un café avec eux.

Je secoue la tête, ma gorge se noue et l'horreur de la situation menace de m'étrangler une fois de plus.

— Non, ai-je dit en espérant parler de la manière la plus normale possible. Il n'a pas pu venir.

— Ah, d'accord.

Leah fronce davantage les sourcils et semble interloquée tandis que Jake reprend des couleurs. Visiblement, il est soulagé de ne pas être confronté au criminel impitoyable qui lui a fait tant de mal.

— Il faut vraiment que j'y aille, ai-je dit, et Jake hoche la tête en resserrant son emprise sur Leah dont il tient la taille encore plus fort.

— Bonne chance ! me dit-il et je comprends qu'il est content que je parte. Mais comme il est bien élevé, il ajoute : Content de t'avoir revue, bien que ses yeux disent le contraire.

Je lui souris d'un air compréhensif.

— Moi aussi, et en faisant un signe de la main à Leah je me dirige vers la sortie du centre commercial.

* * *

Dès que j'arrive dans le parking, j'oublie Jake et Leah. Avec une vigilance douloureuse, j'inspecte l'endroit avant de prendre mon portable à regret pour appeler un taxi. J'aimerais rester plus longtemps ici, mais je ne veux pas courir le risque de croiser de nouveau mes amis. Je vais aller sur Michigan Avenue dans le centre-ville de Chicago, je pourrai y faire du lèche-vitrine dans des magasins de luxe tout en espérant être enlevée avant de devenir complètement folle.

Le vent froid transperce mes vêtements tandis que j'attends sur place, mon caban qui m'arrive à mi-cuisses et mon pull fin en cachemire ne me protègent guère de la température glacée qu'il fait dehors. J'attends une bonne demi-heure avant qu'un taxi s'arrête enfin à ma hauteur. Une demi-heure au bout de laquelle je suis à moitié gelée et mes nerfs sont dans un tel état que je suis sur le point de hurler.

En ouvrant la portière, je monte à l'arrière du véhicule. C'est un taxi qui a l'air propre, avec une épaisse paroi pour séparer les sièges avant des sièges arrière, et ses vitres arrière sont légèrement teintées.

— Au centre-ville s'il vous plait. Ma voix est plus sèche que nécessaire. Les magasins sur Michigan Avenue.

— Absolument, Mademoiselle, dit doucement le chauffeur, et j'ai un déclic en entendant un soupçon d'accent dans sa voix. Nos yeux se croisent dans le rétroviseur et je me glace quand une terreur à l'état pur me pénètre jusqu'à la moelle.

Il aurait pu être l'un des milliers d'immigrés qui conduisent un taxi pour gagner leur vie, mais non.

C'est quelqu'un d'Al-Quadar. Je le vois dans la froide malveillance de son regard.

Ils sont enfin venus me chercher.

C'est ce que j'attendais, mais maintenant que j'y suis, je suis paralysée par une peur si intense qu'elle m'étouffe presque de l'intérieur. J'ai des flash backs, des souvenirs si présents que c'est presque comme les revivre. Je sens la douleur de mes points de suture à peine cicatrisés sur le côté, je vois les cadavres des gardes du corps à la clinique, j'entends les hurlements de Beth… et puis le goût de vomissure dans ma gorge quand Majid me touche le visage de son doigt ensanglanté.

J'ai dû pâlir comme un linge parce que le regard du chauffeur se durcit et j'entends le léger clic de la fermeture de la portière qui vient d'être activé.

C'est ce bruit qui me galvanise et me pousse à agir. L'adrénaline jaillit dans mes veines et je me jette sur le sol en secouant la poignée de la portière et en criant à pleins poumons. Je sais que c'est inutile, mais je dois essayer, et surtout je dois en donner l'impression. Je ne peux pas rester calmement assise quand on m'emmène en enfer.

Je ne peux pas les laisser s'apercevoir que cette fois-ci je veux y retourner.

Quand la voiture démarre je continue à me débattre avec la portière et à taper sur la vitre. Le chauffeur n'en tient aucun compte alors qu'il quitte le parking à toute vitesse et aucun des visiteurs du centre commercial ne semble remarquer qu'il se passe quelque chose de grave, les vitres teintées de la voiture les empêchent de me voir.

Nous n'allons pas loin. Au lieu de prendre l'autoroute, la voiture tourne derrière le bâtiment. J'y vois une camionnette beige qui nous attend, et je me débats encore plus. Je me casse les ongles en griffant la porte avec un désespoir qui n'est qu'à moitié feint. Dans ma précipitation pour aller au secours de Julian je n'ai pas totalement réfléchi à ce que cela impliquerait d'être enlevée par les monstres de mes cauchemars, de revivre quelque chose d'aussi horrible, et la terreur qui me submerge n'est que partiellement atténuée par le fait que j'ai choisi d'être dans cette situation.

Le chauffeur s'arrête à la hauteur de la camionnette et le verrouillage de la portière fait entendre son déclic. Je la pousse pour l'ouvrir, je tombe à quatre pattes, je m'écorche les mains sur le bitume, mais avant de pouvoir me relever, une main brutale me serre par la taille et des mains gantées s'abattent sur ma bouche pour étouffer mes cris.

J'entends des ordres hurlés en arabe et l'on me porte dans la camionnette, alors que je me débats et donne des coups de pied, ensuite un poing m'arrive en plein visage.

La douleur explose dans mon crâne, et puis, plus rien.

CHAPITRE VINGT-SEPT

❖ JULIAN ❖

Je perds et je reprends connaissance. Les périodes où je suis éveillé et où je souffre le martyre sont intercalées de brefs moments de répit dans le noir. Je ne sais pas si des heures, des jours ou des semaines se sont écoulés, mais j'ai l'impression que cela fait une éternité que je suis là, à la merci de Majid et de la souffrance qu'il m'inflige.

Je n'ai pas dormi. Ils ne me laissent pas dormir. Je n'ai de répit que quand mon esprit réussit à se protéger de mes tourments, et ils ont les moyens de m'y ramener quand je reste trop longtemps sans connaissance.

D'abord le supplice de l'eau. Il m'amuse, d'une manière assez perverse. Je me demande s'ils me l'infligent parce que j'ai du sang américain ou s'ils pensent seulement que c'est un moyen efficace de briser quelqu'un sans trop le bousiller.

Ils me le font subir une douzaine de fois, chaque fois que je suis sur le point de mourir ils m'en empêchent. C'est comme si je me noyais sans cesse, je lutte pour respirer avec l'énergie du désespoir, ce qui semble inutile étant donnée la situation. Il vaudrait mieux qu'ils finissent par me noyer ; je le sais, mais mon corps lutte pour la vie. Chaque seconde avec ce chiffon mouillé sur le visage semble une éternité, l'eau qui coule semble encore plus effrayante que la plus coupante des lames.

De temps en temps, ils s'arrêtent et me questionnent, en me promettant d'arrêter si je leur réponds. Et quand mes poumons sont sur le point d'exploser, j'ai envie de céder. Je veux en finir, et pourtant quelque chose en moi m'en empêche. Je refuse de leur donner la satisfaction de gagner, de les laisser me tuer en sachant qu'ils ont atteint leur but.

Quand je lutte pour respirer, j'entends la voix de mon père.

— Tu vas pleurer ? Tu vas pleurer comme le chouchou de sa maman ou tu vas m'affronter comme un homme ?

J'ai de nouveau quatre ans, je suis acculé dans un coin, et mon père me frappe sans cesse dans les côtes. Je sais ce qu'il faut lui répondre, je sais que je dois l'affronter, mais j'ai peur. J'ai tellement peur. Je sens que mon visage est mouillé et je sais que ça va le mettre en colère. Je n'ai pas vraiment pleuré depuis que j'étais bébé, mais j'ai les larmes aux yeux tant j'ai mal aux côtes. Si ma mère était là, elle me prendrait dans ses bras et m'embrasserait, mais elle ne vient pas vers moi quand mon père est dans cette humeur-là. Elle a trop peur de lui.

Je déteste mon père. Je le déteste et pourtant je voudrais être comme lui. Je ne veux pas avoir peur. Je veux être celui qui détient le pouvoir, celui dont tout le monde a peur.

Je me roule en boule, avec le coin de ma chemise je m'essuie le visage pour que mes larmes ne me trahissent pas, et je me relève sans tenir compte de ma peur et de mes côtes, les contusions me font pourtant mal.

— Je ne pleurerai pas. Je me débarrasse du chat que j'ai dans la gorge, je lève les yeux et je croise le regard furieux de mon père. Je ne pleurerai plus jamais.

Des jurons en arabe. Encore de l'eau sur le visage.

Violent retour au présent, j'ai des convulsions, je m'étrangle, et j'avale de l'air quand ils enlèvent le chiffon mouillé. Mes poumons se gonflent avec avidité, et malgré mes bourdonnements d'oreilles, j'entends Majid hurler contre celui qui vient presque de me tuer.

Eh bien, putain ! J'ai l'impression que la partie de rigolade est terminée.

Ensuite, ils commencent avec les aiguilles. De longues et grosses aiguilles qu'ils m'enfoncent sous les ongles. J'ai moins de mal à le supporter, mon esprit se détache de mon corps torturé et du présent et me ramène au passé.

Maintenant, j'ai neuf ans. Mon père m'a emmené en ville pour négocier avec ses fournisseurs. Je suis assis sur les marches, je garde l'entrée du bâtiment, un pistolet à la ceinture sous mon tee-shirt. Je sais me servir de cette arme ; j'ai déjà tué deux hommes avec. La première fois j'ai vomi, ce qui m'a valu d'être battu. Mais la deuxième fois, c'était plus facile. Je n'ai même pas tiqué en appuyant sur la gâchette.

Quelques adolescents arrivent dans la rue. Je reconnais leurs tatouages ; ils appartiennent à un gang du coin. Mon père leur a sans doute fait distribuer sa marchandise, mais pour le moment ils sont désœuvrés et ont l'air de s'ennuyer.

Je les regarde monter et descendre la rue en donnant des coups de pied dans des bouteilles cassées et en se donnant des bourrades. D'une certaine manière, j'envie leur camaraderie. Je n'ai pas beaucoup d'amis, et les garçons avec lesquels je joue de temps en temps ont l'air d'avoir peur de moi. Je ne sais pas si c'est parce que je suis le fils du Señor ou s'ils ont entendu des racontars à mon sujet. En général ça m'est égal, en réalité j'encourage leur peur, mais quelquefois j'aimerais pouvoir jouer comme un enfant ordinaire.

Mais ces adolescents n'ont pas entendu parler de moi. Je le sais parce que quand ils m'aperçoivent assis à cet endroit ils sourient ironiquement et viennent vers moi, ils pensent avoir trouvé une proie facile à intimider.

— Salut ! dit l'un d'eux. Qu'est-ce qu'un petit garçon comme toi fait ici ? C'est notre quartier. Tu es perdu, gamin ?

— Non, en ai-je dit en imitant leur sourire. Pas plus perdu que toi… gamin.

Le garçon qui vient de me parler est fou de rage.

— Petite merde ! Il s'avance vers moi et s'arrête net quand je mets mon arme en joue sans ciller.

— Vas-y ! ai-je suggéré d'une voix douce. Approche, pourquoi pas ?

Les garçons commencent à reculer. Ils ne sont pas complètement idiots ; ils voient que je sais me servir de mon arme.

À ce moment-là, mon père et ses hommes sortent du bâtiment et les garçons fuient comme les rats quittent le navire.

Quand je raconte ce qui s'est passé à mon père, il m'approuve d'un signe de tête.

— Bien. Tu n'as pas reculé, fils. Souviens-toi, tu prends ce que tu veux, et tu ne recules jamais.

De l'eau froide jetée au visage suivie d'une gifle me ramène au présent. Maintenant, ils m'ont attaché sur une chaise, les poignets ligotés derrière le dos et les chevilles attachées aux pieds de la chaise. Mes doigts et mes orteils me font affreusement mal, mais je suis encore vivant, et je n'ai toujours pas cédé.

Je peux voir la frustration et la rage sur le visage de Majid. Il n'est pas satisfait, la situation n'a pas encore avancé et j'ai l'impression qu'il va redoubler d'efforts.

Effectivement, il s'approche de moi avec un couteau au poing.

— Ta dernière chance, Esguerra… Il s'arrête devant moi. Encore une chance avant de commencer à te dépecer. Où se trouve cette putain d'usine et comment peut-on y accéder ? Au lieu de répondre j'accumule ce qui me reste de salive dans la bouche, et je lui crache dessus. Il a le nez et les joues couverts de salive ensanglantée et je le regarde avec satisfaction s'essuyer de la manche, tremblant de rage d'avoir été insulté.

Mais je ne profite pas longtemps de sa réaction parce qu'il m'empoigne les cheveux et tire dessus ce qui me tord le cou en arrière et me fait mal.

— Je vais te dire ce qui va se passer, espèce de merde, siffle-t-il en appuyant la lame sur ma mâchoire. Je vais commencer par tes yeux. Je vais te couper l'œil gauche en deux, et ensuite j'en ferai de même au droit. Et quand tu auras perdu la vue je vais te couper la bite, centimètre par centimètre, jusqu'à ce qu'il ne reste plus qu'un petit bout minuscule… Tu as compris ? Si tu ne parles pas immédiatement, tu ne verras plus jamais et tu ne baiseras plus jamais non plus.

Luttant contre l'envie de vomir je garde le silence et il remonte la lame sur ma peau pour arriver sous mon œil gauche. En chemin, la lame me coupe la joue et je sens la chaleur du sang couler sur ma peau froide. Je sais qu'il parle sérieusement, mais je sais aussi que lui céder ne changera rien au dénouement. Majid va me torturer pour avoir des renseignements et une fois qu'il les aura, il me torturera encore plus.

S'apercevant que je ne réagis pas Majid enfonce encore la lame dans ma peau.

— C'est ta dernière chance, putain, Esguerra. Tu veux garder ton œil ou pas ?

Je ne réagis pas et quand il remonte le couteau, ma paupière se ferme d'instinct.

— Alors d'accord, murmure-t-il, savourant la panique involontaire dont mon corps fait preuve quand j'essaie de me débattre pour lui échapper... Et puis je sens une douleur vive, une douleur à vomir. La lame m'a crevé la paupière et a pénétré dans mon œil.

* * *

J'ai dû encore perdre connaissance parce qu'on me jette de nouveau de l'eau froide au visage. Je tremble, une souffrance atroce a mis mon corps en état de choc. Je ne vois plus rien de l'œil gauche, je ne sens plus qu'un vide brûlant. J'ai le ventre enflammé de bile et j'ai besoin de tous mes efforts pour ne pas me vomir dessus.

— Et le deuxième œil, Esguerra, hum ? Majid me sourit, il tient fermement son couteau ensanglanté. Préfères-tu être aveugle quand on te coupe la bite ou préfères-tu le voir ? Bien sûr, il n'est pas trop tard pour tout arrêter... Il te suffit de nous dire ce qu'on veut savoir et l'on te laissera peut-être même la vie sauve puisque tu es si courageux.

Il ment. Je l'entends dans l'accent triomphant de sa voix. Il croit être venu à bout de moi ; il pense que je veux tellement arrêter de souffrir que je suis prêt à croire n'importe quoi de sa part.

— Va te faire foutre, ai-je murmuré avec les forces qui me restent. *Il ne faut pas reculer. Il ne faut jamais reculer.* Va te faire foutre avec tes petites menaces minables.

Il plisse les yeux de rage et le couteau jaillit vers mon visage. Je ferme mon œil restant, me préparant à souffrir encore, mais il ne se passe rien.

Surpris, je rouvre ma paupière intacte et je vois que l'attention de Majid a été détournée par un de ses sous-fifres. Celui-ci semble très excité, il me désigne tout en parlant à toute vitesse en arabe. J'essaie de reconnaître quelques mots, mais il va trop vite. Mais si l'on en juge par le sourire qui apparait sur le visage de Majid, il vient de recevoir une bonne nouvelle, donc sans doute une mauvaise nouvelle pour moi.

Mon hypothèse se confirme quand Majid se tourne vers moi et me dit avec un sourire cruellement ironique :

— Ton autre œil est hors de danger pour le moment, Esguerra. Il y a quelque chose que je veux *vraiment* que tu puisses voir dans quelques heures.

Je le regarde, incapable de dissimuler ma haine. Je ne sais pas de quoi il parle, mais mon ventre se contracte en voyant les terroristes sortir à la queue leu leu de la pièce sans fenêtre. Il n'y a qu'une raison pour laquelle on pourrait me persuader d'abandonner, et elle est saine et sauve dans l'enceinte du domaine. Il n'est pas possible qu'ils parlent de Nora étant donné le dispositif de sécurité qui la protège. C'est un nouveau jeu qu'ils ont imaginé pour me torturer l'esprit, pour essayer de me faire croire qu'ils me préparent quelque chose d'encore pire. C'est une manœuvre dilatoire, un moyen de prolonger mes souffrances, rien de plus.

Je n'ai pas l'intention de tomber dans leur piège, mais en attendant dans cette pièce, ligoté et souffrant comme ça ne m'est encore jamais arrivé dans ma vie, je n'ai plus la force d'empêcher l'anxiété de m'envahir. Je devrais être reconnaissant de ce répit, de l'interruption de la torture, mais non.

Je laisserais volontiers Majid me dépecer membre après membre pour avoir la certitude que Nora est saine et sauve.

Je ne sais pas pendant combien de temps j'attends dans l'angoisse, mais finalement j'entends des voix dehors. La porte s'ouvre et Majid fait entrer quelqu'un de petit avec une paire de bottines et une chemise d'homme qui lui arrive aux genoux. Ses bras sont ligotés derrière le dos et il y a une tache de sang sous son bras droit.

Mon ventre se contracte et une horreur glacée pénètre mes veines quand les yeux noirs de Nora s'arrêtent sur mon visage.

Putain, ils ont mis la main sur la seule personne au monde qui compte pour moi !

Ils ont ma chère Nora, et cette fois-ci je ne peux pas venir à son secours.

CHAPITRE VINGT-HUIT

❖ NORA ❖

En tremblant de la tête aux pieds je fixe Julian des yeux et mon cœur se serre douloureusement quand je le vois dans cet état. Il a un bandage mal fait et sale sur l'épaule qui suinte de sang et son corps nu n'est plus qu'un amas de plaies, de contusions et d'écorchures. Son visage est encore pire. Sous l'ancien bandage de son front, tout est enflé et contusionné. Mais ce qu'il y a de plus affreux, c'est une plaie béante qui va de sa joue gauche jusqu'à son sourcil, une vraie bouillie de chair à l'endroit où se trouvait son œil.

À l'endroit où *se trouvait* son œil.

On lui a arraché l'œil.

Je n'arrive pas à comprendre ça pour le moment, donc je n'essaie même pas. Julian est en vie, et maintenant c'est la seule chose qui compte.

Il est ligoté à une chaise en métal, les jambes séparées l'une de l'autre et les bras liés derrière le dos. Je m'aperçois à quel point il est bouleversé et horrifié de me voir, et je voudrais lui dire que tout va bien se passer, que cette fois c'est moi qui vais *le* sauver, mais ce n'est pas possible. Pas encore.

Pas avant que Peter ne puisse arriver avec des renforts.

Ma pommette contusionnée me fait mal à l'endroit où l'on m'a frappée et j'ai mal aussi sous le bras gauche où une plaie me brûle. On m'a déshabillée quand j'ai perdu connaissance, on m'a enlevé l'implant contraceptif que j'avais, sans doute en craignant que ce fût une sorte de moyen de localisation. Je ne m'y attendais pas, je pensais qu'ils trouveraient les véritables implants de localisation, mais le plan a encore mieux marché que prévu. Après avoir enlevé l'implant et s'être aperçus que ce n'était qu'une simple tige de plastique, ils ont dû penser que je ne présentais aucune menace et que j'étais exactement ce que je faisais semblant d'être : une jeune fille naïve qui était allée voir ses parents sans se rendre compte du danger. J'étais contente d'avoir eu la clairvoyance de laisser le bracelet de localisation au domaine pour ne pas éveiller leurs soupçons.

À mon grand soulagement, il ne semble pas qu'ils m'aient touchée ailleurs. En tout cas s'ils ont fait plus que me peloter pendant que j'étais évanouie, je n'en ai gardé aucune trace. Je n'ai pas mal entre les jambes, je n'ai rien de gluant, aucune sensation désagréable. J'ai la chair de poule à l'idée qu'ils m'aient vue toute nue, mais ça aurait facilement pu être encore pire. Quand je suis revenue à moi, je portais la chemise de quelqu'un d'autre et mes bottines. Ils doivent garder tous leurs effets pour le moment où je serai devant Julian.

C'était la partie de mon plan qui avait semblé la plus dangereuse à Peter, entre le moment de ma capture et mon arrivée dans leur cachette.

— Vous savez qu'ils peuvent vous fouiller centimètre par centimètre et trouver les trois implants que Julian vous a fait mettre, m'avait-il dit avant de quitter le domaine. Et alors, nous vous aurons perdu tous les deux. Vous comprenez ce qu'ils vous feront pour faire parler Julian, n'est-ce pas ?

— Oui, Peter, avais-je répondu avec un sourire sombre. J'ai parfaitement compris. Mais il n'y a pas d'autre solution et les implants sont minuscules, il n'y a pratiquement pas de cicatrices. Ils risquent d'en trouver un ou deux, mais ça m'étonnerait qu'ils trouvent les trois, et s'ils finissaient par les trouver, entre-temps vous sauriez où ils sont.

— Peut-être, dit-il, et ses yeux en disent long sur ce qu'il pense de mon état mental. Ou peut-être pas. Il y a une centaine de choses qui peuvent tourner mal entre le moment où ils vous captureront et le moment où ils vous conduiront vers Julian.

— C'est un risque que je dois prendre, lui ai-je dit en mettant fin à la discussion. Je savais à quel point il serait dangereux pour moi de servir à localiser les terroristes grâce à mes implants, mais je ne voyais aucun autre moyen de retrouver Julian à temps, et à en juger par l'état dans lequel il se trouve, même comme ça c'était presque déjà trop tard.

Je vois les efforts qu'il fait pour conserver toute sa contenance, pour cacher en ma présence ses réactions viscérales, mais il n'y parvient pas complètement. Après le choc initial, sa mâchoire se serre et son œil encore intact commence à briller d'une rage violente quand il me voit à moitié déshabillée. Il contracte ses muscles puissants et lutte contre les cordes qui le ligotent. Il a l'air de vouloir mettre en pièces tous ceux qui sont ici, et je sais que seules ces cordes l'empêchent de s'attaquer à ses ravisseurs, ce qui serait suicidaire. Les terroristes doivent penser la même chose parce que deux d'entre eux se rapprochent de lui, prêts à tirer à la moindre occasion.

Majid rit, il semble ravi par le tour qu'ont pris les évènements, et il me traîne au milieu de la pièce en me serrant horriblement fort par le bras.

— Tu sais, ta petite pute est pratiquement venue se mettre dans la gueule du loup, cette idiote, dit-il sur le ton de la conversation, en m'empoignant les cheveux pour m'obliger à m'agenouiller. Nous l'avons trouvée en train de faire du lèche-vitrine en ton absence, comme toutes ces putes américaines qui ne pensent qu'à la consommation. Nous avons décidé de l'amener ici pour que tu voies son joli minois avant que je le mette en pièces… À moins que tu ne te décides à parler ?

Julian garde le silence et regarde Majid avec une haine mortelle tandis que je respire à petites bouffées pour essayer de maîtriser ma terreur. Mon cuir chevelu me fait si mal que j'en ai les larmes aux yeux et la peur se propage et tremble en moi presque comme un être vivant à part entière. Comme j'ai les mains ligotées derrière le dos, je ne peux rien faire pour empêcher Majid de me faire mal.

J'ignore combien de temps Peter va mettre pour arriver, mais il est bien possible qu'il n'arrive pas à temps. Je vois les taches couleur de rouille sur le couteau que Majid porte à la ceinture et la nausée me monte à la gorge en comprenant que c'est le sang de Julian.

Si nous ne sommes pas bientôt délivrés, ce sera aussi le mien.

Je suis horrifiée à la vue de Majid qui prend son couteau sans lâcher sa cruelle emprise sur mes cheveux.

— Oh oui, murmure-t-il en appuyant la lame contre mon cou, je pense que sa tête fera un joli petit trophée. Après avoir été un peu dépecée, bien sûr… Il fait remonter le couteau et je me glace en sentant la lame me couper sous le menton, là où la peau est particulièrement douce, et j'ai ensuite la sensation révoltante d'un liquide chaud qui me coule dans le cou.

Le grondement qui échappe à Julian n'a plus rien d'humain. Je n'ai pas le temps de reprendre mon souffle, il a bondi en avant avec la chaise sur laquelle il est attaché en prenant élan sur la plante de ses pieds. Son geste est si rapide et si violent que les deux hommes qui sont à côté de lui n'ont pas le temps de réagir. Julian rentre dans l'un d'eux et le précipite au sol, puis avec une torsion du corps il l'empale avec le pied de la chaise en métal.

Les quelques secondes qui suivent sont floues, je ne vois que du sang et j'entends hurler en arabe. Majid me lâche et hurle des ordres pour pousser les autres à réagir tandis qu'il se met lui-même à combattre.

Toujours ligoté à la chaise, Julian est séparé du blessé, et je regarde avec une fascination horrifiée celui que Julian a attaqué se tortiller sur le sol, mettant la main à la gorge tandis que des râles et des gargouillis lui sortent de la bouche. Il va mourir, je le sais, car les jets de sang qui sortent de sa plaie au cou sont de plus en plus faibles, et pourtant son agonie ne semble pas me toucher. C'est comme si je regardais un film au lieu de voir un être humain mourir en perdant tout son sang sous mes yeux.

Majid et les autres terroristes accourent à son chevet tentant d'arrêter le flot de sang, mais c'est trop tard. L'homme arrête de se tenir éperdument la gorge, ses yeux se voilent, et la puanteur de la mort, les excréments et la violence emplissent la pièce.

Il est mort.

Julian l'a tué.

Je devrais être écœurée et horrifiée, mais non. Peut-être, vais-je ressentir ces émotions plus tard, mais pour l'instant tout ce que je ressens c'est un étrange mélange de satisfaction et de fierté : la satisfaction de la mort de l'un des assassins et la fierté que ce soit Julian qui l'ait tué.

Même ligoté et affaibli par la torture, mon mari est venu à bout d'un de ses ennemis, un homme armé assez stupide pour être à portée de Julian qui lui a donné un coup mortel.

Sur un certain plan, mon manque de compassion me gêne, mais je n'ai pas le temps d'y réfléchir. Que Julian ait voulu faire diversion ou pas, le résultat est que personne ne m'accorde la moindre attention, et dès que je m'en aperçois, j'entre en action.

Je me lève d'un bond et je regarde frénétiquement autour de moi. J'aperçois un petit couteau sur une table près du mur et quand je me jette dessus, mon pouls bat à se rompre. Les terroristes entourent tous Julian de l'autre côté de la pièce et j'entends des grognements, des jurons et le son affreux des coups de poing.

Ils punissent Julian pour ce meurtre et ne tiennent plus compte de moi en ce moment.

Dos à la table, je cache le couteau dans ma main et je fais passer la lame sous le ruban adhésif dont ils m'ont enroulé les poignets. Comme mes mains tremblent, je m'écorche un peu, mais peu m'importe. Il me faut couper le ruban adhésif avant qu'ils ne s'aperçoivent de ce qui se passe. La sueur et le sang me font glisser les mains, mais je persiste, et finalement, j'ai les mains libres.

En tremblant, j'examine de nouveau la pièce et je vois un fusil d'assaut posé négligemment contre un mur. L'un des terroristes a dû le laisser là dans la confusion qui a suivi l'attaque inattendue de Julian.

Le cœur battant la chamade, je m'approche lentement du fusil le long du mur en espérant de toutes mes forces qu'ils ne jetteront pas de coup d'œil dans ma direction. J'ignore ce que je ferai d'une seule arme dans une pièce pleine d'hommes armés jusqu'aux dents, mais il faut que je fasse quelque chose.

Je ne peux pas rester les bras croisés pendant qu'ils battent Julian à mort.

Mes mains se saisissent du fusil sans que personne le remarque et je pousse un soupir de soulagement. C'est un AK-47, l'une des armes avec lesquelles je me suis entraînée avec Julian. Je la prends, je la soulève, elle est lourde, et je vise les terroristes en essayant de contrôler le tremblement que l'adrénaline provoque dans mon bras. Je n'ai jamais tiré sur quelqu'un de ma vie, mes seules cibles étaient des canettes de bière et des cibles en papier, et je ne sais pas si j'aurai le courage d'appuyer sur la gâchette.

Et au moment même où j'essaie de mobiliser mes forces une explosion étourdissante secoue la pièce et me jette par terre.

* * *

Je ne sais pas si je me suis cognée la tête ou si je suis seulement étourdie par le choc de l'explosion, mais ce que j'entends ensuite ce sont des coups de feu à l'extérieur. Toute la pièce s'est remplie de fumée et je tousse en me relevant d'instinct.

— Nora ! Reste à terre ! C'est la voix de Julian, enrouée par la fumée. Baisse-toi, bébé, tu m'entends ?

— Oui, ai-je hurlé, et une joie intense m'envahit en m'apercevant qu'il est en vie, et qu'il est capable de parler. Toujours sur le sol, cachée derrière une table qui est tombée à côté de moi, je jette un coup d'œil et je vois Julian à l'autre bout de la pièce, toujours ligoté à la chaise de métal.

Je vois aussi que la fumée vient de la bouche d'aération du plafond et qu'il n'y a plus que nous deux dans la pièce. La bataille, ou les évènements qui se déroulent en ce moment se passent à l'extérieur.

Peter et les gardiens ont dû arriver.

En pleurant presque de soulagement, j'attrape le AK-47 qui est à côté de moi, je me mets à plat ventre et je rampe vers Julian en retenant mon souffle pour ne pas avaler trop de fumée.

À ce moment-là, la porte s'ouvre d'un coup et une silhouette familière entre dans la pièce.

C'est Majid, et il tient une arme dans la main droite.

Il a dû comprendre la défaite d'Al-Quadar et il est venu tuer Julian.

Un accès de haine me monte à la gorge, l'amertume de la bile m'étrangle. Voici celui qui a tué Beth… qui a torturé Julian et qui en aurait fait de même avec moi. Un terroriste cruel, un psychotique qui a sans aucun doute assassiné des douzaines d'innocents.

Il ne me voit pas, toute son attention se concentre sur Julian quand il lève son arme et vise mon mari.

— Au revoir, Esguerra, dit-il à voix basse… et j'appuie sur la gâchette de mon propre fusil.

J'ai beau être au sol, j'ai visé juste. Julian m'a entraînée à tirer, assise, allongée et même en courant. Le fusil d'assaut sursaute dans mes bras tremblants et me frappe violemment à l'épaule, mais les deux balles ont atteint Majid exactement là où je le voulais, au poignet droit et à l'épaule.

Les balles l'ont jeté contre le mur et lui ont fait lâcher son arme. En hurlant, il serre son bras ensanglanté, et je me relève sans prendre garde aux balles qui volent à l'extérieur. J'entends Julian me hurler quelque chose, mais ses paroles exactes m'échappent, mes oreilles bourdonnent.

À cet instant, c'est comme si le monde entier avait disparu, il n'y a plus que Majid et moi.

Nos yeux se croisent, et pour la première fois je vois de la peur dans son regard noir de reptile. Il sait que c'est moi qui lui ai tiré dessus et il peut lire une froide détermination sur mon visage.

— S'il vous plait, ne tirez pas… commence-t-il à dire, et j'appuie de nouveau sur la gâchette en lui déchargeant cinq balles de plus dans le ventre et dans la poitrine.

Dans le bref silence qui s'ensuit, je vois le corps de Majid glisser lentement le long du mur, presque au ralenti. Son visage est comme foudroyé, du sang lui coule au coin des lèvres, ses yeux sont grand ouverts, ils me fixent avec une espèce d'incrédulité morne. Il bouge les lèvres, comme pour dire quelque chose, et un râle lui sort de la bouche avec des bulles de sang.

Je baisse mon arme, je fais un pas vers lui, attirée par un étrange désir de voir ce que j'ai fait. Les yeux de Majid implorent les miens, me demandent tacitement pitié. Je soutiens son regard, laisse durer ce moment… et puis je dirige le AK-47 vers son front et j'appuie une dernière fois sur la gâchette.

Sa nuque explose, le sang et la cervelle éclaboussent le mur derrière lui. Ses yeux deviennent vitreux, le blanc autour des iris devient pourpre, les vaisseaux sanguins viennent d'éclater. Son corps s'affaisse et l'odeur de la mort, violente et âcre, emplit pour la deuxième fois la pièce.

Mais cette fois, ce n'est pas Julian qui a tué.

C'est moi.

Quand je baisse de nouveau mon arme en regardant couler le sang le long du mur derrière Majid, mes mains ne tremblent plus. Puis je me dirige vers Julian, je m'agenouille à côté de lui et je pose avec précaution le fusil par terre avant de commencer à le détacher.

Julian garde le silence quand je le libère de ses liens, et moi aussi. Au-dehors les coups de feu commencent à s'espacer, et j'espère que ça veut dire que Peter et les siens sont victorieux. Mais dans un cas comme dans l'autre, je suis prête pour ce qui va se passer, et un calme étrange m'envahit malgré la précarité de notre situation. Quand les bras et les jambes de Julian sont libres, il donne un coup de pied à la chaise et roule sur le dos en me serrant les poignets de sa main droite. Son bras gauche dont une partie est encore plâtrée reste immobile le long de son corps et il y a du sang frais sur son visage et sur lui, résultat de la correction qu'il vient de recevoir. Mais son emprise sur mes poignets m'étonne par sa force quand il m'approche plus près de lui pour me forcer à me baisser au sol près de lui.

— Reste à terre, bébé, murmure-t-il entre ses lèvres tuméfiées, c'est presque fini… Je t'en prie, reste à terre.

Je hoche la tête et je m'allonge à côté de lui, à sa droite en faisant attention de ne pas lui faire encore plus mal. Maintenant que la porte est ouverte, une partie de la fumée commence à sortir et je respire librement pour la première fois depuis l'explosion.

Julian lâche mes poignets et me glisse le bras sous le cou puis me prend dans ses bras pour me protéger. Ma main lui effleure les côtes sans le vouloir ce qui lui fait pousser un cri de douleur, mais quand j'essaie de me dégager il me serre encore plus fort contre lui.

Quelques minutes plus tard, quand Peter et les gardes franchissent le seuil de la pièce, ils nous trouvent dans les bras l'un de l'autre et Julian vise la porte avec l'AK-47.

CHAPITRE VINGT-NEUF

❖ JULIAN ❖

— Comment va-t-elle ? demande Lucas. Il est assis à mon chevet. Un épais bandage lui recouvre la tête et il a des béquilles à cause de sa jambe cassée. Mais à part ça, il va mieux. Il était inconscient dans une autre chambre que la mienne lorsqu'Al-Quadar a attaqué l'hôpital en Ouzbékistan, il a donc tout raté.

— Elle… ne va pas trop mal, je pense. J'appuie sur un bouton pour mettre le lit en position semi-assise. Les côtes me font mal, quand je bouge, mais je n'en tiens pas compte. Depuis l'accident d'avion, la douleur est ma compagne de tous les instants et j'y suis désormais plus ou moins habitué.

Depuis que nous avons été libérés sur ce chantier du Tadjikistan il y a cinq jours, Nora et moi sommes en convalescence en Suisse dans un établissement spécialisé. C'est une clinique privée où travaillent les meilleurs médecins du monde entier, et j'ai demandé à Lucas de se charger personnellement de la sécurité. Évidemment, maintenant que les cellules les plus dangereuses d'Al-Quadar ont été éliminées, le danger immédiat est moindre, mais on ne saurait être trop prudent. J'y ai aussi fait transférer tous ceux de mes hommes qui ont été blessés pour qu'ils puissent être soignés dans un environnement plus agréable.

La chambre que Nora et moi partageons est ultra moderne, avec tout l'équipement possible et imaginable, des jeux vidéo à la douche privée. Elle a deux lits ajustables, un pour moi et un pour Nora, avec des draps en coton égyptien et des matelas à mémoire de forme. Même les moniteurs cardiaques et les goutte-à-goutte des intraveineuses placés autour du lit sont élégants, on dirait davantage des objets d'art que du matériel médical. Toute cette installation est si luxueuse que je pourrais presque oublier que je suis dans un nouvel hôpital.

Presque, mais pas tout à fait.

Je serais tellement content de ne jamais remettre les pieds à l'hôpital.

À mon immense soulagement, toutes les blessures de Nora se sont avérées être superficielles. La blessure qu'elle a au bras a nécessité quelques points de suture, mais le coup qu'elle a reçu au visage ne lui a laissé qu'un vilain bleu sur la pommette. Les médecins ont également confirmé qu'elle n'avait pas subi de sévices sexuels bien qu'elle ait été déshabillée. Quelques heures après notre arrivée ici on a pu établir qu'elle était en bonne santé et qu'elle pouvait rentrer à la maison.

Quant à moi, je vais moins bien, même si je ne suis pas aussi mal en point que j'aurais pu l'être. On m'a déjà opéré deux fois, d'abord pour réduire mes cicatrices au visage, ensuite pour placer une prothèse oculaire dans mon orbite vide afin que je ne ressemble pas à un cyclope. Je ne reverrai jamais plus de l'œil gauche, en tout cas pas avant que la technologie des yeux bioniques ne progresse davantage, mais les chirurgiens m'ont assuré que j'aurai l'air presque normal quand tout sera cicatrisé.

Mes autres blessures ne sont pas trop graves non plus. On a dû remettre en place mon bras cassé et le plâtrer à nouveau, mais la blessure par balle de mon épaule droite est en bonne voie, ainsi que mes côtes fêlées. La torture des aiguilles me laisse encore du sang séché sous les ongles, mais là aussi il y a progressivement une amélioration. La correction que les hommes de Majid m'ont donnée vers la fin m'a un peu endommagé les reins. Mais grâce à l'arrivée rapide de Peter, j'ai échappé à d'autres blessures internes et à d'autres fractures. Quand ma convalescence sera terminée, j'aurai quelques cicatrices de plus, et mon bras gauche ne retrouvera peut-être pas toutes ses forces, mais je ne ferai pas peur aux enfants avec mon apparence physique.

Dieu merci ! Je n'ai jamais été particulièrement fier de ma beauté, mais je veux être certain que Nora continue à me trouver séduisant et qu'elle ne soit pas dégoûtée quand je la touche. Elle m'a assuré que mes cicatrices et mes bleus ne la gênent pas, mais je ne sais pas si c'est vrai. À cause de mes blessures, nous n'avons pas fait l'amour depuis que nous avons été libérés et je ne connaitrai ses véritables sentiments qu'une fois qu'elle sera de nouveau dans mon lit.

En général, je ne sais pas vraiment ce qu'elle ressent depuis cinq jours. Avec les opérations et les médecins qui nous entourent, nous n'avons pas eu l'occasion de parler de ce qui s'est passé. Chaque fois que j'aborde le sujet, elle parle d'autre chose, comme si elle voulait tout oublier. Je ne l'en empêcherais pas si elle n'était pas aussi silencieuse. Repliée sur elle-même, d'une certaine manière. C'est comme si le traumatisme qu'elle a reçu l'amenait à se replier sur elle-même… de bloquer ses émotions.

— Comment s'en sort-elle ? demande Lucas, et je sais qu'il veut parler de la mort de Majid. Tous mes hommes savent comment Nora l'a abattu et ils connaissent le rôle qu'elle a joué dans ma libération. Ils l'admirent d'avoir montré autant de courage, alors que chaque jour je lutte contre l'envie de l'étrangler pour avoir risqué sa vie. Et Peter… eh bien, c'est un autre problème. S'il n'avait pas disparu rapidement après nous avoir conduits à la clinique je lui aurais arraché la tête pour avoir fait courir un tel danger à Nora.

— Elle s'en sort, ai-je répondu à la question de Lucas. Je n'ai pas l'intention de partager avec lui mes préoccupations concernant l'état mental de Nora. Elle s'en sort aussi bien qu'on puisse l'espérer. Ce n'est jamais facile de tuer pour la première fois, bien sûr, mais elle est forte. Elle s'en remettra.

— Oui, j'en suis sûr. Il prend ses béquilles, se lève et demande : Quand voulez-vous rentrer en Colombie ?

— Goldberg dit que nous pourrons partir demain. Il souhaite que je reste ici une nuit de plus, pour s'assurer que ma guérison se passe comme il faut, et ensuite il se chargera de me soigner au domaine.

— Parfait, dit Lucas. Je vais donc m'en occuper.

Il sort de la pièce à cloche-pied et je prends mon ordinateur portable pour vérifier où se trouve Nora. Elle est allée grignoter quelque chose au café du premier étage, mais il y a déjà plus de dix minutes qu'elle est partie et je commence à m'inquiéter.

Une fois en ligne, je télécharge le rapport du localisateur et je vois qu'elle se trouve dans le couloir, à une vingtaine de mètres de notre chambre. Le point qui la localise est immobile, elle doit être en train de bavarder avec quelqu'un.

Soulagé, je referme l'ordinateur et je le pose sur la table de chevet.

Je sais que je me fais trop de souci pour elle, mais je n'arrive pas à me contrôler. Le pire moment de ma vie est celui où j'ai vu Majid la menacer de lui couper la gorge. Je n'ai pas eu de pire terreur que celle de voir le sang couler sur sa peau si douce. J'ai littéralement vu rouge à ce moment-là, la rage qui m'a envahi m'a donné une force et un élan dont je ne me savais pas capable. Je n'ai pas consciemment pris la décision de tuer ce terroriste ; le besoin de protéger Nora l'a emporté à la fois sur mon instinct de conservation et sur mon bon sens.

Si j'avais eu davantage de lucidité, j'aurais trouvé un autre moyen de détourner l'attention de Majid de Nora en attendant l'arrivée des renforts.

J'ai commencé à deviner son projet d'évasion dès que Majid a parlé de lèche-vitrine. C'était terriblement évident : Nora savait que mes ennemis voulaient l'utiliser pour faire pression sur moi et elle savait qu'elle avait des implants. Je ne pouvais pas croire qu'elle prenne un tel risque, ni que Peter la laisse faire, mais c'était le seul moyen de comprendre comment Al-Quadar avait pu mettre la main sur elle en mon absence.

Au lieu de rester en sécurité au domaine, Nora avait mis sa vie en danger pour sauver la mienne.

Tout en sachant ce dont Majid était capable, elle avait affronté ses propres cauchemars pour venir à *ma* rescousse, alors qu'elle a toutes les raisons de me haïr.

J'ignore si j'ai cru qu'elle m'aimait vraiment jusqu'à ce moment précis... Le moment où je l'ai vue devant moi, terrifiée, mais déterminée, sa petite silhouette disparaissant dans une chemise d'homme dix fois trop grande pour elle. Personne n'a jamais rien fait de semblable pour moi ; même quand j'étais petit, ma mère disparaissait au premier signe de mauvaise humeur de mon père et me laissait à la merci de sa cruauté. À part les gardes qui sont à mon service, personne ne m'a jamais protégé. J'ai toujours été seul.

Jusqu'à ce que je la rencontre.

Jusqu'à ce que je rencontre Nora.

Au moment où je me souviens de son air farouche quand elle avait son arme pointée sur Majid la porte de la pièce s'ouvre, et l'objet de ma rêverie entre dans la pièce.

Elle porte un jean et un sweat-shirt marron, ses cheveux épais sont attachés derrière son dos en qucuc de cheval et elle a des ballerines aux pieds. Le bleu qu'elle a à la pommette n'a pas encore disparu, mais aujourd'hui elle l'a couvert de fond de teint sans doute pour parler sur Skype avec ses parents sans les inquiéter. Depuis notre arrivée à la clinique elle a parlé presque quotidiennement avec eux. Je pense qu'elle se sent coupable de leur avoir fait peur en disparaissant une fois de plus.

Elle mange une pomme bien juteuse, ses dents blanches y mordent avec un plaisir visible.

Mon cœur se met à battre plus fort dans ma cage thoracique, la joie et le soulagement m'aident à mieux respirer. Désormais, c'est comme ça chaque fois que je la revois, ma réaction est la même qu'elle se soit absentée un quart d'heure ou plusieurs heures.

— Salut ! Elle vient vers moi et s'assied gracieusement du côté droit du lit. En se penchant, elle me donne un petit baiser sur la joue, ses lèvres sont douces, puis elle relève la tête pour me sourire. Tu en veux ? dit-elle en me tendant sa pomme.

— Non, merci, bébé. Ma voix devenue rauque dès qu'elle me touche me fait douloureusement prendre conscience que je ne l'ai pas baisée depuis mon départ du domaine. Elle est toute pour toi.

— D'accord. J'ai rencontré le Dr Goldberg dans le couloir, dit-elle après en avoir avalé une bouchée. Il dit que tu vas mieux et que nous pourrons rentrer demain à la maison.

— Oui, c'est exact. Je la regarde sortir un coin de langue pour prendre un petit bout de pomme sur sa lèvre inférieure et mes valseuses se contractent tout en me brûlant. Oui, je vais incontestablement mieux, du moins c'est l'avis de mon sexe. Nous partirons dès qu'il donnera son accord.

Nora mord encore dans sa pomme, elle mâche lentement et m'examine avec une attention particulière.

— Qu'est-ce qu'il y a, bébé ? Je tends la main pour prendre la sienne, je l'approche de mon visage et je frotte sa main délicate contre ma joue. Je sais que je l'égratigne sans doute avec ma barbe naissante, ça fait une semaine que je ne me suis pas rasé, mais je ne peux résister à la tentation de ses caresses. Dis-moi ce qui te préoccupe.

Elle pose le trognon de pomme sur une serviette de la table de chevet.

— Nous devrions parler de Peter, dit-elle à voix basse. Et de la promesse que je lui ai faite.

Je me raidis et mon emprise se resserre sur sa main.

— Quelle promesse ?

— La liste. Elle bouge les doigts dans ma main. La liste des noms que tu lui as promis en échange de trois ans de service. Je lui ai dit que tu la lui donnerais dès que tu l'aurais, s'il m'aidait à venir à ton secours.

— Putain ! Je la fixe des yeux sans pouvoir y croire. Je me demandais comment elle avait persuadé Peter de désobéir à un ordre formel, et voilà la réponse. Tu lui as promis que je l'aiderais à se venger s'il t'aidait dans cette folie ?

Nora hoche la tête et ses yeux s'attardent sur moi.

— Oui. C'est la seule chose à laquelle j'ai pu penser à ce moment-là. Il savait que si tu mourais il n'obtiendrait pas la liste et je lui ai dit qu'il l'aurait plus rapidement s'il m'aidait.

Je fronce violemment les sourcils, je suis fou de rage. Ce salaud de russe a fait courir un danger mortel à ma femme, je ne peux ni lui pardonner ni l'oublier. Il m'a peut-être sauvé la vie, mais il a mis celle de Nora en danger pour le faire. S'il n'avait pas disparu après avoir réussi à nous libérer je l'aurais tué pour avoir fait ça. Et maintenant, Nora veut que je lui donne cette liste ?

C'est hors de question, Bon Dieu !

— Julian, je lui ai promis, insiste-t-elle, devinant visiblement ma réponse tacite. Une détermination inhabituelle se lit sur son visage quand elle ajoute : Je sais que tu lui en veux, mais c'est moi qui ai eu cette idée et au début il était contre.

— Évidemment. Parce qu'il savait que ta sécurité devait être son objectif prioritaire. Je m'aperçois que je lui tiens toujours la main, je la lâche et dit durement : ce salaud a de la chance d'être encore en vie.

— Je comprends, dit Nora en me regardant calmement. Et Peter aussi, crois-moi. Il savait que tu réagirais comme ça, et c'est la raison pour laquelle il est parti après nous avoir déposés ici.

Je respire profondément en essayant de ne pas changer d'humeur. Et bon débarras ! Il sait que maintenant je ne pourrais plus jamais lui faire confiance. Je lui avais ordonné de te garder en sécurité au domaine, et qu'a-t-il fait ? Je la regarde en pensant douloureusement à son apparition dans cette pièce sans fenêtres, traînée par les terroristes, ensanglantée et terrifiée. Putain, il t'a apportée à Majid sur un plateau !

— Oui. Et ainsi il t'a sauvé la vie.

— Mais je me fous de ma vie ! Je m'assieds complètement sans prêter attention à la douleur qui me lance dans les côtes. Tu ne saisis donc pas, Nora ? *Tu* es la seule personne qui compte pour moi. Toi, pas moi, ni personne d'autre !

Elle me regarde fixement et je vois ses grands yeux commencer à se remplir de larmes.

— Je sais, Julian, murmure-t-elle en clignant des yeux. Je sais.

Je la regarde et ma colère se dissipe, elle est remplacée par un inexplicable besoin de lui faire comprendre.

— Je ne sais pas si tu comprends, mon chat. Je parle à voix basse tout en lui reprenant la main, j'ai besoin de sa chaleur et de sa vulnérabilité. Tu es tout pour moi. S'il t'arrivait quelque chose, je ne voudrais pas te survivre. Je ne voudrais pas d'une vie sans toi.

Ses lèvres tremblent, les larmes s'accumulent dans ses yeux avant de couler sur ses joues.

— Je sais, Julian… Ses doigts se replient sur la paume de ma main qu'elle serre plus fort. Je sais parce que c'est pareil pour moi. Quand j'ai pensé que ton avion s'était écrasé, elle avale sa salive, sa voix se brise, et plus tard quand j'ai entendu les coups de feu pendant qu'on était au téléphone…

Je respire encore profondément, sa détresse me serre le cœur.

— Non, bébé… Je porte sa main à mes lèvres et je lui embrasse la paume. N'y pense plus. C'est fini, il n'y a plus rien à craindre. Majid n'est plus là et nous sommes sur le point d'éliminer Al-Quadar pour de bon.

Pendant que je parle, je la vois prendre une expression plus neutre, son regard se ferme étrangement. C'est comme si elle essayait de retenir ses émotions, de construire mentalement une sorte de mur pour se protéger.

— Je sais, dit-elle, et ses lèvres dessinent l'espèce de sourire vide que je lui ai souvent vu prendre depuis notre libération. C'est fait. Il est mort.

— Tu le regrettes ? ai-je demandé en baissant sa main. J'ai besoin de comprendre la raison de son repli sur elle-même, d'aller au fond de ce qui la pousse à se renfermer comme ça. Tu regrettes de l'avoir tué, bébé ? C'est pour ça que tu es contrariée depuis quelques jours ?

Elle cligne des yeux comme si ma question la faisait sursauter.

— Je ne suis pas contrariée.

— Ne me mens pas, mon chat. Je lui lâche la main et je lui prends doucement le menton pour regarder ses yeux cernés. Tu t'imagines que je ne m'en rends pas compte ? Je vois bien que tu n'es plus la même depuis le Tadjikistan et je veux comprendre pourquoi.

— Julian… Sa voix prend un ton implorant. Je t'en prie, je n'ai pas envie d'en parler.

— Pourquoi pas ? Tu crois que je n'ai pas compris ? Tu ne penses pas que je sais ce que cela fait de tuer pour la première fois et de vivre en sachant qu'on a ôté la vie à quelqu'un ? Je m'arrête, cherchant une réaction de sa part. N'en voyant aucune je poursuis. Nous savons tous les deux que Majid méritait son sort, mais c'est normal de se sentir merdique après. Tu as besoin d'en parler pour pouvoir commencer à surmonter tout ce qui s'est passé…

— Non, Julian, m'interrompt-elle, et le vide prudent de son regard est remplacé par une soudaine éruption de colère. Tu *ne comprends pas*. Je sais que Majid méritait de mourir, et je ne regrette pas de l'avoir tué. Je suis convaincu que le monde sera plus en sécurité sans lui.

— Alors qu'est-ce que c'est ? Je commence à m'en douter, mais je veux l'entendre dire.

— Je l'ai tué, dit-elle à voix basse en me regardant. J'étais à côté de lui, je l'ai regardé dans les yeux et j'ai appuyé sur la gâchette. Je ne l'ai pas tué pour te protéger ni parce que je n'avais pas le choix. Elle marque une pause puis ajoute, les yeux brillants : Je l'ai tué parce que je voulais le voir mourir.

CHAPITRE TRENTE

❖ NORA ❖

Julian me fixe des yeux, l'expression de son visage bandé ne change pas après ma révélation. Je voudrais détourner le regard, mais ce n'est pas possible, il me retient le menton et m'oblige à le regarder dans les yeux tout en lui dévoilant l'affreux secret qui me dévore depuis notre libération.

Son absence de réaction me fait croire qu'il ne comprend pas entièrement ce que je lui dis.

— Je l'ai tué, Julian, ai-je répété, déterminée à le lui faire comprendre puisqu'il m'a forcée à en parler. J'ai assassiné Majid de sang-froid. Quand je l'ai vu entrer dans la pièce, j'ai su ce que je voulais faire, et je l'ai fait. Je lui ai d'abord tiré dessus pour qu'il lâche son arme, une fois désarmé, je l'ai visé au ventre et à la poitrine en veillant à ne pas atteindre le cœur pour qu'il vive encore quelques minutes de plus. J'aurais pu le tuer immédiatement, mais je ne l'ai pas fait. Je serre les poings sur mes genoux, j'enfonce douloureusement mes ongles dans ma chair tout en confessant : Je l'ai maintenu en vie parce que je voulais le regarder en face au moment de le tuer.

L'œil de Julian qui n'est pas bandé brille d'un bleu plus profond, et une honte brûlante m'envahit. Je sais que c'est incompréhensible, je sais que je parle à quelqu'un qui a commis des crimes infiniment pires que celui-là, mais je n'ai pas comme lui l'excuse d'avoir eu une enfance bousillée. Personne ne m'a obligée à devenir une tueuse. Quand j'ai tiré sur Majid ce jour-là, je l'ai fait de mon propre chef.

J'ai tué un homme parce que je le haïssais et que je voulais le voir mourir.

J'attends que Julian réagisse, qu'il dise quelque chose de dédaigneux ou qu'il me condamne, mais à la place il me demande doucement :

— Et qu'as-tu ressenti quand c'était fini, mon chat ? Quand il gisait là, sans vie ? Sa main me lâche le menton et elle descend se poser sur ma jambe, sa grande paume me couvre presque entièrement la cuisse. Tu étais contente de le voir comme ça ?

Je hoche la tête en baissant les yeux pour échapper à son regard pénétrant.

— Oui, ai-je admis en frissonnant quand je me souviens de l'exaltation presque euphorique que j'ai ressentie en voyant les balles de mon fusil frapper le corps de Majid. Quand j'ai vu la vie abandonner son regard, je me suis sentie forte. Invincible. Je savais qu'il ne pouvait plus nous faire de mal, et ça m'a fait plaisir. Prenant mon courage à deux mains je relève de nouveau les yeux pour regarder Julian. Julian… J'ai brûlé la cervelle d'un homme, et ce qui est effrayant, c'est que je ne le regrette absolument pas.

— Ah, je vois. Un sourire tend ses lèvres en partie cicatrisées. Tu penses être mauvaise parce que tu ne te sens pas coupable d'avoir tué un meurtrier, un terroriste, et tu crois que tu le devrais.

— Bien sûr que oui. L'amusement déplacé que j'entends dans sa voix me fait froncer les sourcils. J'ai tué quelqu'un et tu m'as dit toi-même que c'est normal de se sentir merdique à cause de ça. Tu as souffert après avoir tué pour la première fois, non ?

—Oui. Le sourire de Julian se teinte d'amertume. J'ai souffert. J'étais petit, et je connaissais celui que j'étais obligé de tuer. C'était quelqu'un qui avait trahi mon père et je ne sais toujours pas quelle sorte d'homme c'était… si c'était un criminel endurci ou simplement quelqu'un qui s'était retrouvé en mauvaise compagnie. Je ne le détestais pas, en fait je n'avais pas d'opinion à son sujet. Je l'ai tué pour prouver que j'en étais capable, pour que mon père soit fier de moi. Il marque une pause, puis poursuit en se radoucissant. Alors tu vois, mon chat, c'était différent. Quand tu as tué Majid, tu as débarrassé le monde de quelqu'un de mauvais, alors que je… eh bien, c'est une tout autre histoire. Tu n'as aucune raison de t'en vouloir de ce que tu as fait, et tu es assez intelligente pour t'en rendre compte.

Je le regarde et ma gorge se serre en imaginant Julian à huit ans appuyant sur la gâchette. Je ne sais que dire, comment apaiser sa culpabilité après toutes ces années, et je suis pleine de colère contre Juan Esguerra.

— Tu sais, si ton père était encore en vie, je le tuerais aussi, ai-je dit violemment, ce qui fait rire Julian de plaisir.

— Oh oui, j'en suis certain, dit-il en me souriant. Il devrait avoir l'air ridicule à cause de ses bleus et de ses bosses, mais en fait il est très sexy. Même après avoir été battu, couvert de bandages comme une momie et avec une barbe noire de plusieurs jours, mon mari dégage un magnétisme animal qui va au-delà de la simple beauté. Les médecins nous ont dit que son visage redeviendrait presque normal une fois que tout serait guéri, mais même si ce n'était pas le cas, j'imagine que Julian serait aussi séduisant avec un bandeau sur l'œil et quelques cicatrices.

Comme pour répondre à mes pensées, sa main remonte de ma cuisse et arrive entre mes jambes.

— Ma farouche petite chérie, murmure-t-il, et son sourire est remplacé dans son œil intact par une ardeur que je connais bien. Si délicate, si féroce… Si seulement tu avais pu te voir ce jour-là, bébé. Tu étais magnifique quand tu t'es confrontée à Majid, si courageuse et si belle… Ses doigts appuient brutalement sur mon clitoris à travers mon jean et quand j'essaie de respirer, la surprise me fait perdre le souffle, mes tétons se raidissent, je suis toute mouillée.

Oui, c'est vrai, bébé, murmure-t-il, et ses doigts remontent vers ma fermeture éclair. Te voir avec cette arme, c'est ce que j'ai vu de plus sexy de ma vie. Je ne pouvais détacher les yeux de toi. La fermeture éclair descend avec un bruit métallique qui est étrangement érotique, et au plus profond de moi je me contracte sous un désir éperdu.

— Hum… Julian… Ma respiration se fait haletante, mon cœur s'emballe tandis que la main de Julian plonge dans l'ouverture de mon jean. Qu'est-ce… Qu'est-ce que tu fais ?

Ses lèvres dessinent un demi-sourire narquois.

— À ton avis ?

— Mais ce n'est pas possible… Ma phrase s'achève en gémissement quand Julian dégage hardiment ma culotte et pose la main sur mon sexe, son majeur se glisse entre mes plis mouillés pour caresser mon clitoris qui vibre déjà. La chaleur qui éclate dans mes terminaisons nerveuses me donne presque l'impression d'une décharge électrique, mes cheveux se dressent sur la tête tellement j'ai du plaisir. J'en perds le souffle, je sens monter la tension en moi, mais avant de jouir je sens Julian retirer ses doigts et me laisser presque au point de non-retour.

— Déshabille-toi et viens sur moi, m'ordonne-t-il d'une voix rauque en rejetant les couvertures pour révéler une chemise d'hôpital tendue par l'érection énorme de son sexe. J'ai besoin de te baiser. Maintenant.

J'hésite un instant, inquiète à cause de ses blessures, et Julian contracte la mâchoire à cause de son mécontentement.

— Je ne plaisante pas, Nora. Déshabille-toi.

En avalant ma salive, je saute du lit, ayant du mal à croire que je suis ainsi poussée à lui obéir même maintenant. Il a le bras gauche dans le plâtre, il peut à peine bouger sans souffrir et pourtant ma réaction instinctive est d'avoir peur de lui, de le désirer tout en ayant peur de lui.

— Et ferme la porte à clef, m'ordonne-t-il quand je commence à enlever mon sweat-shirt. Je ne veux pas être interrompu.

— D'accord.

Tout en commençant à me déshabiller, je me précipite vers la porte et je tourne la serrure qui nous donne de l'intimité. Chacun de mes pas me rappelle l'ardeur et la vibration que j'ai entre les jambes, mon jean serré frotte contre mon clitoris tout excité, ce qui accroit encore mon désir.

Quand je reviens, Julian est à demi couché sur le lit, il a ouvert sa chemise d'hôpital par devant et il se caresse la verge en érection. Ses côtes sont bandées, mais cela n'empêche pas son corps musclé de donner une grande impression de force. Même blessé, il a une présence qui domine la pièce, et son pouvoir d'attraction est aussi magnétique que d'habitude.

— C'est bien, murmure-t-il en me regardant sous ses paupières alourdies. Et maintenant, déshabille-toi complètement pour moi, bébé. Je veux voir ton petit cul sexy sortir de ce jean.

Je me mords la lèvre inférieure, l'ardeur de son regard m'excite encore davantage.

— D'accord, ai-je murmuré, et en me retournant je me baisse et j'enlève lentement mon jean sans oublier de me dandiner d'une hanche sur l'autre en lui montrant mon cul revêtu d'un string.

Quand j'ai le jean aux chevilles, je me retourne et j'enlève mes ballerines, puis j'enjambe le jean qui reste au sol. Julian regarde chacun de mes mouvements sans cacher son désir, sa respiration se fait haletante et son gland commence à briller sous le liquide qui apparait. Il ne se caresse plus, ses mains agrippent les draps et je sais que c'est parce qu'il est sur le point de jouir, la colonne rigide de son sexe se dresse, un véritable défi à toutes les lois de la gravité.

Sans le quitter des yeux, je commence à enlever mon haut, je le fais passer par-dessus ma tête en prenant tout mon temps pour taquiner Julian. Par-dessous je porte un soutien-gorge blanc en soie assorti à mon string. J'ai fait des achats en ligne au début de la semaine et je suis contente d'avoir acheté des sous-vêtements plus jolis. J'adore voir cette avidité incontrôlable sur le visage de Julian, une expression qui indique qu'il pourrait transporter des montagnes pour me posséder en ce moment.

Quand mon sweat-shirt tombe par terre, il me dit brutalement :

— Viens ici, Nora. Il me dévore du regard. J'ai besoin de te toucher.

Je respire profondément, je suis encore plus mouillée qu'avant en me rapprochant du lit et en m'arrêtant devant lui. Il tend le bras vers moi, me caresse la cage thoracique puis remonte la main vers mon soutien-gorge. Il la referme sur mon sein gauche et le pétrit à travers la soie, et je perds le souffle quand il me pince le téton, ce qui le fait se raidir encore plus.

— Enlève tout. Il retire la main, ce qui me déconcerte un instant, et je me hâte de dégrafer mon soutien-gorge et d'enlever mon string.

— Bien, et maintenant, viens à cheval sur moi.

En me mordant les lèvres, je monte sur le lit et je me mets à cheval sur ses hanches. Son gland m'effleure l'intérieur des cuisses, je le prends dans la main droite pour le guider vers mon ouverture douloureuse de désir.

— Oui, c'est ça, marmonne-t-il en m'attrapant par la hanche tandis que je commence à descendre le long de sa verge. Je lui lâche le gland, je pose les mains pour m'appuyer sur le lit et il gronde :

— Oui, prends-moi, mon chat… Jusqu'au fond… Ses mains sur mes hanches lui permettent de m'abaisser et d'enfoncer encore plus sa verge en moi, et je gémis en sentant que je m'étire délicieusement, mon corps s'ajuste à sa pénétration, il est comblé par sa grosse longue verge.

C'est comme le plus doux des soulagements, le plaisir et la douleur de sa possession sont à la fois intenses et douloureusement familiers. Tout en le regardant, en me délectant de l'expression de plaisir tourmentée de son visage, je réalise tout à coup que tout cela aurait pu ne jamais se passer et qu'au lieu d'être sous moi en ce moment Julian pourrait être six pieds sous terre, son corps puissant mutilé et anéanti.

Je n'ai pas l'impression d'avoir fait le moindre bruit, mais il a dû se passer quelque chose parce que Julian plisse les yeux et sa main se referme plus fort sur mes hanches.

— Qu'est-ce que tu as, bébé ? demande-t-il vivement, et je m'aperçois que je me suis mise à trembler et à frissonner à l'idée qu'il aurait pu mourir et n'être plus qu'un cadavre glacé. Mon désir a disparu, il s'est remplacé par des souvenirs terrifiants et de l'appréhension.

C'est comme si je venais d'être aspergée d'eau froide, les horreurs que nous venons de traverser montent en moi et m'étouffent.

— Nora, qu'est-ce qui se passe ? Julian glisse la main sur ma gorge et m'attrape par la nuque pour rapprocher mon visage du sien. Il me dévore des yeux tandis que mes mains s'agrippent de toutes leurs forces aux draps de part et d'autre de sa poitrine. Qu'est-ce qui se passe ? Dis-moi ?

Je voudrais lui expliquer, mais cela m'est impossible de parler, j'ai la gorge trop serrée et mon cœur bat à se rompre, je suis inondée d'une sueur froide. Tout à coup, je ne peux plus respirer, une panique affreuse m'étreint la poitrine et me bloquent les poumons et quand j'entre en hyperventilation, des points noirs apparaissent dans mon champ de vision.

— Nora ! La voix de Julian semble me parvenir de très loin. Putain… Nora !

Une gifle cuisante au visage me jette la tête de côté et j'en perds le souffle, ma main vient immédiatement se poser sur ma joue gauche. Le choc de la douleur m'arrache à la panique et mes poumons se remettent enfin en action, ils se soulèvent pour aspirer l'air dont j'ai tant besoin. En haletant, je retourne la tête pour regarder Julian avec incrédulité, les ténèbres qui avaient envahi mon esprit reculent et la réalité refait surface.

— Nora, bébé… Et maintenant, il me frotte doucement la joue pour calmer la douleur qu'il m'a infligée. Je suis vraiment navré, mon chat. Je ne voulais pas te gifler, mais j'avais l'impression que tu avais une crise de panique. Qu'est-ce qui s'est passé ? Tu veux que j'appelle une infirmière ?

— Non… Ma voix se brise et j'éclate en sanglots. Les larmes coulent sur mon visage et je m'aperçois que j'ai complètement perdu la tête, et que ça m'est arrivé en faisant l'amour. La verge de Julian est encore enfouie au plus profond de moi, juste un peu moins dure qu'avant, et pourtant je tremble et je pleure comme une folle. Non, ai-je répété d'une voix étranglée. Ça va… Je t'assure, ça va aller…

— Oui, ça va aller. Sa voix prend une intonation dure et impérieuse et sa main m'agrippe la gorge. Regarde-moi, Nora. Regarde-moi tout de suite.

Incapable de faire quoi que ce soit d'autre, je lui obéis et je croise son regard. Ses yeux brillent d'un bleu éclatant et intense. En le regardant, ma respiration commence à ralentir, mes sanglots se calment et mon affreuse panique disparaît. Je continue à pleurer, mais en silence et plus instinctivement qu'autre chose.

— OK, c'est bien, dit Julian avec la même dureté. Et maintenant, tu vas me baiser, et tu ne vas plus penser à ce qui t'a tellement bouleversée. Tu me comprends ?

Je hoche la tête, ses instructions continuent à me calmer. Tandis que mon anxiété se dissipe, d'autres sensations apparaissent en moi. Je reconnais la fraîche odeur de son corps, je sens les poils de sa jambe me chatouiller les mollets…

Sa verge en moi, si chaude, si grosse, si dure…

Mon corps reprend le dessus et me fait encore davantage oublier ma panique. En respirant profondément, je recommence à bouger, de haut en bas sur sa verge, toute mouillée à l'intérieur et toute douce en commençant à sentir les prémices du plaisir en bas de mon ventre.

— Oui, exactement comme ça, bébé, murmure Julian dont la main glisse le long de mon corps pour atteindre mon clitoris qu'il se met à caresser en intensifiant la tension qui monte en moi. Baise-moi, baise-moi ! Sers-toi de moi pour oublier tes démons.

— Oui, ai-je murmuré, oui ! Et sans cesser de le regarder j'accélère le rythme et je laisse le plaisir de mon corps me délivrer de toutes les ténèbres, le brasier de notre passion consume les souvenirs glacés de l'horreur qui était en moi.

Et quand nous jouissons, à quelques secondes d'intervalle l'un de l'autre, nos corps sont en parfaite harmonie comme le sont nos âmes.

* * *

Ce soir, je vais dormir dans le lit de Julian, et non pas dans le mien. Les médecins ont donné leur accord à condition de faire attention à ne pas lui toucher les côtes ou le visage pendant la nuit.

Je suis couchée à sa droite, la tête posée sur son épaule valide. Je devrais dormir, mais je suis éveillée. Mon esprit est en effervescence, il bourdonne comme une ruche. Un million de pensées me traversent la tête, mes émotions vont du plus grand bonheur à la tristesse.

Nous sommes tous les deux en vie et plus ou moins intacts. Nous sommes à nouveau ensemble, et contre toute attente, nous avons survécu. Maintenant, j'en suis absolument persuadée, c'est notre foutu destin. Pour le meilleur et pour le pire, nous nous emboîtons l'un dans l'autre désormais, les fragments meurtris et pervers dont nous sommes constitués s'assemblent les uns dans les autres comme les morceaux d'un puzzle.

Je ne sais pas ce que l'avenir nous réserve, ni si notre vie pourra reprendre un cours normal. Il faut encore que je réussisse à convaincre Julian de tenir la promesse que j'ai faite à Peter, et que je demande aux médecins de me donner la pilule du lendemain puisque nous n'avons pas pris de précaution tout à l'heure. Je ne sais pas si c'est possible d'être enceinte si vite après avoir perdu mon implant contraceptif, mais ce n'est pas un risque que j'ai l'intention de prendre. Avoir un enfant, un bébé sans défense qui partagerait et subirait notre genre de vie, m'horrifie plus que jamais.

Je changerai peut-être d'avis avec le temps. Dans quelques années, je verrai peut-être les choses d'un autre œil. J'aurai peut-être moins peur. Mais pour le moment, j'ai parfaitement conscience que notre vie ne sera jamais un conte de fées. Julian n'est pas quelqu'un de bon, et moi non plus.

Ce qui devrait m'inquiéter… et qui m'inquiétera sans doute bientôt. Mais pour le moment, entourée de la chaleur de son corps, je ne sens qu'une paix de plus en plus profonde, une certitude d'être là où il faut.

Je suis à ma place.

En levant la main, je suis des doigts le dessin de ses lèvres à demi-cicatrisées et je sens leur courbe sensuelle dans l'obscurité.

— Est-ce que tu me laisseras partir un jour ? ai-je murmuré en me rappelant la conversation que nous avons eue il y a si longtemps.

Ses lèvres dessinent un léger sourire. Lui aussi s'en souvient.

— Non, répond-il doucement. Jamais.

Nous gardons un moment le silence et puis il me demande à voix basse :

— Tu voudrais que je te laisse partir ?

— Non, Julian. Et je ferme les yeux en souriant à mon tour. Jamais.

EN AVANT-PREMIERE

Merci d'avoir lu ce roman ! Si vous souhaitez en écrire un compte-rendu je vous en serai très reconnaissante.

Les aventures de Julian et de Nora se poursuivent dans *Hold Me - Tiens Moi*. Si vous voulez être prévenu(e) de la parution de mon prochain livre vous pouvez vous rendre sur mon site www.annazaires.com/series/francais/ et vous inscrire pour recevoir mon bulletin d'information.

Et maintenant je vous invite à tourner la page pour un avant-goût de *Liaisons Intimes* et de certaines des œuvres que j'ai écrites en collaboration avec mon mari, Dima Zales.

EXTRAIT DE *LIAISONS INTIMES*

Remarque : *Liaisons Intimes* est le premier volume de ma série de science-fiction érotique, les Chroniques Krinar. Sans être aussi sombre que *Twist Me*, *Liaisons Intimes* contient des éléments qui plairont aux amateurs d'érotisme noir.

* * *

Un romance au charme sombre et audacieux qui séduira les amateurs de liaisons dangereusement érotiques…

Dans un futur proche, la Terre est désormais sous l'emprise des Krinars, une espèce sophistiquée venue d'une autre galaxie. Ils restent un mystère pour nous, et nous sommes totalement à leur merci.

Mia Stalis est une jeune étudiante New Yorkaise, plutôt innocente et timide. Elle mène une vie parfaitement normale. Comme la plupart des êtres humains elle n'a jamais eu de contact avec les envahisseurs, jusqu'au jour où une simple promenade dans Central Park va changer sa vie à jamais. Mia a été remarquée par Korum et elle doit maintenant se confronter à un puissant Krinar, doté de dangereux moyens de séduction, qui veut la posséder corps et âme — et qui ne reculera devant rien pour devenir son maître.

Jusqu'où peut-on aller pour retrouver sa liberté ? Quels sacrifices peut-on consentir pour aider ses semblables ? Quels choix nous reste-t-il quand on s'éprend de son ennemi ?

* * *

L'air était vif et pur tandis que Mia descendait d'un pas rapide un sentier sinueux de Central Park. Partout, on voyait l'approche du printemps, les arbres encore nus avaient de minuscules boutons et les nounous étaient sorties en masse pour profiter de cette première journée de beau temps avec les enfants turbulents qui leur étaient confiés.

Bizarrement, tout avait changé depuis quelques années et pourtant tout était identique. Si dix ans plus tôt on avait demandé à Mia à quoi ressemblerait la vie après une invasion d'extra-terrestres, ce n'est pas du tout ce qu'elle aurait imaginé. Les films 'Independance Day' ou 'La Guerre des Mondes' étaient à des lieux de montrer ce qui se passe réellement quand une civilisation plus sophistiquée prend le dessus. Il n'y avait eu ni combat ni résistance du gouvernement parce qu'*ils* les avaient rendus impossibles. Rétrospectivement, il sautait aux yeux que ces films étaient idiots. Les engins nucléaires, les satellites et les avions de combat étaient aussi primitifs que des pierres et des bouts de bois. Mia aperçut un banc vide près du lac et s'y dirigea avec plaisir, ses épaules se ressentaient du poids de son sac à dos où elle avait mis son volumineux ordinateur portable – elle l'avait depuis 12 ans – ainsi que ses livres, imprimés sur papier comme autrefois. Elle avait beau avoir 20 ans, parfois elle se sentait déjà vieille, et comme dépassée par un monde nouveau sans cesse en évolution, un monde de tablettes fines comme du papier à cigarette et de montres qui servaient de téléphones portables. Depuis le jour K, le rythme des progrès technologiques ne s'était pas ralenti ; en fait de nombreux nouveaux gadgets avaient été influencés par ceux des Krinars. Non pas que les Krinars partageaient allègrement leur précieux savoir technologique ; de leur point de vue, leur petite expérience devait se poursuivre sans la moindre interruption.

Mia ouvrit la fermeture éclair de son sac et en sortit son vieux Mac. Il était lourd et lent, mais il fonctionnait encore et Mia, comme tous les étudiants désargentés, ne pouvait rien s'offrir de mieux. Une fois en ligne elle ouvrit une page vierge sur Word et se prépara à rédiger sa dissertation de sociologie, une véritable torture.

Après 10 minutes sans avoir écrit un seul mot elle s'arrêta. De qui se moquait-elle ? Si elle voulait vraiment s'y mettre, il ne fallait pas venir au parc ; évidemment c'était tentant de se donner l'illusion de pouvoir profiter du grand air et travailler, mais elle n'avait jamais été capable de faire les deux en même temps. Pour ce genre d'effort intellectuel, une vieille bibliothèque poussiéreuse lui convenait bien mieux.

En son for intérieur Mia se reprocha d'être aussi paresseuse, soupira et commença à regarder autour d'elle au lieu d'essayer de travailler. Elle ne se lassait jamais de regarder les gens à New York.

La scène lui était familière, comme elle s'y attendait il y avait le clochard de service sur un banc voisin (Dieu merci ce n'était pas le banc le plus proche parce qu'il avait l'air de sentir le fauve) et deux nounous bavardaient en espagnol en promenant tranquillement leurs landaus. Un peu plus loin, une jeune fille faisait du jogging, ses reeboks roses offrant un joli contraste avec son survêtement bleu. Mia suivit la joggeuse des yeux avant qu'elle ne disparaisse. Elle admirait sa condition physique. Elle avait un emploi du temps tellement chargé qu'elle n'avait pas beaucoup de temps pour faire du sport et elle se disait qu'elle n'aurait pas pu suivre cette jeune fille à ce rythme pendant plus d'un kilomètre.

À sa droite, elle voyait le Pont Bow au-dessus du lac. Un homme était penché sur le parapet et regardait l'eau.

Son visage était tourné de l'autre côté si bien qu'elle ne pouvait voir qu'une partie de son profil. Et pourtant il y avait quelque chose en lui qui attira l'attention de Mia.

Elle n'arrivait pas à savoir de quoi il s'agissait. Il était vraiment grand et semblait costaud sous l'imperméable élégant qu'il portait, mais ce n'était pas ce qui l'intriguait. Les hommes grands, beaux et bien habillés ne manquent pas à New York, la ville regorge de top-modèles. Non, il y avait autre chose. Peut-être son attitude, parfaitement immobile, ne faisant aucun geste inutile. Ses cheveux bruns brillaient dans la vive lumière ensoleillée de l'après-midi, sa frange se soulevait légèrement dans la brise douce du printemps.

Et puis il était seul.

— Eh bien ! voilà, pensa Mia. D'habitude, il y avait toujours du monde sur ce joli pont, mais là, il était seul ; pour une raison qui lui échappait, tous semblaient l'éviter. En fait, à part elle et le clochard qui sentait sans doute mauvais, tous les bancs au bord de l'eau, d'habitude si recherchés, étaient vides.

Comme s'il avait senti qu'elle le regardait, l'homme qui faisait l'objet de son attention tourna lentement la tête et la regarda droit dans les yeux. Avant d'avoir compris ce qui se passait elle sentit son sang se glacer, elle était pétrifiée et incapable de détourner son regard de ce prédateur qui semblait maintenant, lui aussi, la regarder avec intérêt.

* * *

Respire, Mia, respire !

Une voix enfouie en elle, une petite voix raisonnable n'arrêtait pas de le lui répéter. Et cette même part d'elle-même, bizarrement objective, remarquait la symétrie du visage de cet homme, sa peau bronzée tendue sur ses pommettes saillantes et sa mâchoire solide. Elle avait vu des Ks en photo et sur des vidéos, ni les unes ni les autres ne leur rendaient vraiment justice. La créature qui ne se tenait guère qu'à une dizaine de mètres d'elle était tout simplement extraordinaire.

Alors qu'elle continuait de le regarder fixement, toujours pétrifiée, il se redressa et fit quelques pas dans sa direction. Ou plutôt, il bondit vers elle, lui sembla-t-il, ressemblant à un félin qui s'approche légèrement d'une gazelle. Ce faisant, il ne la quittait pas des yeux. Quand il se rapprocha, elle distingua de petits éclats jaunes dans ses yeux d'or pâle ainsi que ses longs cils épais.

Elle s'aperçut avec un mélange d'horreur et d'incrédulité qu'il s'était assis sur le banc à quelques centimètres d'elle et qu'il lui souriait en montrant ses dents blanches. Pas de crocs, lui dit la part de son cerveau qui fonctionnait encore, rien qui puisse y ressembler. Encore un mythe à leur sujet, tout comme leur soi-disant horreur du soleil.

— Comment vous appelez-vous ? La question avait presque été posée comme un ronronnement. Cette créature avait la voix basse et douce, pratiquement sans le moindre accent. Ses narines se soulevaient légèrement comme s'il sentait son parfum.

— Heu... Mia avala sa salive avec nervosité. M-Mia.

— Mia, répéta-t-il lentement, semblant prendre plaisir à dire son nom. Mia comment ?

— Mia Stalis. Merde alors, pourquoi voulait-il savoir son nom ? Et pourquoi était-il là, en train de lui parler ? Et qui plus est, que faisait-il à Central Park, si loin de l'un des Centres K ? *Respire, Mia, respire !*

— Détendez-vous donc Mia Stalis !

Il sourit de toutes ses dents, et une fossette apparut sur sa joue gauche. Une fossette ? Les K avaient donc des fossettes ?

— Vous n'avez donc encore jamais rencontré l'un d'entre nous ?

— Non, jamais Mia poussa un grand soupir et s'aperçut qu'elle avait retenu son souffle. Malgré tout son trouble, sa voix ne tremblait pas trop et elle en fut fière. Devrait-elle l'interroger, souhaitait-elle savoir ? Elle prit son courage à deux mains.

— Et que... – une fois de plus elle avala sa salive – que voulez-vous de moi ?

— Juste parler, pour le moment. Il plissait légèrement ses yeux dorés, elle avait l'impression qu'il était sur le point de se moquer d'elle. Bizarrement, elle en fut assez agacée pour sentir sa peur s'atténuer. S'il y avait une chose à laquelle Mia était très sensible, c'était la moquerie. Mia était de petite taille, très mince, mal à l'aise avec les autres comme toutes les jeunes filles qui ont dû supporter le désagrément d'avoir eu un appareil dentaire, des cheveux frisés et des lunettes pendant leur adolescence. C'était un véritable cauchemar de faire sans cesse l'objet des moqueries des uns et des autres. Elle releva la tête avec agressivité.

— Alors d'accord, comment *vous* appelez-vous ?

— Moi, c'est Korum.

— Korum tout court ?

— Contrairement à vous, nous n'avons pas vraiment de nom de famille. Le mien est tellement long que vous n'arriveriez pas à le prononcer si je vous le disais.

Voilà qui était intéressant. En l'entendant, elle se souvenait avoir lu quelque chose à ce sujet dans le *New York Times*. Jusqu'ici, tout allait bien. Ses jambes ne tremblaient plus, sa respiration s'était calmée. Elle arriverait peut-être à s'en sortir saine et sauve ? Elle se sentait relativement en sécurité en parlant avec lui, bien qu'il ait continué de la dévisager fixement de ses yeux jaunâtres qui la mettaient mal à l'aise.

— Et que faites-vous ici, Korum ?

— Je viens de vous le dire, un brin de causette avec vous, Mia. Il y avait encore un soupçon de moquerie dans sa voix.

Mia se sentit frustrée, elle poussa un nouveau soupir.

— Ou plutôt que faites-vous ici à Central Park ? Et que faites-vous à New York ?

Il sourit une nouvelle fois en penchant la tête légèrement de côté.

— Disons que j'espérais rencontrer une jolie jeune fille aux cheveux bouclés.

Bon, ça suffisait maintenant. Il était clair qu'il se moquait d'elle. Maintenant qu'elle avait un peu repris ses esprits, elle s'aperçut qu'ils étaient là, au beau milieu de Central Park, et devant des millions de témoins. Elle jeta un coup d'œil discret autour d'elle pour en avoir le cœur net. Eh oui, elle avait raison, bien que les gens s'écartent du banc où elle se trouvait avec cet extra-terrestre, plus loin sur le chemin les plus courageux les regardaient fixement. Il y avait même un couple qui les filmait, sans prendre trop de risque, avec la caméra qu'ils avaient au poignet. Si le K devenait trop entreprenant avec elle, en un clin d'œil les images seraient sur YouTube, il le savait bien. Mais comment savoir s'il s'en moquait ou pas ?

Cependant étant donné qu'elle n'avait jamais vu de vidéos où des étudiantes se faisaient agresser par des Ks au beau milieu de Central Park, elle était relativement en sécurité ; Mia prit son ordinateur portable avec précaution et le remit dans son sac à dos.

— Laissez-moi vous aider, Mia.

Avant même qu'elle ne puisse réagir, elle le sentit s'emparer de tout le poids de l'ordinateur, il le prit des mains de Mia devenues inertes et elle sentit alors qu'il lui touchait le bout des doigts. Ce contact provoqua en elle comme une légère décharge électrique et un frémissement nerveux la suivit aussitôt.

Il attrapa son sac à dos et y mit l'ordinateur portable, chacun de ses gestes était précis, doux et d'une grande souplesse.

— Eh bien ! voilà, tout va bien mieux maintenant.

Mon Dieu, il venait de la toucher. Peut-être avait-elle tort de penser qu'on était en sécurité dans les lieux publics. De nouveau, elle sentit sa respiration s'accélérer et son cœur battre la chamade.

— Il faut que j'y aille maintenant, au revoir !

Elle se demanderait toujours comment elle avait réussi à parler sans s'étrangler de terreur. Elle saisit les sangles de son sac à dos qu'il venait de poser par terre et se leva d'un bond, en remarquant au passage qu'elle avait retrouvé l'usage de ses jambes.

— Au revoir, Mia. Et à bientôt !

En partant, elle entendit sa voix légèrement moqueuse qui portait loin – l'air du printemps était si pur –, elle avait tellement hâte d'être loin de lui qu'elle courait presque.

* * *

Si vous souhaitez en savoir plus, veuillez consulter le site internet d'Anna
www.annazaires.com/series/francais/.

EXTRAIT DE *LECTEURS DE PENSEE* DE DIMA ZALES

Note de l'auteur: Si vous avez envie d'essayer lire quelque chose de différent, et tout particulièrement si vous aimez les romans fantastiques urbains et la science-fiction vous pourriez lire *Les Lecteurs de Pensée*, le premier volume de la série *Les Dimensions de l'esprit* écrite en collaboration avec mon mari. Mais attention, l'amour et l'érotisme y tiennent une part limitée et y sont remplacés par la voyance. Ce roman est disponible chez la plupart des libraires.

* * *

Tout le monde pense que je suis un génie.

Tout le monde a tort.

Oui, je suis sorti de Harvard à dix-huit ans et je me remplis les poches dans un fonds spéculatif. Mais ce n'est pas parce que je suis extraordinairement intelligent ou travailleur.

C'est parce que je triche.

J'ai un talent unique, voyez-vous. Je peux sortir du temps pour entrer dans ma version personnelle de la réalité — un endroit que je nomme 'le Calme' — où je peux explorer mon environnement pendant que le reste du monde est immobile.

Je pensais être le seul à pouvoir le faire — jusqu'à ce que je la rencontre.

Je m'appelle Darren et voici comment j'ai appris que j'étais un Lecteur.

⋆ ⋆ ⋆

Parfois, je pense que je suis fou. Je suis assis à une table de casino à Atlantic City et tout le monde autour de moi est immobile. J'appelle cela le *Calme*, comme si le fait de donner un nom au phénomène le rend plus réel, comme si lui donner un nom change le fait que tous les joueurs autour de moi sont assis là comme des statues et que je marche parmi eux en regardant les cartes qu'on leur a distribuées.

Le problème avec cette théorie sur ma folie est que quand je 'dégèle' le monde, comme je viens de le faire, les cartes que les joueurs retournent sont celles que j'ai vues dans le Calme. Si j'étais fou, ces cartes ne seraient-elles pas des cartes au hasard ? Sauf si j'en suis au point d'imaginer les cartes sur la table.

Et ensuite, je gagne. Si c'est aussi une hallucination — si la pile de jetons à côté de moi est une hallucination — alors je pourrais bien tout remettre en question. Peut-être que je ne m'appelle même pas Darren.

Non. Je ne peux pas penser de cette façon. Si je suis vraiment si perdu, alors je ne veux pas sortir de cet état de confusion : car si j'en sortais, je me réveillerais probablement dans un hôpital psychiatrique.

En outre, j'adore ma vie, aussi folle soit-elle.

Ma psy pense que le Calme est une façon inventive de décrire 'le fonctionnement intérieur de mon génie'. Alors ça, cela me paraît vraiment fou. Il se peut aussi qu'elle soit attirée par moi, mais c'est une autre histoire. Disons simplement que pour sortir avec elle, il faudrait qu'elle ait un âge beaucoup plus proche de ce que je cherche, c'est-à-dire autour de vingt-quatre ans. Encore jeune et sexy, mais qui a fini les études et qui ne fait plus de soirées en boîte. Je déteste sortir en boîte presque autant que ce que j'ai détesté étudier. En tout cas, l'explication de ma psy ne fonctionne pas, car elle ne tient pas compte de la façon dont je sais des choses que même un génie ne pourrait pas savoir : par exemple la valeur et la couleur exactes des cartes des autres joueurs.

Je regarde le croupier commencer à distribuer les nouvelles cartes. Il y a trois joueurs à côté de moi à la table. Le Cowboy, la Grand-mère et le Professionnel, comme je les surnomme. Je ressens cette peur désormais presque imperceptible qui accompagne mon déphasage — c'est comme cela que j'appelle le processus : déphaser vers le Calme. L'inquiétude au sujet de ma santé mentale a toujours facilité le déphasage. La peur semble être utile au procédé.

Je déphase et tout devient calme. D'où le nom de cet état.

C'est étrange pour moi, même maintenant. Ce casino est très bruyant en général. Les gens ivres qui parlent, les machines à sous, le bruit des jackpots, la musique — seuls les concerts ou les boîtes de nuit sont plus bruyants. Et pourtant, en ce moment précis, j'aurais pu entendre une mouche voler. C'était comme si j'étais devenu sourd au chaos qui m'entoure.

Les personnes figées autour de moi augmentent l'étrangeté du phénomène. Ici, la serveuse qui porte un plateau de boissons est arrêtée au milieu d'un pas. Là, une femme est sur le point de tirer sur le levier d'un bandit manchot. À ma table, la main du croupier est levée et la dernière carte qu'il a distribuée flotte dans l'air. Je m'avance vers elle depuis mon côté de la table et je l'attrape. C'est un roi, destiné au Professionnel. Quand je lâche la carte, elle tombe sur la table au lieu de continuer à flotter comme avant — mais je sais très bien qu'elle retournera en l'air, exactement à l'endroit où je l'ai touchée, quand je sortirai du déphasage.

Le Professionnel a l'air de gagner sa vie au poker, ou en tout cas il correspond parfaitement à la façon dont j'imagine ce genre de personnes. Mal habillé, lunettes de soleil, et un peu étrange. Il a très bien maintenu son *poker face*, n'ayant pas bougé le moindre muscle de toute la partie. Son visage est si inexpressif que je me demande s'il ne s'est pas injecté du Botox pour l'aider à maintenir une telle contenance. Sa main est sur la table, recouvrant et protégeant les cartes qui lui ont été distribuées.

Je déplace sa main molle. Elle est normale au toucher. Enfin, façon de parler. La main est moite et poilue, alors c'est désagréable et anormal de la toucher. Ce qui est normal, c'est qu'elle est chaude au lieu d'être froide. Quand j'étais enfant, je m'attendais à ce que les gens soient froids dans le Calme, comme des statues de pierre.

Une fois que la main du Professionnel est déplacée, je ramasse ses cartes. Avec le roi qui flotte en l'air, il a une jolie paire. C'est bon à savoir.

Je m'avance vers Grand-mère. Elle tient déjà ses cartes en éventail pour moi. Je peux éviter de toucher ses mains ridées et tâchées. C'est un soulagement, car j'ai récemment commencé à avoir des réserves sur le fait de toucher les gens — plus particulièrement les femmes — dans le Calme. Si j'étais obligé, je raisonnerais sur le fait que toucher la main de Grand-mère était inoffensif —

ou du moins, pas pervers — mais il vaut mieux l'éviter si possible.

Dans tous les cas, elle a une petite paire. Je me sens mal pour elle. Elle a perdu pas mal d'argent ce soir. Ses jetons diminuent. Ses pertes sont peut-être dues, au moins partiellement, au fait qu'elle ne sait pas garder un visage neutre. Même avant de regarder ses cartes, je savais qu'elles ne seraient pas bonnes parce que j'ai vu qu'elle était déçue de sa main au moment où elle l'a regardée. J'avais aussi remarqué un éclat joyeux dans ses yeux quelques tours plus tôt, quand elle avait eu un brelan gagnant.

Ce jeu de poker est, en grande partie, un exercice de lecture des gens : un domaine dans lequel j'aimerais vraiment m'améliorer. On me dit très fort pour lire les gens dans mon travail, mais ce n'est pas vrai. Je suis juste doué pour utiliser le Calme et faire comme si j'étais doué. Mais je veux vraiment apprendre à analyser les gens réellement.

Ce qui ne m'intéresse pas tellement dans ce jeu de poker, c'est l'argent. Je m'en sors assez bien financièrement pour ne pas dépendre d'un gros gain aux jeux de chance. Peu importe que je perde ou que je gagne, même si cela avait été amusant de quintupler mon argent à la table de blackjack. J'ai fait tout ce voyage pour jouer parce que je le peux enfin, ayant vingt-et-un ans maintenant. Je n'ai jamais aimé les fausses cartes d'identité, alors ceci est une première pour moi.

Je laisse la Grand-mère tranquille, et je passe au joueur suivant : le Cowboy. Je ne peux pas résister à la tentation d'enlever son chapeau de paille et de l'essayer. Je me demande si c'est possible d'attraper des poux comme ça. Parce que je n'ai jamais pu rapporter un objet inanimé du Calme, ni affecter le monde de manière durable, je me dis que je ne peux pas non plus ramener de créatures vivantes avec moi.

Je laisse tomber le chapeau et je regarde ses cartes. Il a une paire d'as — sa main est meilleure que celle du Professionnel. Le Cowboy est peut-être un pro lui aussi. Il a un bon *poker face*, d'après ce que je peux voir. Ce sera intéressant de les observer pendant ce tour.

Ensuite, je m'avance vers le deck et je regarde les cartes supérieures pour les mémoriser. Je ne laisse aucune place au hasard.

Quand j'ai fini, je reviens vers moi. Ah oui, est-ce que j'ai dit que je peux me voir assis là, figé comme les autres ? C'est le plus bizarre. C'est comme de vivre une expérience extracorporelle.

Je m'approche de mon corps figé et je le regarde. En général, j'évite de le faire, parce que c'est trop perturbant. On a beau se regarder dans le miroir ou dans des vidéos sur YouTube, rien ne peut préparer à voir son propre corps en 3D. Ce n'est pas quelque chose qu'on est censé vivre. Enfin, sauf pour les vrais jumeaux, je suppose.

Il est difficile de croire que ce corps, c'est moi. Il ressemble plutôt à n'importe qui. Enfin, peut-être un peu mieux que ça. Je le trouve assez intéressant. Il a l'air cool. Il a l'air classe. Je pense que les femmes le considèreraient probablement comme beau, même si ce n'est pas modeste de l'admettre.

Je ne suis pas un expert pour évaluer le degré de beauté des hommes, mais certaines choses sont évidentes. Je sais quand un type est laid et mon corps figé ne l'est pas. Je sais aussi qu'en général il faut des traits symétriques pour être perçu comme étant beau, et ma statue les a. Une mâchoire prononcée n'est pas mal non plus. Check. Avoir les épaules larges, c'est positif, et être grand aide beaucoup. Tout est bon. J'ai des yeux bleus, ce qui semble être une bonne chose. Des filles m'ont dit qu'elles aimaient mes yeux, même si maintenant, sur mon corps figé, ils ont l'air effrayants. Ils sont tout vitreux. On dirait les yeux d'une statue de cire.

Je me rends compte que je passe trop de temps sur ce sujet, et je secoue la tête. Je peux déjà voir ma psy en train d'analyser ce moment. Qui pourrait imaginer que le fait de s'admirer de cette façon soit un symptôme de sa maladie mentale ? Je l'imagine en train de griffonner des mots comme 'narcissique' et de le souligner.

Bon, ça suffit. Je dois quitter le Calme. Je lève la main et je touche le front de ma silhouette figée. J'entends les bruits à nouveau en sortant de mon déphasage.

Tout est de retour à la normale.

Le roi que j'ai regardé un instant auparavant — le roi que j'ai laissé sur la table — est de retour en l'air et de là, il suit la trajectoire normale pour atterrir près des mains du Professionnel. La Grand-mère regarde toujours ses cartes avec déception et le Cowboy porte de nouveau son chapeau, même si je le lui avais enlevé dans le Calme. Tout est exactement comme c'était avant.

D'une certaine façon, mon cerveau ne cesse jamais de s'étonner de la discontinuité entre l'expérience dans le Calme et celle d'en dehors. Notre condition d'humains fait que nous sommes programmés pour nous interroger sur la réalité lorsque ce genre de chose se produit. Quand j'essayais d'être plus malin que ma psy, au début de la thérapie, j'avais un jour lu tout un manuel de psychologie pendant notre session. Elle n'avait rien remarqué, bien sûr, puisque je l'avais fait dans le Calme. Le livre disait comment les bébés, dès l'âge de deux mois, pouvaient être surpris s'ils voyaient quelque chose qui sortait de l'ordinaire, comme la gravité semblant fonctionner à l'envers, par exemple. Ce n'est pas étonnant que mon cerveau ait du mal à s'adapter. Jusqu'à mes dix ans, le monde se comportait normalement, mais depuis, tout est bizarre et c'est peu dire.

Je baisse les yeux et je me rends compte que j'ai un brelan. La prochaine fois, je regarderai mes cartes avant de déphaser. Si j'ai une combinaison aussi forte, je pourrais tenter le coup et jouer sans tricher.

Le jeu se déroule de façon prévisible parce que je connais les cartes de tout le monde. À la fin, Grand-mère se lève. Elle a manifestement perdu assez d'argent.

C'est alors que je vois la fille pour la première fois.

Elle est superbe. Mon ami Bert du travail prétend que j'ai un type de femmes, mais je rejette cette idée. Je n'aime pas me voir aussi creux ou prévisible. Mais il se pourrait que je sois un peu des deux, car cette fille correspond parfaitement à la description de Bert. Et je réagis de façon extrêmement intéressée, c'est le moins qu'on puisse dire.

De grands yeux bleus. Des pommettes bien définies sur un visage fin, avec une pincée d'exotisme. Des jambes longues et très bien formées, comme celles d'une danseuse. Des cheveux sombres ondulés attachés en queue de cheval, ce qui me plaît. Et pas de frange : encore mieux. J'ai horreur des franges, je ne sais pas pourquoi les filles s'infligent ça. Même si l'absence de frange ne faisait pas partie de la description de Bert, cela aurait probablement dû y figurer.

Je continue à la dévisager. Avec ses talons hauts et sa jupe serrée, elle est un peu trop bien habillée pour cet endroit. Ou alors c'est moi qui ne suis pas assez bien habillé, en jean et tee-shirt. Quoi qu'il en soit, je m'en moque. Il faut que j'essaie de lui parler.

J'hésite à passer dans le Calme et à l'approcher pour faire quelque chose de louche, du genre la regarder de près ou peut-être même inspecter le contenu de ses poches. Faire quelque chose qui m'aiderait quand je lui parlerai.

Je décide de ne pas le faire, ce qui est probablement la première fois.

Je sais que le raisonnement qui me pousse à casser mon habitude est très étrange. Si l'on peut appeler ça un raisonnement. J'imagine l'enchaînement suivant : elle accepte de sortir avec moi, on sort ensemble pendant quelque temps, ça devient sérieux, et à cause de la connexion profonde entre nous, je lui parle du Calme. Elle apprend que j'ai fait un truc pervers, elle pique une crise et elle me largue. C'est ridicule de penser tout ça, étant donné que je ne lui ai pas encore parlé. Je brûle carrément les étapes. Elle a peut-être un QI de moins de 70 ou la personnalité d'un morceau de bois. Il peut y avoir vingt raisons différentes qui expliqueraient que je ne veuille pas sortir avec elle. En outre, cela ne dépend pas que de moi. Elle pourrait me dire d'aller me faire voir dès que j'essaie de lui parler.

Malgré tout, le fait de travailler dans les fonds spéculatifs m'a appris à spéculer. Même si le raisonnement est dingue, je m'en tiens à ma décision de ne pas déphaser, parce que c'est ce qu'un gentleman aurait fait. En accord avec cette galanterie qui ne me ressemble pas, je décide également de ne pas tricher pour ce tour de poker.

Pendant que les cartes sont distribuées, je songe à quel point, c'est agréable de se comporter honorablement, même si personne ne le sait. Je devrais peut-être essayer de respecter plus souvent la vie privée des gens. *Ouais, c'est ça.* Il faut rester réaliste. Je ne serais pas là où j'en suis aujourd'hui si j'avais suivi ce conseil. En fait, si je prenais l'habitude de respecter la vie privée, je perdrais mon travail en l'espace de quelques jours, et avec lui, beaucoup du confort auquel je me suis habitué.

Je copie le geste du Professionnel et je couvre mes cartes de la main dès que je les reçois. Je suis sur le point de jeter un coup d'œil à mes cartes quand quelque chose d'inhabituel se produit.

Le monde devient silencieux, exactement comme quand je déphase… Mais je n'ai rien fait cette fois.

Et à ce moment-là, je la vois : la fille assise à l'autre bout de la table, la fille à qui je viens de penser. Elle est debout à côté de moi et elle retire sa main de la mienne. Ou, plus précisément, de la main de mon corps figé : moi je suis un peu plus loin et je la regarde.

Elle est également assise en face de moi à la table, une statue figée comme toutes les autres.

Mon cerveau se met à turbiner et mon cœur se met à battre plus vite. Je n'envisage même pas la possibilité que cette seconde fille soit une sœur jumelle ou un truc du genre. Je sais que c'est elle. Elle fait ce que j'ai fait quelques minutes auparavant. Elle marche dans le Calme. Le monde autour de nous est figé, mais pas nous.

Elle a un regard horrifié quand elle se rend compte de la même chose. Elle se précipite de l'autre côté de la table et elle se touche le front.

Le monde redevient normal.

Elle me fixe, choquée, avec des yeux immenses, le visage pâle. Je vois ses mains trembler quand elle se lève. Sans un mot, elle me tourne le dos et elle se met à courir.

Me remettant de ma surprise, je me lève et je la suis en courant. Ce n'est pas très élégant. Si elle remarque qu'un type qu'elle ne connaît pas lui court après, elle aura autre chose en tête que sortir avec. Mais je n'en suis plus là maintenant. C'est la seule personne que j'ai rencontrée et qui sache faire la même chose que moi. Elle est la preuve que je ne suis pas fou. Elle a peut-être ce que je désire le plus au monde.

Elle a peut-être des réponses.

* * *

Si vous souhaitez en savoir plus sur nos romans fantastiques et nos romans de science fiction vous pouvez consulter le site de Dima Zales http://www.dimazales.com/francais.html et vous inscrire pour recevoir son bulletin d'information.

À PROPOS DE L'AUTEUR

Anna Zaires a découvert son amour des livres à l'âge de cinq ans, quand sa grand-mère lui a appris à lire. Elle a écrit son tout premier livre bientôt après. Depuis elle a toujours vécu en partie dans un monde de fantaisie dont les seules limites sont celles de son imagination. Elle habite actuellement en Floride et vit heureuse avec son mari Dima Zales, qui écrit des romans de science-fiction et des romans fantastiques, et avec qui elle travaille en étroite collaboration pour chacune de leurs œuvres.

Pour en savoir davantage, rendez-vous sur www.annazaires.com/series/francais.

www.ingramcontent.com/pod-product-compliance
Lightning Source LLC
Chambersburg PA
CBHW072003110726

47910CB00005B/1647